三星京香、警察辞めました

松嶋智左

ハルキ文庫

角川春樹事務所

三星京香、警察辞めました

思わず手が出た。

そんなつもりは毛頭なかったし、まさか自分がこんな真似《まね》をするなんて想像もしていなかった。けれど、アッと思ったときにはもう右腕が動いていた。しかもなぜか、伸ばした腕の先が拳《こぶし》に変わっていた。

坂巻広達《さかまきこうたつ》刑事部長は一瞬、不思議そうな顔をした。三星京香《みつぼしきょうか》の拳をそのふくらんだ鼻先に受けたあとは、まるでスローモーション映像を見るようだった。顎《あご》がのけぞり、白くだぶついた喉《のど》が露《あら》わになった。両腕を万歳《ばんざい》するように持ち上げると、京香の視界から坂巻の上半身が消えた。

いくら剣道特練生とはいえ、女性警官の拳にさほど威力があるとは思えない。たたらを踏むことはあっても、倒れるまではないだろう。京香の不運は、刑事部長室の床に雑多なものが転がっていたことだ。さすがに、執務室にパターセットを置くようなことはなくなったが、それでも自前の健康器具くらいは、体調管理のためと大目に見られている。

この二十畳近い絨毯敷《じゅうたんじき》の部屋には執務机や応接セット、コート掛け、書類棚、サイドボード以外にも、ツイストステッパーに腹筋ローラー、鉄アレイも重さの違うのが数セット、床に散らばっている。

その鉄アレイに足を引っかけ、坂巻はメタボ気味の上半身を大きく反り返らせた。慌てて腕を掴《つか》んで引き寄せようとしたが、京香の体重の倍以上はありそうな体は支えきれず、そのまま仰向《あおむ》けにひっくり返ってしまった。さらなる不運は、壁際にあったチェストの側面に後頭部を打ちつけたことだった。

床に倒れて呻《うめ》く姿を見て、京香は走り寄った。両手を頭に当てながら唸《うな》る声とその指のあいだから流れる血を見つけて、正しく血の気が引いた。

「部長、動かないでじっとしていてください。すぐに救急車を呼びます」

尻《しり》ポケットからスマートホンを取り出し、救急車を呼ぶ。場所はどこですかと訊《き》かれたときだけ、僅《わず》かに口ごもった。

警察本部——です。告げてすぐ、本部の隣に消防本部があるのを思い出した。

電話を終えると、頭部の傷を押さえるためのハンカチかハンドタオルがないか片手でさぐった。黒い上下のスーツのポケットには、バッジや手錠はあってもティッシュ一枚なかった。すがる思いで振り返る。

中央にある応接セットのソファの上で、白いブラウスの胸元を握りしめたまま、引きつった表情を浮かべている佐々木飛鳥《ささきあすか》の顔がこちらを向いていた。

1

三星京香は、S県警察本部、刑事部捜査一課で、警部の後藤忠己《ごとうただみ》が率いる後藤班の係員だ。巡査部長で年齢は三十一歳。身長が一七六センチあって、班のなかでも一八〇センチの後藤に次ぐ長身の持ち主。その背丈を生かして、子どものころから剣道に励み、警察に入ってからはずっと剣道特練生をしている。

警察学校を卒業した後は、ごく普通に所轄地域課に入ったが、やはり身長のせいで目立つらしく、同じ所轄の刑事課へと内部異動した。

それからずっと刑事畑だ。所轄刑事課で三年勤め、四年前の二十七歳のとき、巡査部長試験に通ると、県警本部の捜査一課へ昇任異動した。

捜査一課には班が二つある。京香が所属する後藤班には警部補が二名、巡査部長は京香を含めて二名、巡査長二名がいる。

所轄刑事課と本部捜査課では、同じ刑事部門であってもその仕組みや内容は変わる。基本、重大事件は所轄だけで対応せず、本部の刑事が所轄などに捜査本部を置いて、合同で捜査に当たる。捜査本部長は刑事部長か捜査一課長が就き、所轄署長は副本部長になるから、自然、捜査の主導は本部が取ることになる。特に捜査一課は、殺人、強盗など凶悪犯罪を担当することが多く、強行犯などとも呼ばれていた。

そういった事件ばかりを選別して当たるわけだから、経験する数は格段に多く、捜査技術も上がって専門化する。京香も四年、捜査一課刑事として最前線で働いてきたから、女性とはいえそれなりの自信も技術も備わっている。

捜査においては、通常二人で行動する。

捜査本部が立って所轄で動くときは、署の刑事と組むこともあるが、本部において京香の相方は四年前からずっと、ひとつ下の機動隊出身の男性だった。マッチョで人のいい青年だが、周囲からそろそろ上を目指せといわれ、本人もプレッシャーを感じたらしく奮起して昨年、ようやく昇任試験に受かった。昇任すると本部の人間は、外、つまり所轄に出ることになっている。

今年の春、その相方と入れ替わりに入ってきたのが、佐々木飛鳥という女性巡査長で年齢は二十七歳。所轄で刑事経験はあるが、本部での仕事に慣れるまで、同じ女性の京香が面倒をみることになった。相方にするかはまた別の話で、慣れたころに改めて編成し直すというのが、後藤班長の指示だった。

京香と飛鳥は色んな意味で対照的だった。身長は一五八センチで中肉中背、日本人女性としては平均的なのだろうが、京香と並ぶと小柄に見える。肩まである天然パーマの髪に大きな目、刑事とは思えない肌の白さで美人の部類に入るだろう。口の悪い同僚はさっそくスカイツリーとツリーのキャラクターであるソラカラちゃんペアと陰で呼んだ。もちろん、陰で囁《ささや》かなければパーソナルハラスメントと責められるからだが、京香が見た目通りに大様な性格であることを知っているから班内では遠慮がない。たまに聞き咎《とが》めたりすると、わざと胸を反らして腕を組み、「スカイツリーどころか、東京ドームだって行ったことない田舎者のくせに」といい返していた。東京に出るにも乗り換えを何度かして二時間以上かかるし、実際、スカイツリーにまだ一度も昇ったことのない人間ばかりなので、みな頭を掻《か》きながら苦笑いするしかない。

そうしてスタートした京香と飛鳥のペアだったが、半年ほど過ぎた十月十日の午後、強盗傷害事件が発生した。もうひとつの長谷川《はせがわ》警部率いる班が五日前に起きた殺人未遂事件で、県境の所轄に出張っていたから、後藤班が担当することになった。一報が入ると同時に、京香は同僚らと共に管内へ臨場した。

「三星先輩、わたし強盗は初めてです」

車に乗ってシートベルトを締めながら、飛鳥は上気した顔で告げた。助手席に座った京香は赤灯を点《つ》け、サイレンを鳴らして、マイクを手に握る。

「気をつけるのは、今も犯人が逃走中ってこと。緊配《きんぱい》がかかってまだ十五分も経《た》っていない。相手は必死だってことだけは胸に刻んで」

「わかりました」

飛鳥は大きくハンドルを切り、通りに出るとスピードを上げた。

「それと」

「はい？」

「先輩は使うなっていったでしょ。役職も駄目、名前で呼んで」

「あ、そうでした。すみません」

外でうっかり役職などを口にしたら、被疑者は元より事件関係者らまで値踏みして、相手によって態度や証言を変えたりする。バッジを見せれば階級は知れることだが、一般人はそこまで注意して見ることは余りない。飛鳥が京香を先輩と呼べば、京香の方が偉く、ベテランで有能だろうと思い込むから、飛鳥に対してぞんざいにふるまうことになる。捜査においていいことはひとつもないから、厳に戒めている。唯一、後藤だけは班長、若《も》しくは警部と呼ぶ。現場に出ることがほとんどないから問題ない。

強盗傷人《ごうとうしょうじん》は、強取のために故意に人を傷つけることだ。今回は怪我《けが》だけですんだから良かったものの、これで被害者が死亡していたら強盗殺人。犯罪のなかでも殺人以上に凶悪な罪となる。

「だから気を抜いては駄目。特に犯行を犯してまだ時間も経っておらず、武器を携帯したまま逃亡しているのだから、尋常な精神状態ではないし、常識では考えられない行動を取る。気を引き締められるだけ引き締めていなさい」

「了解です」

僅《わず》かに開けた窓から、あちこちで鳴っているサイレン音が津波のように飛び込む。無線に集中し、発報される内容を聞き取る。

現場から半径二キロ内で各所検問を設け、防犯カメラの精査を行いつつ、逃走方向へ所轄パトカーや交通機動隊、機捜隊などが向かう。目撃者の話や被疑者の人着《にんちゃく》などが次々と入ってくる。京香はマイクを通して安全確保のための注意喚起をしながら、視線を周囲に放った。

「佐々木は運転に集中して。あちこちで緊急走行をしているから、一般車両が動揺して妙な動きをする。進行方向だけでなく、対向にも注意して」

「了解です」

窓から歩道や細い路地を見やる。制服を着た警察官らが次々に姿を現す。やがて検問をかけている道に出たが、短い渋滞を起こしているのを見て、ルートを変える。同じように出動した後藤班のメンバーと無線でやり取りする限り、マルヒの捕獲は難しいようだと知った。

それから一時間ほどして大美《おおみ》署へ集合するよう指示が入った。佐々木は残念そうな顔をしたが、「これからが本番よ」と京香は告げて、サイレンを切った。

高齢者夫婦が二人だけで暮らす一戸建ての家に、覆面を被《かぶ》った男が侵入し、老女だけを縛り上げて金品を強奪した。その際、足腰の弱っている老女に腕と肋骨《ろっこつ》を折る怪我をさせた。夫はほとんど寝たきり状態で、ベッドの上からなす術《すべ》もなく恐怖に慄《おのの》いていたらしい。

「許せません」

飛鳥が唾《つば》を飛ばす。捜査会議が終わって、さっそく京香にあれこれいう。

「高齢者であることがわかっていて乱暴を働くなんて。縛ったりしなくても、抵抗などされなかったでしょうに」

「佐々木、相手は普通の人間じゃないのよ。高齢者だけとわかって強盗に入っているんだから、怪我だけですんで良かったと思うべき」

「そうかもしれませんけど」と物足らなさそうな顔をする。

「いいから、早く、所轄の相方と行きなさい。待っているわよ」と促した。

飛鳥は慌てて、戸口で待つ所轄刑事課の主任と共に、聞き込みに出て行った。

丸一日の捜査を終え、次の捜査会議ではかなり踏み込んだ内容が発表された。

自宅のその時間には高齢者である二人しかいなかった。犯人はベッドの男性には見向きもせず、動ける老女だけを素早く縛り上げ、大して家探ししないうちに金目のものを見つけて逃走している。それらのことから、被害者の身近にいる者が疑われた。鑑取りを進めて行くうち、容疑者が挙がった。さらに、黒い服の男が手に荷物と覆面らしき布を握ったまま、老夫婦の家のある方から速足で出てくるところを郵便配達員が目撃していた。すぐに似顔絵が作成され、それが浮かんだ容疑者とおおよそ一致し、さらには病院で落ち着いた様子の老女からの事情聴取でその人物の身元が判明した。

強盗犯は、寝たきりの老人の親戚《しんせき》筋に当たる男だった。これまで何度か、借金の申し込みで訪れたことがあり、僅かな金を与えたりはしていたが、概して招かれざる客だった。さっそく、その男の勤務先に問い合わせると、事件のあった日から無断欠勤していた。

重要参考人とすると決まってからは早かった。状況証拠もすぐに集まり、やがて老女を縛った紐《ひも》から出たＤＮＡが一致し、正式な逮捕状が出て、捜査は大詰めとなった。防犯カメラを精査し、足取りを追った。電車に乗ってからの行方が途絶えていたが、立ち寄り先を虱潰《しらみつぶ》しに調べていくうち、濃厚であると思われる場所が浮上した。

京香ら本部の捜査員は、潜伏先へと向かった。

相手がどのような武器を所持しているかわからないので、捜査員は全員拳銃《けんじゅう》携行となった。住宅街のなか、被疑者の遠縁が住んでいたという空き家は、どこからでも侵入者が見通せるような隙間《すきま》だらけのあばら家だった。

遠巻きに警戒しながら、交番員や所轄刑事らが、周辺の住民に避難するよう指示する。若しくは鍵《かぎ》を掛けてじっとしているように促した。

後藤班長からの合図を待って警告、投降を呼びかけることになった。

「佐々木は後方支援に回って」

「え。は、はい」

白いシャツの上に防弾チョッキをつけた小柄な背が、取り囲む捜査車両の向こう側へと回るのを見送る。マイクによって呼びかけがなされた。建物内で動く気配があったが、出てくる様子はない。さらに何度か警告が発せられたが応答がなく、捜査員や機動隊員は徐々に網を縮めていった。

京香も、同僚らと共に拳銃に手をかけながら進む。建物の四方に散って、割れた窓や壊れた戸口から、ゆっくりなかに入った。そのあいだもマイクで名前を呼び、注意を逸《そ》らし続ける。

京香が忍び寄る側と反対の方から怒声が聞こえた。すぐに慌ただしく走り回る音。同僚と目を合わせ、ばっと屋内に突入する。

外れた襖《ふすま》や抜け落ちた床、腐った畳の広がる部屋の奥で、被疑者の男は手を振り回して、取り囲む捜査員を牽制《けんせい》していた。ナイフか包丁のようなものを持っているようだ。闇雲《やみくも》に振り回す上、狭くて足元も不安定な崩れかけた室内では、こちらも思うように動けない。たまたま床を踏み外した捜査員の隙をついて、被疑者が表へと飛び出した。周囲は多くの警察官や捜査車両が取り囲んでいる。万にひとつも逃がす恐れはなかった。だが、あとを追って出た京香は思いもかけないものを目にした。

荒れ果てた庭を囲う崩れたブロック塀の隙間から、佐々木飛鳥がこちらへ入ろうと小さな体を押し込んでいたのだ。屋敷が囲まれていると察した被疑者は、その飛鳥のいる方へと突っ込んで行った。

「佐々木っ」

京香を含め、何人かが叫んだ。飛鳥もなにが向かってきているのか知って、顔色を変えた。塀の隙間を潜《もぐ》っているという身動きできない状態で被疑者と相対したことから、恐怖にかられたのだろう。あろうことか、拳銃を引き抜くと、そのまま被疑者に向けて構えたのだ。駄目よ、と叫んだつもりだったが、実際は声が出ていなかったかもしれない。凄《すさ》まじい音がして、雑音が掻き消えた。

目の前で被疑者が倒れるのが見えた。京香は、捜査刑事としてこれまで勤めてきた七年のなかで、このときほど身の毛がよだったことはなかった。言葉もなく、その場にいた全員がわらわらと被疑者に集まり、抱え起こす。息があった。誰《だれ》かが、救急車と叫ぶのを聞きながら、体のあちこちを調べてみる。どこにも被弾した形跡がない。

そこでようやく、あれ？　という感覚が湧《わ》き上がった。京香はすぐに飛鳥のところに行き、壁際に引き寄せ拳銃を取り上げる。安全装置を起こし、「早くしまって」と返した。飛鳥は、いわれるままホルスターに戻すと、その場にへなへなとくずおれた。

発砲はされたが、誰にも当たらなかった。これまで幾度となく射撃訓練をしてきたが、それは動かぬ的を狙《ねら》ってのもので、動いている人間に命中させるのはそう簡単なことではない。ましてや飛鳥は驚き、恐怖と混乱のなかで発作的に拳銃を抜いた。的を定めることもなく引き金を引いたのだ。当たらないのが普通だ。

結果的に、強盗傷害の被疑者を無事逮捕できたのだから、事件は解決といえる。ただし、拳銃発砲は問題となる。

その瞬間を目撃した現場には、幸運なことに後藤班のメンバーしかいなかった。そして佐々木飛鳥は、今年の春赴任したばかりの新人であり、仲間だ。京香は、飛鳥に処分を下すのなら指導を担当していた自分にしてもらいたいと強く願った。

後藤班長は思案し、捜査一課長と話し合って、ひとつの解決策を導き出した。

「佐々木は、威嚇発砲した。襲撃してきた被疑者に対して、止まれと警告をなしたが応じず、手に武器を所持していたこともあって、空に向かって一発だけ発砲した。そういうことだ。いいな」

班長はそれだけいい、課長は素知らぬ顔をして部屋を出て行った。

京香は上半身を折り、茫然《ぼうぜん》としている飛鳥の首根っこを摑んで押さえつけ、同じように頭を下げさせる。同僚らもそれ以来、事件の話をすることはなかった。ただ、飛鳥が発砲した弾の薬莢《やっきょう》は見つかったが、弾自体がどこからも見つけられなかったのが不思議だった。

あばら家で、どこもかしこも傷んでいたから、拳銃の弾が当たったなら必ず損壊しただろうし、そうなったらその痕跡《こんせき》がある筈《はず》なのにどこにも見つけられなかった。

恐らく、なにか堅いものに当たって、庭のどこかの地面にめり込んだのだろう。そう見当をつけて飛鳥と共に、手袋をしてスコップであちこち掘り返したが、どうしても見つけられなかった。諦《あきら》めるしかなかった。飛鳥は弾を回収できなかった始末書と、今回の威嚇発砲による拳銃使用の報告書を書くこととなった。

ひとまずは収まった形だ。

だがそれ以来、飛鳥は酷《ひど》く元気を失《な》くした。本部刑事でありながらその失態を庇《かば》われ、秘匿されたことを引け目に思う気持ちはわかる。帰りに居酒屋に誘って、愚痴やいい分を聞いては慰め、諭し、仲間や上司の心遣いを素直に受け止めろといった。涙ぐみながら赤い顔をした飛鳥は、何度も頭を下げ、ありがとうございますと素直に頷《うなず》いたが、ちょっとしたときに、暗い表情を浮かべるのが気になった。

それからしばらくして、妙なことを耳にした。

佐々木飛鳥が、刑事部長室へお茶を運んでいるというものだった。

部長には秘書的な役割をする刑事総務の課員がいる。妙だなと思って訊いてみれば、飛鳥の方からいい出したという。部長からなにかの拍子で声をかけられ、そのときのなにげない会話のなかで漢方のお茶が話題になった。部長が興味を持っていることを知り、飛鳥が取り寄せているものを提供すると申し出たのが発端らしい。

飛鳥に訊くと、そうだという。だが、当直時間にも部長室に入ってゆくのを見たという話を耳にするに至っては、さすがの京香も笑っていられず、きつく問いただした。終業時間を過ぎて、人気《ひとけ》のなくなったころに大した用もないのに、なぜ部長室に行くのか、どんな用件で呼ばれたのか。

飛鳥は普段の笑顔を消して押し黙った。なにをどういっても答えない。京香は嫌な予感がして後藤班長に相談した。後藤はすぐに捜査一課長に話を持っていった。ところが、一課長は、困った顔をするばかりではっきりいわないという。

後藤が顔を歪《ゆが》めて、これは単なる想像だがと念を押して京香に告げたことは、とんでもない話だった。

「うちの刑事部長はキャリアだというのは知っているな」

「はい、それが？」

「うーん、キャリアは所詮《しょせん》、地方県警で数年過ごしてまたよそへ行く人間だ。そうやって階級を上げて、中央に行くか本部長を目指す。だから本当の意味でのうちの県警の一員とはいいがたい。ご自身でもよそ者扱いをされているのはわかっているだろうし、それを不満に思っても仕方ないと諦めてもいるだろう。それでも、なかには少しでも県警の仲間の一人であらんと進んで歩み寄り、親しく交わりたいと考える人もいる」

「それがうちの刑事部長だと？」

　刑事部長と会うことなどめったにない。捜査本部が立ったときや部長訓示のときくらいで、直接口を利くことなどまずないし、その必要もない。そう思っていたのだが、部長はそれを物足らなく感じていたのだろうか。

「そのことに佐々木がどう関係してくるんですか」

「うむ。一課長がいわれるには、たぶん、佐々木を介して色々、情報を仕入れて捜査員との親睦《しんぼく》を図ろうとしているのではと」

「はあ？　それがどうしてお茶を持ってこい、当直時間に部屋にこい、ってことになるんです？」

「うーん、どうも部長は気づかれたようなんだ」

「なににですか」

「佐々木の、ほら、例の大美の強傷での案件」

「えっ。これのことですか」と京香は指三本を立てて拳銃の形を作る。後藤が黙って頷く。

「佐々木も真面目《まじめ》だから、問い詰められれば本当のことを話すだろう」

「それで、なにか処分でも？」

　いや、と首を振るのでなく傾けた。

「部長は表立てたりはされないつもりらしい。それで、その代わりに」

「なんですか。その代わりにって、なんですか」

「その代わりに、が、夜の部長室訪問、ではないかと」

「な」

京香は体のどこかが震え始めたのを感じた。喉をせり上がってくるものがあって、無理に飲み込むと苦い味が広がる。なにをいっている、なにをいおうとしているのか。だが、後藤は口を噤《つぐ》んだ。

そして、小さく、「佐々木も承知しているらしい」と呟《つぶや》く。

気持ちが悪かった。吐き気がしたが、えずくだけでなにも出なかった。そんな京香の顔色を見て、後藤が慌てた。

「三星、早まるな。まだ、なにも本当のことはわからないんだ。今、俺《おれ》が調べている。そしてはっきりすれば、ちゃんと手を打つ。いいな、だから妙な真似はするな。絶対するな。これはお前のためだけでなく、佐々木のためでもあるんだぞ」

後藤の声を遠くで聞いていた。

そして、十一月五日の夜。その日、京香は当直担当だった。本部の当直当番は、週に一回する所轄と違ってめったに回ってこない。緊急事態に備えて連絡係として泊まり込んでいるものだ。

京香が捜査一課の部屋を出て当直室に向かう廊下を歩いていると、向かいの窓に灯《あか》りが見えた。上の階にある刑事部長室だ。

それを窓越しに見ているうちに、なんとも妙な気がしてきて、そのまま廊下を駆けた。駆けながら、スマートホンを取り出し、飛鳥を呼び出す。だが、電話に出られないという音声だけが流れる。おかしい。曲がりなりにも本部刑事だ。いつなんどき緊急の呼び出しがあるかしれないのに、応答できない状態になっているわけがない。スマートホンを尻ポケットにしまうと、スピードを上げて階段を駆け上った。

廊下に沿ってドアがいくつも並ぶ。奥の一番大きな部屋が刑事総務だ。その部屋の奥に刑事部長室がある。なかに入ると電気は落とされ、人気がない。廊下からの灯りだけを頼りに奥の部長室の扉に向かった。耳を寄せると人の声がした。刑事部長だろうが、もう一人別の声も聞こえた。女性のような気がした。

手を振り上げ、ドアを叩《たた》こうとした。だが、寸前で思いとどまる。もし、呼びかけたなら、万が一にでもおかしなことが起きていても隠蔽《いんぺい》されてしまう。相手は刑事部長だ。お茶を飲んでいた、世間話をしていたといい通されたなら、巡査部長ごときが反論できない。

京香は、スマートホンをライトに変え、刑事総務の部屋を物色し始めた。刑事部での雑務いっさいを取り仕切るところで、京香も何度も出入りしている。おおよその見当はつけられるが、それでも総務課長の引き出しの奥に部長室の鍵を見つけるまでにはずい分、手間取った。

京香は鍵を握り、そっとドアに近づいた。唾を飲み込み、ゆっくり鍵穴に差し込む。

自分はバカなことをしているのではないか。この部屋の向こうにあるのは、想像していることとは全く違うことで、なんらおかしなことなど起きていないのではないか。幹部らが膝《ひざ》を交えて会議をしているだけなのではないか。そう思いながらも、指は少しずつ動く。

こんな夜遅くまで刑事部長が一人で居残っている。普通、部長が残るなら少なくとも刑事総務の誰かが残っていなくてはならない。部長宅へは、総務の人間が車を運転して送ることになっている。誰もいないということは、部長がそう指示したのだ。

それでも、まだ自分はバカなことをしているのだと思いたかった。このまま回れ右し、すぐに部屋を出て、ごく普通に当直を続けたいと思った。だけど、どうしても知らん顔ができない。気づかない振りなどできそうにない。

佐々木飛鳥は、京香と組むことになると、あの大きな目を輝かせていったのだ。

『わたしも三星先輩に負けない、いえ、ずっと優秀な刑事になってみせます。本部捜査一課には佐々木飛鳥がいるといわれるようになります』

だからどうかご指導をよろしくお願いします、と深く室内の敬礼をしたのだ。

指が動く。鍵の開く音がした。心臓の音までも聞こえた気がした。把手《とって》を握る手が僅かに震え、その震えを抑えるように両手で握り込んだ。

そして大きく息を吸い込み、吐き出すとともに把手を引き開けた。

信じられない光景であったが、想像していた通りでもあった。想像以上といってもいいかもしれない。

部長室の中央にある応接セットのソファの上に、白いシャツの大きな背が屈《かが》み込んでいるのが目に入った。男はシャツの裾《すそ》をはだけ、靴を脱いだ片足をソファにかけてうつぶせている。開いた足のあいだから黒いパンツの足先が見えた。ストッキングに包まれた小さな足が二本。

ドアが開いたことに気づいた部長は上半身を起こした。その体の下に佐々木飛鳥の驚愕《きょうがく》した顔があった。白いシャツの胸元ははだけ、下着が見えている。

「な、なんだお前は」

坂巻刑事部長は、四角いふくよかな顔を真っ赤に染め、怒りの形相で見つめ返す。立ち上がるなり、ズボンのファスナーとベルトを締め、ワイシャツの裾をたくし入れる。必死に整えながらも怒号を上げ続けた。

「どうやって入った。お前、どこの誰だ。自分がなにをしているのかわかっているのか」

自分の部下の顔も覚えていない。それでどうやって、県警の一員になれるというのだろう。

怒りよりも激しい絶望が込み上がってきた。目をやると、飛鳥がソファに起き上がり、両腕で自分を抱えるようにして肩を震わせていた。

「佐々木」

京香の声を聞いて、飛鳥は顔を上げた。涙に濡《ぬ》れ、綺麗《きれい》な顔がくしゃくしゃに歪んでいた。唇を震わせながら、いやいやするように首を振る。

「先輩、どうしようもなかったんです。わたしの失態に目を瞑《つむ》ってもらうために……そうでないと、庇ってくれた先輩や後藤班みんなに迷惑がかかる」

「なんですって」

京香はぎりぎり目を吊《つ》り上げた。部長は飛鳥を見、そして京香を見て、「いや、違う」と首を振った。そしてなぜか、待て、俺は刑事部長だぞ、と両手を胸の前で振る。先ほどまでの怒髪天を衝《つ》かんばかりの形相は掻き消え、戸惑うような表情が浮かんだ。

「自分がなにをしているのかわかってんの？　刑事部長であるとか、キャリアであるとか、そんなこと関係ない。人として、それがやっていいことかどうか、そんなこともわからないの？」

あんたはそんな大馬鹿者なのか、と罵《ののし》った。

バカ呼ばわりされてさすがに頭にきたのか、坂巻は弱々しそうな顔を一変させ、幹部らしい人を見下すような光を目に宿した。

「なにを偉そうなことを。だいたい隠蔽したのはお前らだぞ。仲間を守るためだとかいって都合のいい理由をつけて処分を免れようとした。仲間のためじゃなく、己が可愛《かわい》いからだろうが。そんなお前らに俺をどうこういう資格があるのか」

「な」

悔しいけれど、部長のいうことも一理ある。先に、隠そうとしたのは京香らだ。罪を犯したというなら、それは京香らも同罪かもしれない。そのとき、飛鳥が泣き叫んだ。

「わたしへの処分なら受けますっていったのに。それなのに部長は、ひとまず事情を説明しろと呼び出し、この部屋で何時間も不届きだとか延々と責め立てて、しまいには、ショックで朦朧《もうろう》としていたわたしの体を触り始めた」

抵抗したら、後藤班全員も処分を受けるかもしれんぞといわれて、もうなにをどう考えたらいいのかわからなくなって、と両手で顔を覆った。それ以後、脅されるようにして何度か外のホテルへ呼び出されたのだと、しゃくりあげながらいう。

そんな飛鳥を見て、坂巻は唖然《あぜん》とした。呆《ほう》けたような間の抜けた顔だった。小さな目が忙《せわ》しなく泳ぎ、そしてあろうことか、苦笑するように口の端を弛《ゆる》ませたのだ。それを見た途端、京香のなかでなにかが切り落とされた。

気づくと手が挙がっていた。伸びた先で、掌《てのひら》が拳に変わっていた。

監察官聴取を受けたのは、その翌日だった。

坂巻刑事部長は運よく、というのか不運にも大した怪我ではなかった。ただ、頭部裂傷ということで一日、検査入院することになった。

事件は瞬く間に県警本部内を走り抜けた。けれど、ある一定の位置から下に下りてくることはなかった。つまり、幹部らによって箝口令《かんこう》が敷かれ、ただ、刑事部の三星京香巡査部長が、坂巻刑事部長に反抗して暴挙に出たということだけが不確かな情報として取り残された。

監察官に理由を問われて、京香は応《こた》えるのを躊躇《ためら》った。

佐々木飛鳥になされた部長のあるまじき行為を摘発するには、飛鳥の大美署強傷事件の拳銃使用について話さねばならない。飛鳥が身を以《もっ》て守ろうとしたことを、果たして京香が無駄にしていいものか、思案の迷路に落ち込んだ。

休憩を取るため、聴取室を出てトイレに向かった。廊下の角で飛鳥が待っていた。

飛鳥は室内の敬礼をし、思いがけない事実を述べた。坂巻部長が飛鳥の発砲した拳銃の弾を持っているという。

「どうして」

飛鳥は首を振り、「わかりません、ただ」という。

「ただ、部長がいうには、その弾と一緒にわたしがした不当な拳銃使用のこと、そしてそのことで捜査一課長以下、後藤班全員が隠蔽に加担したことを書いた紙が部屋にあったそうです」

「なんですって。それはどういうことなの。どうして、誰がそんなこと」

「わかりません。でも、弾を見せられた以上、問い詰められたわたしは正直に全《すべ》てを話すしかありませんでした」

すみませんでした、先輩に相談すべきでした、でも、と言葉を詰まらせると、飛鳥はボロボロと涙をこぼした。

「本部内で泣かないで。変に思われるから」

「はい。すみません、先輩」と拳でぐいぐい目を拭《ぬぐ》う。

「なに」

「わたしは刑事失格ですよね。警察官であることすら恥ずかしい」

「………」

「刑事に、優秀な刑事になりたかった。先輩のように。これだけは本当です、信じてください」

我慢し切れず泣き続ける飛鳥の背を押して、部屋に戻れといった。その背に、「余計なことはいわないで。あんたは悪くない。だから、警察官であることを恥じたりしないで」とだけ告げた。

京香は、トイレをすませて聴取室に戻ると、椅子《いす》に座らず立ったままいう。坂巻刑事部長には以前から遺恨を抱いていたところ、自分を蔑《ないがし》ろにし、同僚の佐々木飛鳥にばかり目をかけていることに嫉妬《しっと》、思わず乱暴を働いたのだと。

それから謹慎、停職処分を受け、県の北端にある放置自転車管理事務所に出向するようにいわれた。

翌日、三星京香は退職願を提出した。

二十二歳で拝命し、九年と七か月の奉職ののちのことだった。

2

美容院で髪をカットした。

案件が長引くと身だしなみに気が回らず、時間も割けなくなるから、気づくとだらしない風采《ふうさい》になっていたりする。スーツは量販店のものではないから安っぽくは見えないだろうが、髪や肌が荒れ放題だとそれもいっしょくたにされる恐れがある。

見た目が大事。言葉遣い、仕草、姿勢、物腰、声の高さ、自然な笑顔までもがイメージに繋《つな》がるのだと葛《かず》副代表はいう。

『弁護士は見た目で七割決まる』

それが口癖のようになっている。そういうだけあって副代表の身なり、物腰には寸分の隙もない。見るからに有能そうだ。いや、実際、有能だし、弱冠四十一歳で弁護士事務所の副代表を務めるだけはある。もっとも、代表が父親なのだから、当然といえば当然なのだが。

「はい、終わりました」

若い男性美容師は、満面の笑みで鏡のなかの藤原岳人《ふじわらがくと》を見つめた。

「ありがとう」といって、受付で荷物をもらい、カードで支払いをすませる。

開けてもらったガラス扉から外に出ると、露出した首筋を洗礼のように冷たい風がなぜていった。もう少し長めにしてもらえば良かったかと悔やみ、慌ててコートを羽織る。

十二月に入った途端、冬の気配が広がり始め、それまで考えたこともなかった年の瀬を意識するようになる。あと少しで一年が終わり、新しい年がまた始まる。焦る気持ちと心待ちにする気持ちとがない混ぜになって、妙な高揚感が湧く。

腕時計で時間を確認した。少し早いが構わないだろうと、待ち合わせ場所に向かった。

今日の打ち合わせは余り気が進まない。依頼されている離婚調停事件は、まだ始まったばかりで、その上、新たな頼みごとを引き受けさせられたことで困惑を通り越して辟易《へきえき》していた。店のウィンドーガラスに映る姿を見て、綺麗に整えられた髪を手櫛《てぐし》で僅かに崩す。勇んでやってきたと思われるのも癪《しゃく》だ。

北陸の郷里を離れて、このS県で弁護士をすることにしたのは、単に大学がここだったからだ。まさか、そこの県警に幼馴染《おさななじみ》が就職してくるとは思ってもいなかった。

三星京香とは同郷で、住んでいた場所も同じ町内。京香の方が三つ年上だったが、幼稚園から高校まで同じところ、小学生時代は一緒に通学もした。当時から大柄だった京香は、近所でも逆らうもののいない女ガキ大将。対する岳人は、同学年の子どもよりひと回りは小さく性格も大人しい、いわゆる苛《いじ》められっ子だった。

京香は最初、警視庁に応募しようと思ったらしい。

「でも、もう駄目。あのラッシュ時の電車の混雑を見たら、とても無理」

大仰に顔をしかめ、肩をすくめた。それであちこちの県で探したら、たまたまここでも募集していたから、受けてみたといった。

「それなら地元でも良かったんじゃないか。募集していただろう?」

というと、今度はにんまり笑った。

「ここの県が一番多く募っていたのよ。それって合格率も高くなるじゃない」

岳人は、「あ、そう」としか応えようがなかった。ただ、同じ県にきたとはいえ、大学生活は案外忙しく、働き出した幼馴染と顔を合わせることは余りなかった。卒業後、無事司法修習を終え、県内でも一、二を争う大手の、うと法律事務所に就職が決まってからは仕事を覚えるのに忙しく、いっそう会う機会は減った。

そんなとき、突然、呼び出された。確か、県警本部捜査一課の刑事をしていた筈だと思ったが、半月ほど前に退職したと聞かされ、岳人は何度目かの唖然《あぜん》とする思いを味わった。

「刑事の仕事はやりがいがあるっていっていたじゃないか。なんでまた辞めたりしたんだ？」

顔を合わすなり尋ねたら、即座にそれは訊かないでといわれた。

「相談ごとがあるというから、わざわざ出向いてきたのに、そのいい草はないだろう」

本気で文句をいうと、いきなり頬《ほお》をつねられた。すぐに手で振り払う。

「止《や》めろよ、酔っているのか。もうあのころとは違うんだぞ」

歯を剝《む》いて怒ると、余計に笑われた。そして大きな掌を岳人の頭の上に乗せて、

「うんうん、わかっている。岳ちゃんも大きくなったよね」

と赤い目で笑ったのだった。

京香の母親と岳人の実母も幼馴染だった。岳人の面倒をみるよう常からいわれ続けていたらしい。中学、高校は入れ違いだが、岳人が嫌がらせをされてしょげて帰ったりすると、すぐに卒業した学校にまで乗り込んで相手を糾弾した。

お陰で目立った苛めを受けることなく、無事にすくすく育ってこられた。確かに、そのときの恩義があるといえばある。だからこそ、警察を辞めて離婚することになったといわれたときは、自ら進んで相談に乗るともいったのだ。

「離婚の理由を教えてくれ。調停を引き受ける以上、できるだけ知っておかなくちゃいけない」

そういうと京香は、僅かに目を伏せ、頷いた。だが答えた内容は、すれ違いの生活で気持ちが離れたとか、価値観の相違だとか、とってつけたようなことばかり。さらに追及すると、目を尖《とが》らせて怒った。

「いいの、それはもう。離婚に関しては、話し合いで穏便に決着はついているのよ。ただ、つみきのことが」と言葉尻を消した。

京香には、今度四つになる三星つみきという母親に似ない可愛い女の子がいる。娘の親権に関して、夫側も全く譲る気はないということだった。

三星潔《きよし》氏は京香と同じ警察官で、岳人が知る限り、心の広い穏やかな人のように思えた。

「そうか。潔さんもつみきちゃんを手放したくないんだ。そりゃそうだろうな」

お互いの話し合いだけでは片がつかず、第三者をたてなければどうにもならない状態までになった。京香は唇をきつく引き結び、岳人に真剣な眼差《まなざ》しを向ける。

「お願い、岳ちゃん。なんとしてもつみきの親権だけは取って。それだけはお願い、お願いします」

そういって京香は首《こうべ》を垂れ、長く頭を下げ続けた。

「わかった。任せて」

岳人はそういうしかなかった。京香は顔を上げ、ほっとした表情を浮かべた。潔氏の方でも弁護士をたてているらしいから、これからは弁護士同士の話し合いとなる。その方が、当事者を相手にするよりはずっと楽だし、ビジネスライクに事が進められる。だから、調停に関してそれほど心配はしていなかった。

それなのに、また問題が発生した。

京香は警察を辞めてから、新しい仕事を始めた。無職では当然のことながら、子どもの養育は難しいとされるし、親権を得るにも不利となる。夫である潔氏の側には、高齢だが元気な両親もおり、なにより公務員という手堅い職がある。自宅はマンションだったが、離婚の財産分与として京香がもらうことになっていて、潔は両親のいる一戸建ての実家に戻っている。家はS県でも高級住宅街に入る一角にあり、古びてはいるが二階建てで広い庭付き。近くには有名な私立の小学校があり、入学すれば大学までさほど苦労せず進める。潔の両親は、息子に輪をかけて誠実で心の広い人達のように思えた。別れることになった京香のことを悪くいうでもなく、息子が至らなかった、だからせめて孫のつみきだけでも十分な世話をし、なに不自由ない生活を送らせてやりたいと涙ながらに語った。

そんな環境に比べると、京香の方には親権要求の論拠が余りない。いや、全くないといってもいい。そうならないように、まずは生活費だと考えて、とにかく始めたスーパーでの品出し、レジ打ちの仕事だったが、あるとき万引きを見つけて捕まえてしまったことで居辛《いづら》くなった。捕まえたこと自体は悪くないのだが、そのせいでスーパーには元刑事が社員に紛れて客を見張っているという噂《うわさ》が立ち、穏便に辞めてくれと打診されたらしい。

失業保険の出ない元公務員だから、早急に次の仕事を見つけなくては、京香自身の暮らしもままならない。だが、三十過ぎて手に職もなく、いわゆる潰しのきかない元公務員を雇ってくれるところはなかなか見つからなかった。贅沢《ぜいたく》をいわなければなんでもあるのだろうが、京香は贅沢をいった。

「そんなこといえる立場じゃないだろう」

思わず意見すると、すぐに口を尖らせた。

「これからつみきと一緒に生きてゆくのよ。あの子が安心して成長できるような仕事を手に入れなきゃ意味がない。長く勤めるということでもあるから、少しでも若いうちにそういう職場を見つけて就かないと、これからますます難しくなる」という。

それも一理ある。だが、調停日が近づいているのに、無職のままでは不利だ。焦っているのは岳人一人で、京香はなぜかすっかりあてにしていて、手をこまねいて待つばかり。これから京香に会って、新たな就職先を打診することになっている。そして、できれば断って欲しいと、岳人は切に願っているのだった。

「へえ。いいかも。いいよ、やってみる」

岳人は苦虫を嚙《か》み潰したような顔をする。わざとそんな風にしたが、京香はいっこうに気づいていない、というか気づいていたとしてもどうということはないのだ。

「なにがいいかもだ、なにがやってみるだ。なんで上から目線なんだよ。ともかく、よく考えてからいえよな。こういう職場も仕事も初めてだろう？　なんにも知らないじゃないか」

「なにいってんのよ。スーパーの品出しだってレジ打ちだって、みんな初めてで知らなかったことばっかりよ。これからなにをするにしても、わたしは初めてづくし。潰しのきかない元公務員の再就職ってそういうものなのよ」

「そう思うんだったら、その公務員を簡単に辞めるなよ。なにがなんでもしがみついていれば良かっただろう。なにがあったか知らないけど、少々のことくらいは我慢し、理不尽なことにも罵倒《ばとう》の声にも耐え忍んで、悔し涙を飲み込めよ。それくらいどこの会社員でもしていることだぞ」

京香は一瞬、睨《にら》みつけるように見返し、そのままアイスコーヒーをストローで勢いよく吸い上げた。店のなかは暖房がかかっているとはいえ、寒風が吹きすさぶ季節なのに冷たいものしか頼まない。口のなかを冷たくすることで、頭のなかも冷えて落ち着きを取り戻せるという、独自の対症療法らしい。それを信じて今も続けていることに、軽い驚きと共に可笑《おか》しさが込み上がって、思わず口元が弛んだ。

岳人が郷里を出たとき、京香は地元の大学三年だった。

簡単な荷物だけ持って電車を待っていると、スマートホンが鳴って、お茶をしようと誘ってきた。目を上げると改札の向こうで京香が手を振っていた。駅前の喫茶店で今と同じように向き合い、岳人はホットココアを、京香は今と同じアイスコーヒーを頼んだ。寒さが頑《かたく》なに居座る三月のことだった。

あのときどんな話をしたのかは覚えていないが、岳人が明るく元気でなというと、京香は睨みつけながらアイスコーヒーを啜《すす》ったのだ。

「それ、癖？　いいたいことを我慢するときは、そうやって睨みつけてストローをくわえるんだ」

「うん？」

京香は不思議そうな目を向ける。いや、いいとすぐに手を振った。

「それより一応、面接があるから。明日、午後一時にきて。絶対遅れるなよ」

「わかった。頑張る。ありがとう、岳ちゃん」

「頑張らなくていい。それに、岳ちゃんなんて呼ぶな」

「うん。わかった」

精算書を手に立ち上がりかけて岳人は、ああそうだと慌てて書類鞄《かばん》を開けた。小さな包みを取り出して差し出す。京香が怪訝《けげん》な顔をしながら受け取った。

「つみきちゃんに。このあいだ会ったとき、シルバニアファミリーのピンクの車が欲しいっていっていたのを思い出してさ。たまたま仕事先で目にしたから買った」

「このあいだって……うちにきたの半年くらい前じゃなかった？」

「うん。あ、もう買った？」

「あ、ううん。ありがと。喜ぶわ」

　京香がにっと笑みを広げた。

「岳ちゃ、いや、岳人くんはこういうのほんとできる人よね」

「なんだよ。こういうのって」

「うーん、弱者への心遣い？」

「そうだよ。弱者の気持ちは弱者にしかわからないからね。だから弁護士になったともいえる。もっとも、京ちゃんの娘が弱いとは思ったことないけどね」

「ふふふ」

　もう一度、ありがとうといって手を振った。岳人はガラス扉を押し開けて外に出る。吹き寄せる冷たい風にコートの襟を立てた。襟に手を当てたまま、ちらりと振り返ってみた。

　ガラスの向こうで、三星京香が小さな車を掌に乗せて、窓の奥を覗き込むように目を寄せていた。その顔にこれまで見たことのない寂しげな表情が浮かんでいたので、岳人はすぐにその場を動けずにいたのだった。

「岳ちゃん、これでいいよね。筆記試験とかホントにないよね」

顔を合わせるなり大きな声で問いかける。呼び名の訂正をする気も失《う》せたまま、岳人はさっさと前を歩いた。親しげな態度で、岳人のうしろを二十センチは高い京香がついてゆくのを見て、事務所の人間はどう思っただろう。パーティションの向こうにパラリーガルらの瞬《まばた》きを忘れた目がいくつも見える気がした。

ドアをノックし、返事を聞いて引き開けた。

ミーティングルームは二十畳ほどあり、うと法律事務所では一番、見晴らしのいい位置を占めている。楕円《だえん》形の二十人は座れるテーブルの最奥の席で、二人の男性がすっと立ち上がった。

岳人はドアを閉め、京香の横に立って紹介する。

「三星京香さんです。僕とは同郷の友人になります。本日は、わざわざ面接をしていただきありがとうございます」

そういって頭を下げる。それを見て京香もすぐに、妙に姿勢のいい挨拶《あいさつ》をする。

「よろしくお願いします」

あとで警官がする室内の敬礼だと教えられた。

「よろしく。どうぞこちらへ」と、うと法律事務所の副代表である葛貴久也《きくや》が手招いた。

岳人は軽く一礼して部屋を出ようとしたが、呼び止められた。もう一人の面接者である葛道比古《みちひこ》代表が、ふくよかな手でおいでおいでをしている。

「せっかくだから、推薦人として君も同席してよ」

貴久也がちらりと父親を見るが、なにもいわず席に着く。京香は満面の笑みで岳人を振り返り、さっさと代表の向かいの椅子に腰を下ろした。岳人は仕方なく、ドアに近い方の椅子を引いた。

副代表から簡単な質問がなされた。京香はよどみなく、正直に、誠実に応えた。姿勢もいいし、声にも張りがあって、相手に対して臆《おく》することなく明確に述べる。元警察官なのだから当たり前なのだろうが、印象は悪くない。だが。

「弁護士事務所の経験は皆無ですね。警察でも刑事課には司法担当という部署があると聞きますが、そういった仕事をされたこともない？」

貴久也は履歴書に視線を落としながら質問をする。岳人は内心で目を瞑っていた。うと法律事務所が求めて募集をかけているのは、パラリーガルだ。弁護士資格こそ持たないが、弁護士の右腕として訴状などの裁判書類の作成、裁判期日の調整、証人らに対する聴取、報告書のまとめなど、種々雑多な仕事をこなす有能な人材だ。もちろん、弁護士になるために司法試験浪人をしている人物ならなおいい。つまり即戦力となる人間が欲しいのだ。

うと法律事務所。漢字だと烏兎となるが、読みにくいのでひらがなだ。現在、弁護士が十名、パラリーガルが八名、雑用係として学生のアルバイトが二名。民事、刑事両方を手掛ける県内でもトップクラスの事務所。

岳人がここに入れたのは幸運もあったが、やはり実力を買われたのだとも思う。大学の法学部を出て法科大学院に入らず、予備試験を受けて合格、その後、司法試験にも一発合格して弁護士となった。司法修習生の時代は、検察に行ったときは検事にならないかと懇願され、裁判所に行ったときは裁判官がいいぞと熱心にくどかれた。成績が優秀な司法修習生は、検察、裁判所双方から勧誘を受ける。だが、岳人は弁護士になることに最初から決めていた。

検察官や裁判官は国家公務員だから、全国区で異動がある。いずれ家庭を持ち、子どもを育てるのであれば、引っ越しばかりの暮らしはなにかと問題が起きやすい。一概にはいえないけれど、転校生というのは苛められやすいのではないだろうか。自分が苛められっ子であったこともあって、そういう不安が常につきまとう。結婚もしておらず、当時は彼女すらいない身で、子どもの将来を考えるのは大袈裟《おおげさ》だと思う。思うが、どうしても公務員にはなりたくなかった。

そんなことを話すと、京香は呆《あき》れた顔を見せた。先回りして、軟弱な人間だよ、と拗《す》ねた顔を作ったら首を振って笑んだ。

『それわかる。わたしもつみきがいるから余計にね。子どもができると、やっぱりなにを措《お》いても自分のなかでの一番になるのよ。その子の将来をね、ずっとずっと先まで考えるのが親なんだ。だから岳ちゃんは間違ってないよ。いいじゃない、弁護士、似合っている。第一、ちっちゃい検事なんて迫力ないしね』

最後は余計なひと言だったが、嬉《うれ》しかった。

「はい、全く経験がありません」

京香はハキハキと答える。なんでも元気よく答えればいいってもんでもないだろう、と思うが仕方がない。見当違いの募集に応募したのはこちらの責任だ。

次の離婚調停期日までにどうしても就職してもらいたかった。色々探して、面接を受けてもらったが、どこにも引っかからない。そんなとき、たまたまうちの事務所でも人を募集していたので、半分自棄《やけ》のように勧めたら、思いがけず食いついてきたのだ。知り合いの岳人がいるから、なんとかなると考えたのだろう。

だが、今や法律事務所はそんな甘い就職先ではない。毎年、弁護士は生まれ、どこかの事務所に所属し、破産事件や和解事案をこなしながら経験を積み上げていく。個人で事務所を開くなど無謀だといわれるほど顧客の獲得は難しい。国選だけではやっていけないから、質のいい事件、つまり大手企業が被告になるような民事事件は取り合いだ。事務所として名を知られるにはそこそこの規模が必要となる。名が知られれば事件が集まり、良い結果を出せば顧客もつく。顧客がつけば、質のいい事件が受け持てるから、それで結果を出せば……という循環構造だ。そのどこかで躓《つまず》けば、多大な損害を被るなど、事務所の存続に繋がる事態にもなりかねない。気楽に働ける職場ではないのだ。

「ですが、わたしには他の人にはない能力があります」

不利だと思ったのか、京香は反撃に出る。岳人は喉をごくりと鳴らした。

「うん？」

それまで質問は全て息子に任せていたのに、ここにきて代表が前のめりになった。ふくよかな顔と体型の葛道比古は、口の悪いパラリーガルが寝起きのブルドッグと呼ぶ細い目を向けて、それはなに？　と尋ねる。

「はい。警察官としての経験です。剣道は三段で体力に自信があり、人を観察すること、尾行すること、大声を上げること、取り調べること、そして度胸もあります。調書はいくつも書いてきましたので、報告書なら作成できます。あとは射撃が上級クラス、上背があるので相手を威圧することもできます」

「いや、そういうのうちは必要としてないから」と、副代表が冷静に反論する。

この葛貴久也という人物は、父親である代表とは真逆のタイプだ。身長は一八〇センチ、スレンダーな体型ながら毎日ジムに通うだけあって筋肉がついている。いつもオーダーメイドのスーツに身を固め、整髪料で綺麗に髪を固めていた。顔は十人並みだが、頭が良さそうだというのだけは歴然と容貌《ようぼう》に出ている。代々、法曹界の職に就く家系で、本人は留学経験もあり、いわばサラブレッド。相当な自信とプライドを持っているが、表向きは人当たりのいい気さくな四十代のように振舞っている。今も独身。口の悪いパラリーガルもさすがにこれといったたとえは見つからないらしく、単にジュニアと呼ぶ。

とにかく優秀で頭脳明晰《めいせき》なのは間違いないし、これまでの刑事事件で検察の求刑通り、若しくは半分以上の刑期になったことは一度もない。これは物凄《ものすご》いことだ。検察が起訴する案件はほぼ有罪なのは周知のことだが、判決が求刑の半分以下だと、必ずといっていいほど控訴してくる。逆にいえば、半分以下の刑期で納めたなら弁護士の勝ちといえるだろう。

刑事事件だけではない。民事事件においても八割以上、依頼人の希望に添う結果を出してきた。賠償金や和解金などは弁護士の折衝術によって大きく変わる。

貴久也は初めに、依頼人にここまでの負担なら許容できるという額を導き出させる。その際、ほんの少し多めにいわせるよう運ぶ。そしてその金額の六割から七割で和解するのだ。

『最初の提示額より少ないと顧客は得をしたと思う。人は思っていた通りに納まった場合より、安くすんだという結果に好印象を持つ』

入所一年目に、貴久也と一緒に仕事をさせてもらったとき、教えられたことだ。

そのためには、受け持った訴訟や交渉が、結果的にこういう額の前後で納まるだろうという見込みを立てられることが必須《ひっす》となる。葛貴久也は、その見込みが正確に測れる頭脳を持つ人なのだ。頭がいいという以外に、一種独特の勘働きのようなものがあるのではないかと、岳人は思っている。

今、その頭脳と勘で三星京香を値踏みし、判断している。岳人は息を止めて待っているしかない。

「結果は本日中にスマートホンにメールします。どうもご苦労さまでした」

貴久也が立ち上がるのを見て、岳人も席を立った。京香はなぜか躊躇《ためら》うようにゆっくり立つが、息を吐く音が聞こえたと思ったら、いきなり副代表に視線を当てた。岳人は慌てて止めようとしたが、もう口は開いていた。

「実はわたし今、離婚調停をしていて——それをこちらの藤原岳人さんにお願いしています」

だから？　という顔で貴久也は見返す。隣の代表は椅子に座ったまま、眠そうな目を向けていた。

「娘の親権を争っています。親権を得るために、わたしは是が非でも就職して生活に問題がないことを調停委員に示さなくてはならないんです。だけど思うように仕事が見つからず、この岳、いえ藤原先生に無理をいってこちらの面接を受けさせてもらいました。わたしがご希望に添わないのはわかっています。ですが、切羽詰まっている状況でなんとしてでも職を得たい。ですから」

そこで息を継ぐために口を閉じた。その間を逃さず貴久也は、

「だから温情を得たい？　それとも調停中だけでもここで働いているようにしてもらいたい？」と先んじていう。

京香はなぜか不思議そうな顔で見返し、いや、そういう面倒臭いことでなく、という。

「わたし、なんでもします。凄く頑張ります。いただくお給料分、いえそれ以上の働きを必ずします。そして決して人を騙《だま》したり、裏切ったり、なにかを盗んだり、傷つけたりしません。もちろん、例外として相手が犯罪者や悪党でない限りはですが」

「じゃあ、もし我々がなんらかの犯罪に加担していたとわかったら？」

貴久也もなぜか応じる。暇なのか。

京香は顎を上げて姿勢を正すと、

「告発します。関係所管と連携して対応する、若しくは司直の手に委ねます」といい切る。

「そうですか。お気持ちは承りました。お帰りいただいて結構です」

そういって貴久也は腰を下ろしかける。

「いいんじゃない」

ふいに声がした。三人がぎょっと目を向けた。葛道比古代表が、細い目をさらに細めて、太い指を京香に向けている。

「この人、雇いましょう」

「は？　いやそんなにすぐに結論を出さなくても」

「いいじゃない。この人も安心したいだろうし。ひとまずは、試験運用ということにしてさ。仕事はおいおい覚えてもらうとして、取りあえず調査員としてどうかな」

「調査員ですか？」

貴久也がしっかり席に腰を下ろし、顎の下に手を当て思案する。

「今、民事でも刑事でも厄介そうな案件あるでしょ。藤原先生の刑事事件もなんかうさん臭いよね」と代表は付け足す。

いきなりうさん臭い事件といわれて、岳人は唖然とする。はあ、としか答えようがない。

「この先、色々、面倒が起きそうな気がする。うちのパラリーガルは仕事はできるが、臨機応変に動くことが苦手でしょ。しかも上品な育ちだから、物騒なことには近づかないし、面倒ごとは避けて通りたがる。それで、後々、再調査しなくてはならないことにもなったりする。この人なら、そういうの大丈夫そうじゃない」

「そうかもしれませんが、調査を要する案件など、そうそうあるわけでもないし」

「ないときは事務所の雑用をやってもらえばいいじゃない。藤原先生にパラリーガルになれるようご指導いただきながら」

　岳人は両肩が抜け落ちるのを感じた。京香は喜色満面で、轟《とどろ》くような声で叫んでいた。

「ありがとうございます。精一杯頑張りますっ」

3

「それでうさん臭い刑事事件ってどんなの？」

　十二月九日月曜日、初出勤するなり京香は岳人に訊いてみた。

　ひと通り挨拶をすませたあと、黒の上下のスーツ、黒のスニーカーで、黒のソフトダウンのジャケットを手に抱えて、藤原弁護士の執務室に入る。

　六畳ほどの広さの長方形で、窓側とドア側以外の壁二面が本棚、床は木のフローリング。本棚の前に執務机があって、中央には丸いテーブル、パイプ椅子が三脚、畳まれて壁に立てかけられている。花も絵もなく、こざっぱりというより、愛想のない部屋だなと思う。

　京香はそのまま窓際に近づいて外を眺めた。駅そばにある、商業エリア・事務所エリア・居住エリアで造られる三十階建て総合ビルの十五階。オフィス区画では十五階が最上階で、これより上は居住区域層となる。さすがに見晴らしが良くて、ここなら気持ち良く仕事ができそうだと思った。

県警本部は十階建てで、築五十年は経つ。官公庁街の中心にある上、刑事部は四階だったから、窓の向こうは似たようなビルの窓しか見えなかった。もっとも、窓の外を眺めているような暇はなかったけれど。

執務机に着く岳人が書類を広げる手を止めて、「うさん臭いなんていうな」と睨んできた。京香は肩をすくめ、自分でパイプ椅子をテーブルの側《そば》に広げる。スマートホンをテーブルに置き、手帳を開いた。

「初日だからって、そんなにやる気満々の振りをしなくてもいいよ」

外窓と反対のドア側には、小ぶりの窓が一枚ある。ブラインドは上げられ、廊下を通る人から丸見えだった。

「そう？　やっぱり最初が肝心じゃない。皆さんに値踏みされたんだから」と笑ってみせた。

先ほど、事務所のメンバーを紹介された。その時点で出勤している者だけだったが、面接で会った葛親子以外に、岳人を入れて弁護士が六名、パラリーガルが七名、アルバイトが二名の十五名。他に出先に直行している弁護士二人と、産休中のパラリーガルが一名いる。

うと法律事務所で弁護士の最年少は、今年の春入所した二十六歳の小柄な女性だ。次が岳人で、そのあと三十代から六十代の代表に至るまで、年齢層は満遍なく揃《そろ》っている。弁護士十名の内訳として男性が六人、女性が四人。弁護士助手という立場のパラリーガルは、概《おおむ》ね若い。司法試験を目指している人が多く、二十代が六人で男女半々、あと三十代の女性が一人、五十代の男性が一人。

アルバイトの二人は男女で、やはり法学部の学生だ。男性の方は細いナナフシのような体型で眼鏡。女子学生はショートヘアで、独特のファッションセンスを持つ。今朝見なかった人らとは、顔を合わせたときにその都度挨拶することになった。

弁護士はともかく、パラリーガルは京香が警察出身者だと聞くと、さっそく顔の表情筋を痙攣《けいれん》させるのがちらほらあった。

「仕方ないよ」と岳人。「弁護士はさすがに顔には出さないけど、良く思ってない人もいる筈だよ」

「ふうん。警察がそんなに嫌われるようなことをしてきたとは思えないんだけど」

「よくいうよ。被疑者に会わせろといっても取調中だとかいって待たせるし、用事を頼もうと声をかけても無視するし、しまいには意味もなく大声を張り上げたりして威嚇する。若い女性の弁護士なんかＰＴＳＤになりそうだといってる。だいたい、なんで警察署ってあんなに暗いんだ」

「うーん、古い建物が多いからね。新しく建て直したところは銀行みたいに明るいわよ」

「とにかく、ここで仕事をする限りは、妙な真似はするなよな」

「どういう意味よ、妙な真似って」

岳人はじっと京香を見つめ、諦めたように黙って視線を外すと手元の書類を繰り始めた。

「一応、事件の概要だけ説明する。検面調書とか書証類はこっちにあるから勝手に見て」

「わかった」

そういって京香は執務机の横に置かれているワゴンの側に行き、手を伸ばす。

「暴行傷害事件か。所轄の案件ね。被疑者はその場で逮捕。動機は」

うん？　と手を止め、岳人を見やった。執務机に両肘《りょうひじ》をついて顔の前で組んでいる。

「なにこれ」

「うん。まあ、これがうさん臭いといわれる所以《ゆえん》なんだと思うけど」

京香は書類を手に持ってパイプ椅子に腰を下ろし、組んだ足の上で広げながら改めて読み直す。

「被告人鹿野《しかの》省吾《しょうご》、五十三歳。十一月二日土曜日の午前一時三分ごろ、○○の路上で通りかかった被害者安藤俊充《あんどうとしみつ》、三十一歳に小銭を貸してもらえないかと頼んだところ拒絶され、口論の末、かっとなって側にあった工事現場の看板で殴りつけ、頭部裂傷の怪我を負わせた。被告人がいうには、電車がなくなり、お金もほとんど持っていなかったため、歩いて帰ろうとしたが相当の距離を行くことになるので、なにかドリンクを持って歩こうと考えた。自動販売機で一一〇円のペットボトルの水を買おうと思ったが、小銭が二十円足らず、たまたま通りかかった安藤に声をかけたが断られた。これ本当？」

うん、と頷く岳人に、「これは国選なの？」と訊いた。

「いや、私選。鹿野さんは、失業中で家族はいない。寝たきりの老母の介護をしていたそうだが、今年の七月に亡くなっている。本人も糖尿や心臓の持病を持っている。母親の担当だったヘルパーさんが、うちに頼みにきたらしい」

「ふうん。ヘルパーさんがねぇ。親切なのはいいけど、ここに頼むほどの費用があるの？失業中なんでしょ」

「うん。そのせいで保釈もできず、未《いま》だに拘置所。一戸建ての古家に住んでいるけど、それも借家で貯金も余りない。だから相手方への慰謝料も難しいし、うちへの支払いもどうなるのか」

「どうして引き受けたの。こういう立派な事務所がやる案件じゃないと思うけど」

「嫌みないい方するなよ。僕もよくわからないんだけど、副代表から担当してくれといわれたんだ」

「へえ。被害者は大怪我は負ったけれど、死んだわけではないし、後遺症もさほど残らないと、今のところ思われるんでしょ？　なにより、鹿野さんに対して遺恨はないといってくれている。それなら執行猶予は確実だろうから、働いて分割で支払うということなのかしら」

「いや、執行猶予は難しい。そのことは本人もわかっている」

「どうして」

「鹿野省吾には前科があるんだ」

「なんの？」

「傷害」

「前も？」

「だからたとえ慰謝料を支払ったとしても、実刑は免れないと思う。僕がすべきなのは刑期をできるだけ短くすること」

「それを岳ちゃ、いえ藤原先生が任されたってことか。しかも副代表からの話なら、なおのことしくじるわけにはいかない。でも、うさん臭いというのもその程度なら、わたしがする仕事はなさそうね」

「実はそうでもなくなった」

「あら、なに」

「情状証人としてお願いしていたヘルパーの人と連絡が取れないんだ」

「その、鹿野省吾の母親のお世話をしていたという人？」

「ああ」

「なんて人？」

岳人は机越しに書類を渡す。京香はそれを受け取って、クリップ留めされた顔写真入り身分証のコピーと一緒に目を通した。

白髪交じりのおかっぱ頭で、えらの張った四角い顔、太い眉《まゆ》に意志の強そうな目。名前は羽根木有子《はねきゆうこ》、年齢は四十八歳。夫とは三年前に死別し、家族は息子が一人、現在は県外に暮らす。今勤めているのは訪問介護ステーション『わかば』で、二年になる。住所は、〇〇二丁目にあるUR住宅の三階三〇二号室。

「最後に取った連絡は？」

「第一回公判が終わった十二月二日。次の二十六日が第二回公判で、証人尋問が終われば、最終弁論となって結審の予定。今は刑事裁判を無駄に長引かせず、特に争いがなければ、ひと月ほどで結審するのが普通だ。次回の公判では羽根木さんの証人尋問をする予定になっていたから、二日に連絡して打ち合わせの日時を決めた。知っていると思うけど、公判で証人尋問を行う場合は、事前に弁護士と打ち合わせをして、練習もする」

「知らなかった」

岳人はわざとらしく目を剥き、「いくら司法担当でなくとも捜査刑事をしていたんなら、それくらい常識だろう」という。

「わたし達のすることは犯人を捕まえ、四十八時間以内に証拠を固めて調書を作成して検察に送致すること。その後、検事から追加調べをいわれない限りは終わったものとして次の事案に動く。公判が始まったなら傍聴に行くこともあるけど、わたしは行ったことがない。裁判所は警察学校時代に授業の一環で見学に行ってそれ以来、側を通ったこともないわ」

「じゃあ、証人として出廷したことは？」

「一度もない」

岳人は何度目かのため息を吐《つ》き、話を続ける。

「とにかく、その尋問の練習を何度かするんだ。一昨日《おととい》の七日の土曜日に最初の練習をすると決めて、僕は事務所で待っていた。羽根木さんは今、土日の両方とも仕事を入れていて、平日の休みも予定があるというので、早めに上がれる土曜日にしたんだ。時間は午後五時にして僕とパラリーガルの女性と二人で出勤した。だけど結局姿を見せず、僕はここで夜の八時まで待ったし、もちろん、途中で何度か携帯電話に連絡をしたけど繫がらなかった」

「繫がらなかったのは呼び出し音だけってこと？　それとも電源を切られているか繫がらない場所っていうアナウンス？」

「後者の方」

「わかった。続けて」

「うん。それで翌朝、改めて電話したけど同じ。仕方なく職場に電話した。日曜日だったが責任者の人がいて、羽根木さんは土曜日の朝から欠勤しているという。なんの連絡もなく、その人も困惑している様子だったので、慌てて自宅に向かった。インターホンを押しても応答がないから、管理会社に連絡し、職場の上司である『わかば』の人にも立ち会ってもらって、強引に開けて入ってみた」

「そこまでしたの。身内は？　息子がいるんでしょ。訊いてみなかったの」

「羽根木さんに家族は息子さん以外にいないし、近くに親類もいない。息子さんの連絡先までは必要ないから聞いていなかった。ただの情状証人だからね」

「『わかば』の人は知っているんじゃないの」

「うん。息子がいるのは知っていたけど、てっきり同居していると思っていたらしい。就職したとき、そういっていたから。長野県にいるようですよといったら驚いていた」

「ふうん。それで家のなかはどんなだったの？」

「綺麗に片づいていた。全てを持ち出されたわけではないけど、いくつかなくなっている気がした」

「歯ブラシは？　化粧品、生理用品、目が悪いならコンタクト」

「え。ああ、どうだっけ」

「それらがなかったら、自身の意思で出た可能性が高くなる」

「なるほど。『わかば』の上司の人に部屋の鍵を預かってもらっているから、一度、京ちゃんの目で確認してくれないか」

「わかった。羽根木さんの資料、借りていい？」

「うん。コピーしたのを用意している。息子さんのところも訪ねるだろう？」

「もちろん。一番可能性が高い」

「そこで見つかればいいけど、もし息子さんも心当たりがないっていったら、行方不明者届を出すよう進言してくれないか」

「いいけど。行方不明者届じゃ警察は動かないわよ。特異行方不明者でないと」

「わかっているよ。室内に荒らされたあとがあるわけじゃないし、今のところ本人の意思で出て行った可能性が高いから、特異にはしてもらえない」

京香は黙って頷き返した。

ショルダータイプの黒い書類鞄に資料などを詰め込み、ジャケットを手にして立ち上がった。

「あ、それとこれ。身分証と名刺」

「ありがと」

「連絡はまめにしてくれよ。くれぐれも警察官のときのようなことはしないように」

「なに？　警察官のときのようなことって」

「つまり、今は京ちゃんは民間人だってこと。事情を聴くにも頭を下げて頼まないといけない。強引なことはできない」

「わかってますって」

では、と京香は姿勢を正し、挙手の敬礼をしてみせた。岳人が嫌な顔をする。

「そういうことをいってるんだけど」

「本物の警察官は、無帽で挙手敬礼はいたしません」

ふん、と顔を横に向ける。京香はにやにや笑いながらパイプ椅子を折りたたんだ。

「ねえ、ひとつ訊いていい？」

「なに？」

「わたし、どうして雇われたんだろう。どう考えてもここには必要のない人間だったよね。やっぱ岳ちゃんのお陰？」

こちらを向いた岳人は妙な表情を浮かべていて、京香は手を止めた。

「僕も気になって副代表に訊いてみた。貴久也さんがいうには、たぶん、名前だろうって」

「は？」

「京ちゃんの苗字《みょうじ》、三星だろう」

「別れた旦那《だんな》の苗字だけど、それが？」

「うと法律事務所。漢字だと烏兎ってなって、太陽と月っていう意味なんだ。それに星が加われば、天体の三つの光を示すことになって、まあ、意味としては光り輝く立派なものって感じかな。だから、代表は面接する前から既に決めていた節がある」

「へえ、ずい分、ロマンチックというか、いい加減というか」

「ここの名前を付けたのも代表だしね。天文少年だったそうだよ。本当は三光っていうのにしたかったらしいけど、戦時中の悪い意味もあるから烏兎にしたって聞いた」

「そうか。つまり、わたしはこの苗字を変えるわけにはいかないってことね」

はははっと岳人が笑う。「気に入っているから離婚しても苗字はそのままにするって、京ちゃんが決めたんじゃないか」

「それはつみきのことがあるから。でも、わたしだってこの先、再婚しないとも限らないし、そうなったら」

言葉を切って、視線を向けた。向けた先の藤原岳人の目が、慌てて逸《そ》れたのは気のせいだろうか。

鞄を抱え直し、行ってきます、と京香は右手を振った。

ビルの地下に駐車場があり、事務所が借りているスペースには来客用として三台分余分に空きがある。そこに停《と》めさせてもらっていた四輪駆動のハスラーに乗り込み、ひとまず助手席の上に書類を広げた。

羽根木有子の戸籍、住民票関係は全て揃っている。息子はちゃんと住所変更をしていて、二年前から長野県だ。ここからだと自動車道を通って片道二時間、オービスのない区間だけスピードアップすれば一時間半くらいで行ける。先に、『わかば』に行って聞き込みをし、鍵をもらって自宅を調べようか。だが、息子のところにいるなら往復三時間ほどですむ話だ。

「やっぱり自宅を見たいな。息子のところにいるなら、慌てることもないだろうし」

どうして急に行方をくらませたのか気になる。岳人は思い当たることはないといっていた。

『わかば』の住所を一応、ナビに入れるが、捜査本部が立つたび、あちこちの署に捜査に出向いたから県内ならどこでも、ところ番地を見ただけでわかる。もらった小さな箱から名刺を取り出し、財布に入れた。身分証もあった筈と、散らばる書類に挟まって隠れていたのを手に取った。ラミネート加工された写真付き証明書だが、薄くて指二本で曲がるほど柔らかい。警察バッジとは違う。その分、思い入れも軽くなる気がしたが、それでもこれが今の自分の存在を知らしめてくれるアイテムなのだ。貼付《ちょうふ》している顔写真は相当酷《ひど》い。顔面積がやたら大きく、目が怒っている。緊張と疲れが白く浮かんでいる。証明写真ボックスで急ぎ撮ったもので、修整もしなかった。うんざりしかけるが、案外、これが今の自分の本当の顔なのかもしれないと思い直す。

三星。この苗字を知ったのは、夫と出会う前のことだ。昇任試験のための会場で、席を示す図面を見ていたら、三星という名を見て、綺麗な苗字だなと思った。試験が始まってこっそり見たら、いかつい顔のおっさんだった。あとで年齢は京香と同じ二十五歳だと聞いて驚いた。

そのときの試験で京香は昇任しなかったが、夫は昇任し所轄の総務課へ異動した。付き合いが始まって一年ほどで結婚、翌年、つみきを産んで、産休が明けて京香も昇任し、本部刑事部へと異動した。夫もその後、本部警務部へと動いた。

離婚の原因はひとつではない。京香にもわかっているし、どれほど調停委員に説明しても、感覚的なものは理解できないだろうと思う。お互い本部勤務となって、幼いつみきを育てながら夫婦で頑張った。楽しいときも幸福だと思うときも当然あった。

本部は所轄に比べて当直の頻度は少なく、特に警務部なら仕事に忙殺されることもない。その反面、京香は捜査本部が立てば昼夜関係なく働くことになる部署だ。ありがちなすれ違いや子育てに関する考え方の相違だけで、簡単に離婚にまでいったりしない。色んなことが少しずつ変わり、互いを思いやって相手に合わせることが徐々に面倒に感じるようになっていった。

京香が後輩を庇って刑事部長に怪我を負わせたことで、夫は苦しい立場に立たされた。警務部は下に監察課や人事課を置く、警察官自身に関することを取り扱う部署だ。監察勤務ではなかったが、自分の妻がその対象になったということで、夫は色々いわれ、仕事にも支障をきたしたらしい。当時はそんなことにも頭を巡らす余裕はなく、辞めると決めたあとで気づくことが多かった。

監察の管理下に置かれているとき、夫から、『どうして殴った。本当の理由を教えてくれ』と懇願された。そのときになってようやく、激しい後悔と羞恥《しゅうち》に濡れたのだった。

誰にもいったりしないから俺にだけ教えてくれとまでいわれたが、結局、京香は夫にも話さなかった。佐々木飛鳥の将来を慮《おもんぱか》ったからで、仲間に累が及ぶことにも不安があった。なにより、真実が明らかになることで警察組織自体がとんでもない醜聞に塗《まみ》れることに躊躇いがあった。

けれど夫は、それだけではないよね、といったのだ。

『俺を信じられないんだろう？　心のどこかで、この人に話したらきっと他にも知られると思っている』

信じることにも格差がある。親子、兄弟、夫婦、親友、それぞれ信頼の度合いは変わる。夫婦だからなんでも話し合える筈だと決めつけているつもりはないが、互いを信じ思い合う気持ちがなければ一緒に生きられないし、生きる意味がないと思っている。夫はそう切々と語り、それでも翻意しない京香の顔を見て、『夫婦でいることに、同じ仕事をしていることが障害になるとは思わなかった』と哀《かな》しげに息を吐いた。

『どういう意味？』

『京香は俺が警察官だから、警務部だから、話を聞いたら黙ってはおかない、おけないだろうと思うんじゃないか。だから俺にいうわけにはいかないと、頑なになっている。お前にとって俺は夫である前に警察官なのだろう』

京香は応えることができなかった。必死で思い巡らし、そうなのかと自問し続けたが答えは出せなかった。夫は疲れた顔をして最後にいった。

『藤原くんにならば話したか』

思わず、バカいわないでと叫んでいた。夫は、否定が早いな、と苦笑いした。そのときの諦めたような、ようやく腑《ふ》に落ちたような表情を京香は今も忘れない。

それからしばらくして、離婚の話を切り出された。

今回のことだけが原因ではない。ただきっかけにはなった。きっかけがいつくるのか、どちらがそれをきっかけにするのか、そんなことを思うことに哀しみ、怯《おび》えながらもちゃんと覚悟を持っていた気がする。

調停での夫の言い分は、京香の仕事が忙しくて家庭のことがなおざりだった、警察を勝手に辞めて自棄《やけ》になっている、心から打ち解けて話し合うことができなくなった、一緒に暮らしている意味が見つからない、そして愛情がもう持てないだった。

身分証をスーツの胸ポケットに入れた。シートベルトを締め、エンジンをかける。

岳人はただの幼馴染だ。小さいころから知っているから嫌いようがないし、だからといって特別な感情を持つとも限らない。一緒に育つと、余りに身近過ぎて愛情にはならないという。兄妹姉弟がそうだ。

自分と岳人とはそういう間柄なのだ。常に自分が庇ってきた三つ下の、弟のような存在だと思っていた――。

家の事情で、大学は県外にすると聞いたときの動揺を今も覚えている。

駅前の喫茶店で向き合ってアイスコーヒーを飲んだ。そのときになって、初めて自分の気持ちに気がついた。岳人を失う不安に感情がどんどん高ぶってきて、それが怖くて、アイスコーヒーを飲み干し、必死で頭と体を冷やそうとした。冷たい氷を口にふくんで、飛び出しそうになった言葉に蓋《ふた》をした。両親への愛情と弟への気遣いから、自分が出てゆく方がいいと決めた岳人を京香は黙って見送ったのだった。

その後、就職を決めるのに岳人のいる県を選んだのは我ながら未練がましい気がしたけれど、女性警察官の応募のポスターを見て、自分のこの体格と気性を生かせる仕事だと思ったのは本心からのものだ。

警察学校で半年の教養を終え、所轄に配置になってすぐ、連絡をしてみた。

岳人は喜んでくれた。京香が警察官になったことには驚きを隠せないようだったが、合っていると笑った。それから時折、メールやＬＩＮＥなどで連絡を取り合ってはいたが、大学生の岳人はサークルやアルバイトなどで忙しく、なかなか会えなかった。そのうち、送られてきた写真のなかにいつも決まった女性がいるのに気づいて、恋人だと知らされた。

それから京香も刑事となって忙しい日を送った。忙しくすることで、たまにくる岳人からの連絡にも応えられないのだというい訳を作ることを覚え、安堵《あんど》した。

岳人にとって自分は三つ上の頼りになる姉のような存在なのだ。昔からも、これから先もずっと、そうなのだと思い決めた。

そうして京香は夫のプロポーズを受けた。

4

出てゆく背中を見送って、岳人は椅子に深く体を沈めた。

本当にこれで良かったのだろうか。法律事務の知識も経験もない以上、調査員として働いてもらうしかなかったし、元刑事ならうってつけだと誰もが、本人でさえ思っただろう。

だけど、本当に危険はないだろうか。今回の情状証人はごく普通の女性で、問題があるような人物ではない。だから、行方を追うのに危ないことはないだろうが、この先のことを考えたら、安心できることは少ないのではないか。ここの事務所で扱うのは、およそ七三の割合で民事案件の方が多い。民事だからといって、安心安全だというものでもないことは、弁護士となってまだ四年程度の岳人にも知れることだ。民事、刑事問わず、今回のように外に出て色々調べたり、話を訊きに行ったりするのに、京香は使われるだろう。そして京香は、つみきちゃんのために、どんな仕事も引き受け、頑張るに違いなかった。

そこまで考えて、岳人は机の上に肘を突いて頭を抱える。

自分はいったいなにをしているのだろう。京香の離婚調停を引き受けたのはいいが、就職まで世話をすることになるとは思っていなかった。しかも自分が働く事務所を紹介するなど、己の軽率さを罵りたい。これからヘタをすると、毎日顔を合わせることになるのだ。

幼いときから側にいて、頼りになるお姉さんだった。体格にものをいわせて、岳人を苛めるいたずらっ子を排除してくれた。中、高とは入れ違いで一緒に通うことはなかったけれど、それでもいつも気にかけてくれていた。

いつからだろう。そのことを疎《うと》ましく思うようになったのは。いや、恥ずかしく、情けなく感じるようになったのは。いつまでも京香という女性に庇われていることに、男として、また誰よりも京香を知り、京香を思ってきた人間として、いたたまれない気持ちが強くなった。

高校生だった岳人には、女子大生となった京香は眩《まぶ》しく映った。それまでの単に大柄で強い女というイメージが、まるで魔法にでもかかったかのように変わった。体のどこもかしこも柔らかそうで、長い髪はいつもいい香りがしたし、白いブラウスに透けて現れる胸の形が、見てはいけないもののように思えた。そんな京香が、いつものように上背のある体を屈ませ、覗き込みながら岳人の頭を軽く叩いた。それを思い切りはねのけたときの京香の驚きと後悔の目の色を、今も覚えている。それ以来、京香は岳人の体のどこにも触れることはなかったし、一緒に歩くときも岳人の少し後ろを歩くようになった。そんなことをしても、身長の差は誤魔化せないのにと自虐の笑いを呑《の》み込んだ。

そんなとき、国語の時間に〝のみの夫婦〟という言葉を知って、激しく落ち込んだ。辞書には、夫よりも妻の方が大きい夫婦としかなかったが、酷くバカにされているような、笑い者にするための言葉に思えた。自分と京香ならそうなるのだと思った。そんなことを考えたこと自体に焦り、戸惑い、そして改めて自分は京香にふさわしくない男だと決めつけてしまった。岳人は真面目という幼さで、京香は自分のことをなんとも思っていないと理由づけをして本心に蓋をした。

家を出ようと思ったのはそんなときだった。

母が悩んでいるのは知っていた。父と岳人と岳人の弟がいる家の真ん中に立って、あちこちから伸びる手に引っ張られて、身動きひとつできず苦しんでいる気がした。

『岳ちゃん、岳ちゃん』

母はいつも笑ってそう呼びかけてくれた。

実母が早くに亡くなって、父親が再婚した相手は、丸い顔をした働き者の女性だった。初婚でいきなり幼い子どものいる男に添うことになって、さぞかし苦労だっただろうと今なら思える。手のかかる子どもがいるだけでなく、父親も気難しい人で、昔気質《むかしかたぎ》のところがあった。女はこういうもの、親はこういうものと決めつけるような堅苦しさはあったが、概して頼りになる力強い父ではある。そんな父と暮らしながら、母は岳人を大切にしてくれた。本当の母がどんな人であったか忘れてしまうほど、自分にとっての唯一の女性となっていた。

ごく自然な普通の家庭があったのだ。弟が生まれるまでは。

弟が生まれたからといって、蔑ろにされたわけではない。むしろ、母は岳人がひがんだりしないように余計に、なおいっそう可愛がってくれた。だから、岳人も真っすぐな気持ちで弟を受け入れ、いとしく思った。血の繋がった兄弟ができたことがなによりも嬉しく、頼もしい存在となった。体が小さく、気が弱いことで級友にバカにされ、意地悪されることの多かった岳人に、京香に勝るとも劣るともしれない味方ができたのだ。岳人は弟を守ることで、自分も強くなれる気がした。

それが少しずつおかしくなったのは、成長という、いかんともしがたいもののせいだろう。いつまでも、無邪気で屈託のない子どもではいられない。

弟の寛人《ひろと》は、父親に似た感じの気難しさを持っていた。岳人に比べて成績はぱっとせず、大人しい性質でいいたいことを我慢するタイプだった。父親が寛人を叱《しか》る際に、岳人と引き比べる言葉を放つことに酷く傷つき、いつしか岳人に恨みがましい目を向けるようになった。徐々に気持ちを歪ませ、気づいたときには悪い仲間と遊ぶようになっていた。万引きしたのが発覚し、父親に激しく叱責された。母は、部屋の隅で身を縮めるようにして、ぶたれる寛人と同じ痛みを浴びていた。岳人があいだに入って収めると、母は涙を溜《た》めて感謝するが、寛人は余計に反感を募らせていった。

母がだんだんと痩《や》せてゆく。そのことに気づいたとき、岳人は大学を県外にしようと決めた。それ以降、盆暮れや正月に戻るくらいで、実家とは疎遠になっている。男はそういうものだと父親は気にかけている風はなかったが、岳人が司法試験に合格したときはさすがに喜んでくれた。わざわざ母と一緒にマンションを訪ねてきて、久しぶりに顔を合わせ、楽しいときを過ごした。試験の話から、マンションの部屋のこと、近くにコンビニがあることまで、屈託なく、笑い合った。父が祝いに高級腕時計をくれた上、当座の生活費だといって勝手に口座に大金を振り込んだのにはさすがに呆れたが。社会人になっても、親の世話になるなんてと未だに手をつけてはいない。

京香に、司法試験に合格した祝いだと食事に誘われたとき、両親との再会の様子を問われるままに話した。実家を出た理由を知っていたからだが、京香はワインで頬も目も赤くさせながらいった。

『良かった、良かったね。お父さんもお母さんも喜んでくれて。岳ちゃん、頑張ったかいがあったね』

涙ぐんだ目を見た瞬間、心のなかにわだかまっていたものが全て霧消したのを感じた。女より体が小さいことがなんだろう。三つ年下であることがなんだろう。小さいころから泣き虫で、苛められっ子であったことを知られているからといってなんだろう。

熱いものが腹の底から喉へとせり上がってくるのを感じ、勢いそのまま思い切って告白しようと口を開きかけたとき、京香がいったのだ。

『わたし、結婚するの』

それから五年。岳人は付き合う女性はいても、結婚にまで至ることはなかった。別に京香の存在があるわけではない。たまたまなのだと岳人は思っている。

結婚式で初めて、三星潔氏を紹介された。京香と同い年ということだったが、老け顔をした落ち着いた雰囲気の人だった。背も高く筋肉もついていて、一緒に並んでも少しも見劣りせず、刑事ではなかったが同じ警察官で頼れそうな人物に見えた。つみきちゃんが生まれてからは、何度か家に招かれたり、一家に誘われて遊びにでかけたりした。きっと、いい夫婦になって、明るい家庭を作るのだろうなと思っていた。ずっとそう思っていた。

それが今、離婚して、娘の親権を元夫と争っている。調停を引き受けたことに小さな後悔はあったが、京香が自分を頼ってくれていることに大きな喜びがあった。

机の上に書類を広げる。

壁の時計を見上げて、そろそろ羽根木有子の自宅に入ったころだろうかと考えた。

5

部屋は綺麗に片づいていた。むしろ綺麗過ぎると京香は思った。

書類を捲《めく》って、羽根木有子の経歴を見る。

ここS県が地元で、小、中、高校とここで過ごしている。卒業後、地元の信金に就職、二十三歳のとき同僚と結婚、二年後に息子佑馬《ゆうま》を産んでいる。しばらくは専業主婦だったが、息子が学校に行くようになると、スーパーや料理屋などでアルバイト。四十二歳のときヘルパーの仕事を始め、最初の四年ほどは、『わかば』とは別の介護施設で勤めた。今のUR住宅にくる前に住んでいた所で、ここよりずっと田舎の地域を受け持っていた。

四十五歳のとき夫が死亡、翌年、その介護施設を辞め、移転して訪問介護ステーション『わかば』で働き始める。介護ヘルパーとして鹿野を担当したのは、およそ一年ほど前だ。

「料理屋さんに勤めていたくらいだから料理が好きで、主婦としてひと通りの家事もこなせるから、ヘルパーさんはぴったりの仕事だった」

「はい？」

『わかば』の事務局で働く二十代の青年が、家の戸口に立ったまま京香の方へ首を伸ばした。呼びかけられたのかと反応したのだろうが、京香が軽く首を振るとすぐに手元のスマホに目を落とした。

鍵をもらいに行くと、名刺や身分証を見せてもうさん臭く思われ、事務所にいる岳人に確認してようやく信じてもらえた。いざ鍵をもらって有子の自宅に向かおうとしたら、今度は一人で行くのは困るといわれる。万が一、なにかがなくなっていたりしたら責任問題だし、会社のイメージにもかかわるとかなんとか。だから雇われて間がないようなこの青年をつけられた。あからさまに面倒臭そうな態度で、これなら法律事務所のパラリーガルをつけてもらった方がよほどマシだった。もっとも、そのパラリーガルには元警察官は嫌われているらしく、みな忙しいといって断られたのだけど。

居間にある窓を開ける。古いUR住宅の三階から見える景色は、同じUR住宅だけ。部屋は玄関を入ってすぐのキッチン、四畳半の居間と寝室の二つ。ざっと見渡してどこもかしこも綺麗に片づいているのを確認してから、ユニットバスを点検する。

トイレの前にある小さな洗面台にはなにも置いていない。表面をはすかいに眺め、コップらしき跡が付いているのを見つけた。ここが歯磨き用のコップの置き場所なのだろう。洗濯機のなかにも洗濯カゴのなかにも下着類や汚れた服はなかった。寝室の向こうにある小さなベランダ風の出っ張りに洗濯物は干されていない。引き出しを順々に開けてみる。特に気になるものはなく、次にキッチンの戸棚や引き出しを開けた。保険証や免許証のたぐいがない。歯磨きセットや生理用品、基礎化粧品、腕時計、財布、携帯電話がないのと合わせて考えれば、やはり自らの意思で出たのだろう。

『わかば』で聞き込みをかけたところ、事務局長という人は案じ顔で、三年近く勤めてもらったがこんなことは一度としてなかったと力説した。

『お休みだって、決まった日以外はめったに取られなかったしね』

それほど真面目で熱心な仕事振りだったということらしい。これまで担当してもらった要介護者から、文句や苦情を言われたこともなかったという。『わかば』では、通常、訪問介護の場合、チームで要介護者のお世話をする。鹿野さんの場合は息子さんから、入れ替わり違う人がくるのは母親にとっても良くないので、できるだけ決まった人にきてもらいたいという要望があった。そこで選ばれたのが羽根木有子で、事務局長は他の利用者さんからも好印象をもたれている人だから、当然のことだろうといった。

有子と親しくしていた同僚を数人紹介してもらい、それぞれ訊いてみたが、やはり姿を消したことに心当たりはないという。最近、悩んでいた様子や困ったようなことはいっていなかったかと訊けば、一人、『鹿野さんのことで心配はしていましたね』といった。

『それは鹿野省吾さんのことですか？　それとも担当されていた鹿野さんのお母さんの方？』

『どっちもかしらね』

『どっちも？』

ちょっと首を傾《かし》げてみせると、いかにもお喋《しゃべ》り好きそうな女性は、にこっと笑い、『羽根木さん、鹿野さんの息子さんの方、特別気にかけてたわよね』という。他のヘルパーさんも、肩をすくめたり、にやっと笑ったり。訪問するたび、息子さんにも色々世話を焼いていたらしいと、こっそり教えてくれる。

それでか、と腑に落ちた。鹿野省吾の母親が死んだのが、今年の七月。それからもう五か月近く経っているのに、有子と鹿野家との繋がりは続いていた。一人残された省吾に、生活保護のことで助言し、さらには事件を知ってすぐに弁護士を紹介し、情状証人になることを承諾している。普通のヘルパーさんは担当している要介護者が亡くなったあとまで、面倒をみることはない。

羽根木有子にとって鹿野省吾は特別な存在だった。

『なるほど。鹿野さんも羽根木さんも独り身でしたね。年齢も五十三歳と四十八歳だから釣り合うっちゃ釣り合う』

岳人から調書と一緒に、被告人鹿野省吾の写真も見せてもらっていた。苦労したせいか、五十三歳という年齢の割には白髪も皺《しわ》も多く、六十半ばくらいに見えた。写真では、大人しそうな感じがするが実際は、因縁をつけるようにして小銭をねだり、断られるとキレて乱暴を働く人間だった。有子はそんな男に好意を寄せていたというのだろうか。

『鹿野省吾さんが短気だとか、乱暴なところがあるようなことはいっていませんでしたか』

集まったヘルパーさんらは一様に、まさかねぇ、と呟き、互いの顔を見合わせる。有子から事件のことを聞いて驚き、そして情状証人として法廷に出ると聞いて二度びっくりしたという。

『羽根木さんの亡くなったご主人が亭主関白で、手をあげる人だったらしく、短気な男性は苦手だっていってたわよ。もっともこういう仕事だと、そんなこともいってられないけど』

『鹿野さんは大人しい真面目な人だっていってたわよね。お酒もタバコもしないし、お母さんの面倒も嫌がらずにみているし。ただ人間関係っていうか、人と付き合うのが苦手でそれで仕事もうまくいかないって、気の毒がっていたわ』

『うちのヘルパーの仕事どうかなって、事務局長に相談してみようかといってたわ』

『鹿野さんに仕事のお世話をしようとしていたってことですか』

『だって母親が亡くなって、これから先、一人で暮らしていかないといけないでしょ。持病があるとかいってたけど、全く働けないってわけじゃないようだし』

さらに、有子の息子のことを訊くと、知らなかったわ、とみな驚きを新たにした顔を向けた。

『息子さんと同居しているって聞いていたもの。事務局長さんから、引っ越していたらしいよって聞いて、あらあ？　と思った』

『なんか、息子さんのことで人にいいたくないことがあったんでしょうか』

『さあ』

確か、二十二、三歳くらいで明るい子だっていってたよね、と一人がいえば、別の女性が、『でも、あんまり話題にはしなかった気がする』という。

軽い違和感を抱きながら、バイクで走る若い事務局の男性の後ろを走って、有子の家までできたのだった。

「まだかかりますかぁー」

スマホのゲームに飽きたのか、男性がご飯前の犬のようにせっつく。あと少しと返事をして作業を続けた。

しっかり支度して家を出たのなら、ここに残っているものに役立つものはないだろう。そう思いながらも、あちこちの戸棚を開けてなかの物をかきだした。

テレビ台の下のラックに雑誌や新聞と一緒に、中学の卒業アルバムがあった。有子のでなく、息子の佑馬のものらしい。パラパラ捲《めく》って、佑馬の写真を捜した。小柄な母親と違って、なかなか立派な体格をしているようだ。サッカー部の集合写真のなかにもあった。

スマートホンでアルバムのなかから、いくつか撮る。キッチンに入って、冷蔵庫や食器棚なども覗く。流しの下に見たことのない銘柄の一升瓶の日本酒があった。裏のラベルを見て、新潟県の燕《つばめ》市の醸造所のものであることを確認し、これも写真に収めた。ハンガーラックやチェストにある洋服のラベルをチェック。ほとんどがユニクロだったが、よそ行き用らしい一着がある。グレーの品のいいスーツだ。面接や発表会などに着ていく感じで、有子にとっての一張羅なのだろう。だが逃避行には必要がないから置いていった。室内を動画で隅々まで撮り、待ちくたびれた若者に声をかけて部屋を出た。鍵を渡して、その場で解散。

次は長野県だ。

6

「えー」

「えー、じゃない。そうしてくれ。これは副代表からの命令と思って欲しい」

「なら、仕方ないか」

「うん。で、どう。やっぱり、自分の意思でいなくなったのかな」

「まず、間違いない。彼女のクレジットカードやＩＣカードなどの利用を確認することはできない？」

「だから、警察じゃないからそんなことは無理。第一、羽根木さんは単なる情状証人なんだよ。被疑者じゃあるまいし、警察だってそんな人のプライベートを調べたりできないだろう？」

「まあ、警察なら色々、理由をつけてなんとか」

「なんだとぉ。そういうことをするから、警察は信用できないっていわれるんだ」

「冗談だって。それでそのパラリーガルさんはいつくるの？　早く長野に向かいたいんだけど。今から行ってすぐ戻れば、保育園に間に合うし」

「ああ、うん。今さっき合流場所を教えたから、支度してそろそろ出るころだと思う」

「その女性が志願してくれたって本当？　警察に拒否反応を持つ人が多いって聞いていたのに」

「まあね。彼女も、全くそういうのがないとはいえないけど」

「わたしに反感を持つ人と一緒に動くと、かえって足手まといになるわ」

「そこは我慢して。長野の息子さんを訪ねるっていったら副代表が、それなら誰《だれ》かもう一人一緒について行かせるようにって。県外だしね、いくら元警察官でも、一人で動くことでなにか問題が起きてはいけないから。もちろん、京ちゃんの身の安全という意味もある」

「意味、も？　もって、つまりは、うと法律事務所の名前を汚すようなことを全国区でして欲しくないってことが、一番の理由なのね」

「ははは。とにかく、まだ試験運用中だってこと忘れないで」

「わかった。とにかく早くきてもらって」

「京ちゃん」

「なに？」

「もし遅くなるようだったら、僕がつみきちゃんを迎えに行くよ。戻るまで預かってもいいし」

「…………」

「それとも、潔氏に頼む？」

「うん。ありがと。もしそうなったら岳ちゃん、お願い。つみきも岳ちゃんには懐いているから。保育園にはわたしから連絡しておく」

「わかった。じゃあ、くれぐれも気をつけて」

電話を切って壁の時計を見上げた。

午後を回ったところだ。確かに、問題なくすめばお迎えの六時までには戻れるだろう。

ノックの音が聞こえた。

「どうぞ」

入ってきたのは、岳人と同じくらいの背丈で、ちょっとふくよかな容姿をした芦沢《あしざわ》夢良《むら》、二十六歳。法科大学院を卒業し、司法試験受験資格を得たが、二回チャレンジして失敗している。受験は五年間に五回までという制約があるから、なかなかに辛《つら》いところだ。大学を卒業したあとまで親に養ってもらうわけにはいかないから、こうしてパラリーガルとして働く。仕事との両立は大変だが、そのことを苦にするでもなく真面目《まじめ》に勉強に励み、熱心に働いてくれている。

三星京香と一緒に長野に行って欲しいのだけどと、在席していた弁護士、パラリーガル、アルバイトに声をかけたのだが、誰もが俯《うつむ》いて仕事の手を止めなかった。どうしたものかと、貴久也さんと顔を見合わせていたところ、芦沢夢良が手を挙げてくれたのだ。

「藤原先生、それじゃ行ってきます」

岳人はガタガタと音を立てて立ち上がると、戸口まで駆け寄って頭を下げた。

「よろしくお願いします。色々、嫌な思いをするかもしれないけど、どうかこれも仕事と思って、大きな心で」

くすっと、夢良が笑う。

「藤原先生、そんなに心配なさらないで。喧嘩《けんか》なんかしません。第一、三星さんはわたしより二十センチは背が高いですし、しかも柔剣道とかおできになるんでしょう？　かなうわけないじゃないですか」

「いやいや、なんで取っ組み合いの喧嘩が前提の話になるのかな」

夢良はパラリーガルのなかでも、特に警察嫌いで通っていた。詳しいことは聞かされていないが、依頼人との面会で警察署に出向いたとき、担当刑事とあわや喧嘩になりかけたと、同僚の弁護士が呆《あき》れていたのを覚えている。岳人はおそるおそる訊《き》いてみた。

「でも、どうして芦沢くんが手を挙げてくれたの？　警察、嫌いだったでしょ」

「まあ、そうなんですけど。なんとなく、面白そうかなって。それに……藤原先生が、すごく困ってらっしゃったから」

「そう。とにかく助かったよ。ありがとう」

「いえ。それでは、行ってきます」

　岳人はドアから廊下に出て、小柄な体が跳ねるように出口に向かうのを見送った。どうか、問題が起きませんように、と心のなかで何度も祈る。

執務机に戻って、ＬＩＮＥで京香におおよその合流時間を知らせる。あと、どういった人かなども細かに打ち込みかけて消した。単に名前と目印になるよう、容姿についてだけを送った。そして最後に、頼んだよ、とだけ入れた。既読は付いたが返事はなかった。

スマートホンを置いてパソコンに向き合う。軽く深呼吸をし、キーボードに指を置いた。

警察署関係のファイルから、「告訴状」の画面を出す。フォーマットになっていて、警察署長殿の前に管轄署名を入れるようになっている。他にも告訴人の氏名、住所、生年月日欄があり、その下にある告訴人代理人弁護士のところだけは既に、うと法律事務所の住所と藤原岳人の名が入っている。被告訴人の住所氏名のあと、「告訴の趣旨」「告訴事実」「告訴に至る経緯」「疎明資料」「添付資料」の欄が空欄となっていた。それらは依頼人から聞き取った内容を入れていけばいい。

所轄名や告訴人の欄を入力しかけたが、結局、バックスペースキーを叩《たた》いて全部消した。もう一度、きちんと打ち合わせをしてからにしよう。依頼人と意思の疎通を図り、段取りを決めながら、事は進めるべきだ。岳人はマウスを動かし、別のファイルから委任状の画面を広げた。藤原岳人を代理人とする書面だ。必要事項を入力し、プリントアウトする。

委任状をクリアファイルに挟んで、短い手紙と事務所名の入った返信用の封筒と一緒に封筒に入れた。この書面に氏名と印鑑を押して返してもらえば、あとは岳人が代わりに全《すべ》てを行うことができる。

詳しい話を聞くための打ち合わせの日時も決めなくてはいけない。適当な日にちをいくつか書き出し、それも一緒に封筒に入れる。封をして、送付用ボックスに置いた。こうしておけば、あとでアルバイトの学生が各部屋を回って集め、ポストに投函《とうかん》してくれる。早ければ今週中には返ってくるだろう。

この案件だけは誰にも頼まず、岳人一人で引き受け、やり通そうと思っている。どこかの段階では副代表に報告しなくてはならないだろうが、それまではできる限りのことをしておくつもりだ。

依頼人も大袈裟《おおげさ》にはしたくない意向だし、岳人は十分、その辺のことも理解できている。信頼に応《こた》えるだけの働きをしたいと強く思っている。

「そうだ。一応、郵便で送ったことを連絡しておこう」

岳人は、固定電話の受話器を上げ、ボタンをプッシュした。

少しの間があって、応答があった。岳人は少しだけ声を明るくした。

7

どうしてこの女性がきたのか、三星京香にはわからなかった。

待ち合わせの場所に現れた若い女性は、最初の紹介のときに顔を合わせたが、まだ一度も話をしたことのない人だった。滑らかな布をなでるような声で、丁寧に挨拶《あいさつ》をくれる。その行儀の良さに少し戸惑うが、とにかくよろしく、と返した。

「堅苦しいのは好きじゃないから、お互い敬語は抜きでいきましょう」といったが、断られた。

「わたし、年長者の方に友達みたいな口の利き方はできません。でも、三星さんはご自由にしてください。命令口調でも、呼び捨てでも構いません。そんなどうでもいいことを、いちいち気にする性格じゃありませんので、ご遠慮なく」

ウールの青いハーフコートを脱ぎ、ワインカラーの光沢のあるワンピース姿でさっさと助手席に乗り込む姿を見て、京香は深く考えることは止《や》めた。まずは目の前の仕事を片づけることに専念しよう。

芦沢夢良はシートベルトを締めるなり、膝《ひざ》の上やダッシュボードの上に書類を広げ、瞬《まばた》きを忘れて読み始めた。自動車道に入るまではずっと黙っていたが、さすがに気づまりな感じがして口を開く。

「ねえ、今どきはプライベートな話はしてはいけないようだけど、長いドライブで黙ったまんまっていうのも落ち着かないから、訊いてもいい？　あ、それかわたしのことでなにか訊きたいことがあったら、なんでも訊いて。答えられることには答えるから」

夢良はしばらく書類に視線を落としていたが、ふいに顔を上げる。

「警察を辞められたのは、どうしてですか」

京香は口をへの字に曲げ、運転に集中した。

「ちょっと、悪いけどダッシュボードの上に白い紙を置くのは止めてもらえる？　フロントガラスに映って視界が悪くなるの」

「そうなんですか、失礼しました。運転しないので、そういうのわからなくて」

「免許持っていないの？　どうして取らないの？　車があれば便利よ」

「免許を取るための費用もですが、時間が惜しい気がして。暇でどうしようもなくなったら、取りに行こうとは思っています」

別に暇だったわけじゃないと小声で呟《つぶや》いて、にっこり笑顔を作った。

「仕事の話をしようか。今から会いに行く羽根木佑馬さんだけど、もしかすると家にお母さんを匿《かくま》っているかもしれない。危ないことにはならないと思うけど、一応、心の準備はしておいて」

「匿うって、どこにですか」

「だから、息子さんの家」

「ですがここ、個人のお宅じゃないですよね。療養型病院みたいですけど」

「は？」

　思わずハンドルに力が入って、ブレーキを踏みかける。自動車道でそんな真似《まね》をしたら、命取りだ。慌てて体勢を整え、深呼吸をした。

　夢良が、そんな京香をちらりと見ていう。

「この住所を先ほど検索しましたら、『ながのセントラル病院』が出ました。もしかして調べていなかった、とかですか？」

「う、うん。住所がちゃんと丁目、番、号までだったからアパートとかじゃないのはわかっていた。二十歳《はたち》過ぎの青年が、長野県で一戸建てに住めるのかちょっと疑問だったけど、まあ、大学か会社の寮とかかもしれないし」

「つまり、羽根木佑馬さんが学生か社会人かも、わかっていないということですね」

「だから、情状証人の身内まで調べていないって。藤原弁護士がそういっていました」

「でも、調査を任されたのは三星さんですよね。それを調べるのがお仕事じゃないんですか」

「………」

「行けばいいって感じでしょうか。とにかく長野まで行ったら、羽根木有子さんに会えて、それで仕事は終わりだろうと思っていました？」

「………」

「失礼ですけど、法律事務所の仕事を侮っておられませんか」

「ちょっと、それはいい過ぎでしょ。確かに、調べが甘かったのは認めるけど」

「三星さん、もうすぐ出口です」

「あ、ああ、わかってます」

ウィンカーを出して進路を変える。

「とにかく、今、向かっている先は病院ですので。そこが簡単に聞き込みをかけられる場所でないことは、覚悟しておかれた方がよろしいかと思います」

「わかっています」

京香はアクセルを踏み込む。

シートベルトを握った小柄な体が、シートに押し付けられるのを横目で見ていた。

白い建物の後ろには白い山が聳《そび》えていた。

長野県では当たり前の風景なのかもしれないが、京香も夢良も車を降りてしばらくはその雄大さを堪能した。何度も深く呼吸する。

敷地は広々としていて、三階建ての長方形の建物がまるで菓子箱のように見えた。芝を敷き詰めた庭には、しっかり上着を着込んだ患者と付き添いらしい姿が逍遥《しょうよう》している。白樺《しらかば》らしい木々が周囲を取り囲み、遠くから鳥の囀《さえず》りが聞こえた。

「さすがに冷えるわね」

長野県の山沿いだから、S県とは多少気温は違うだろうとは思ったが、空気が澄んでいる分、すがすがしさのなかにも予想以上の冷気が内在する。山にある雪が余計に寒さを醸す。

夢良もそれだけは同感だといわんばかりに大きく頷《うなず》くと、ハーフコートを身に着けた。

「え。どこに行かれるんですか。玄関はあちらですけど」

京香がどんどん進むのを夢良がちょこちょこ追ってきた。横に並んだのを確認し、身を屈《かが》めて囁《ささや》く。

「身内でもない者があれこれ尋ねて、簡単に教えてくれるところじゃないっていったのはあなたよ」

「それは、そうですけど」

「療養型なら、患者はリハビリを兼ねて院の内外を散歩で頻繁に出入りする。だから玄関以外も、わりとオープンにしているところが多い。なかに入ってしまえば、あとはひとつひとつ確かめてゆけばいい」

「ひとつひとつって、病室をですか？　名前しかわからないんですよ。今は部屋の前に名札を入れていないところも多いですし」

「写真はあるわ」

京香が差し出す中・高校生時代の写真を見ると、途端に口をへの字にした。慌てて付け足す。

「年齢はわかっている。あとは、この写真にいくつか歳《とし》を加えて、やせた姿を想像してみたらいい」

「そんな大雑把《おおざっぱ》な」

「いいから。まずは若い人をチェックして。長期滞在している患者で、若い人はそんなに多くない筈《はず》よ」

「そうかもしれませんけど」

「とやかくいっていないで、まずは行動。手伝いにきたんでしょ、ならさっさと動く」

「さっさとって、もう。警察の人って、みんなそうなんですか」

京香は夢良を無視して、素早く病院の裏手に回る。建物の中央付近に庭に続く両開きの戸口があって、思った通り開け放されていた。そこからなかに入ると、夢良も黙ってついてくる。廊下を見舞客のようにゆったり歩く。そして、若い男性が歩いているのを見つけると視線を向け、じっと睨《にら》んだ。

入院病棟は二階、三階だ。階段を上って、各部屋を覗《のぞ》く。カーテンが引かれている場合は、ちらっと開けて、見つかった場合は、間違えちゃったと呟いて素早く閉める。そしてさっさと次に移る。それを何度か繰り返しているうち、夢良の声が聞こえてきた。

「失礼致しました、部屋を間違えてしまいました」

京香はそっとほくそ笑む。

捜し始めて一時間が過ぎようかというころ、それらしい人物を見つける。ベッドのプレートを見て、「羽根木佑馬」の名前を確認した。

様変わりしていた。手にある写真がなんの意味もないと思えるほど、羽根木佑馬は中高生時代の面影を失っていた。年齢は二十三歳になる筈だが、皺《しわ》もなく色白でほっそりした顔だからまだ十代のように見える。頭は清潔さを維持するため、洗いやすいよう坊主にしていた。くぼんだ大きな目、カサカサの唇にパジャマから覗く首元は骨ばっている。

枕《まくら》に頭をつけて、窓から空を眺めていた。

「羽根木佑馬さん」

瞬きしたから聞こえたのだろう。待っているとゆっくり視線を京香へと向けた。

夢良と共に頭を下げ、枕元まで近づいて身分証を目の近くへと差し出した。黒目が左右に揺れる。

「突然、失礼します。お母さまの羽根木有子さんを捜しています。今、どこにおられますか」

佑馬は、虚《うつ》ろな目に初めて感情らしい色を浮かばせた。

京香が簡単に説明すると、その目の色はさらに深まった。嫌な予感がして、戸惑うように尋ねた。

「もしかして羽根木有子さんは、こちらにはみえていないのですか」

佑馬は、布団から腕を出してコントローラーを握ると、慣れたように作動させた。羽虫のような振動音を立てて、上半身がベッドごと起き上がる。

「母が、どうかしたんですか」

思わず、夢良と顔を見合わせた。しくじったかと思った。

「羽根木さん、喉《のど》、渇きませんか。お水、飲まれますか」

夢良がいきなりいう。見ると側《そば》の床頭台に飲みかけのペットボトルがあった。佑馬が小さく頷くのを見て、手渡す。ごくごく飲み干して、小さく息を吐くと落ち着いたらしく、ありがとうといって、目元を弛《ゆる》ませた。

「母は仕事がお休みのときにはここまできてくれますが、普段はＬＩＮＥや電話でのやり取りです。いないんですか？　昨日、連絡がこなかったので、どうしたのかとは思っていました。ただ、ＬＩＮＥに既読は付いたので特に心配はしなかったんですが」

「既読が付いた？」

「ええ。でも、母は約束をすっぽかすような人でもないし、仕事を無断で休む人でもないです。なにかあったんだと思う」

「でも、既読が付いたんでしたら、きっとご無事ですよ」

夢良がとってつけたように口を挟んだ。京香は、余計なことをいわないよう、夢良の前に体を差し入れ、佑馬に対峙《たいじ》する。

「お母さんが行かれる先に心当たりはないですか」

「さあ」とペットボトルを持ったまま首を傾《かし》げた。そのまま視線をまた空に向け、でも、という。

「でも？」

「もしかしたら、僕の世話が嫌になったのかもしれない」

夢良がなにかをいおうと体を動かすのを素早く阻止し、後ろへと押しやる。なんだ？という顔をしたが、睨みつけて黙らせた。

「それはどういう意味ですか」

「僕は、高校を卒業して間もなく、後輩ら相手にサッカーの試合をした帰り、事故に遭って大怪我《おおけが》をしたんです。脊髄《せきずい》を損傷して、下半身が動かなくなった。相手の保険が出たこともあって、しばらくはあらゆる治療やリハビリをしたんですけど、うまくいかなくて。そのうち、内臓もやられて寝込むことが多くなった。治療にもリハビリにもいいだろうということで、二年前、この病院を見つけてくれました。母はもう六年近く、ずっと僕のために働き、お金を稼いでくれる毎日です」

「それでお母さんはそんな毎日を――辛く思っていると？　そう思われるような素振りが、有子さんにあったんですか」

佑馬は思案するように表情を止め、ゆっくり首を左右に振った。

「でも、そう思っても不思議じゃないでしょう？　こんないつ終わるかしれない、永遠に続くかもしれない苦労を背負ったんだから。僕は母にとって、ただの重荷なんです」

「そんなこと、あるわけないですっ」と夢良が小さい体を伸び上がらせて叫ぶ。慌てて首根っこを摑《つか》んで引き戻した。軽々しく意見を口にしていい話じゃない、と心のなかで怒鳴り、そんな顔をしてみせるが、夢良には伝わらないようだ。

「は、母親が子どもを重荷に思うなんてこと、そんなことあるわけないじゃないですか。生まれてきたことが、もう奇跡も同然なのだからと、わたしの母も――なにするんですかっ」

黙らせようと、京香は背中で壁に押しつけた。夢良は、壁に張り付いた小さな蛾《が》のように、苦しそうに暴れる。

ふっと息を吐く声が聞こえた。目を上げると、佑馬が顔を赤くして、口元を押さえている。安堵《あんど》する気持ちのまま夢良を解放し、「みっともないところ見せてすみません」と、こちらも笑んでみせる。

「いえ。こちらこそすみません。でも、ありがとう」

「はい？」

「僕も、母がそんな人でないのはわかっているんです。だけど、不安を口にしないと気が収まらないというか。誰かに、否定してもらいたいんです。だから、いってくれてありがとう」

「あ、いえそんな」と、夢良は息を切らしながらも、おずおずと笑みを浮かべる。

「母になにかあったのではと、僕も心配です。見つけてください」

「わかりました。必ず、捜し出します」

それから、羽根木有子に関《かか》わる話を色々聞き出す。佑馬は、見舞いにくるたび、母からその暮らしぶりや出来事を事細かに聞いていた。鹿野親子のことも知っていた。

「懐かしかった？」

思わず問い返した。羽根木有子が、鹿野親子の担当になってすぐのころらしい。有子は、懐かしいといったというのだ。

「どうしてそんなことをいったのか、覚えていないな。たぶん、僕の食事時間になって、話が中断したんだと思う」と、佑馬は申し訳なさそうに眉根《まゆね》を寄せた。

「そうですか」

帰り際、ふと目に入ったので尋ねてみた。

「そのスプーンとフォーク、立派なものですね。病院のものは大概、プラスティック製だから、自前ですか?」

「え。ああ、そうです」

佑馬が手を伸ばして、床頭台の上のトレイからスプーンを取り上げた。

「僕が子どものころから使っているもので、相当古いものですけど。母が、病院の備品はみな同じで愛想がないから、せめて食事周りのものだけでもって、家にあるのを持ってきてくれたんです」

「いいですか?」

「は? ああ、はい。どうぞ」

スプーンの柄を持って、隣に立つ夢良に見せる。すぐに気づいて、携帯電話を取り出し検索を始めた。

「新潟県にご親戚《しんせき》とかおありですか?」

「え? いや僕も母も、生まれも育ちもS県なので。新潟ですか? 母も行ったことはないんじゃないかな。少なくとも、そんな話は聞いたことがありません」

佑馬が腑《ふ》に落ちない顔で、どうして？　と訊く。有子の自宅にあった酒瓶から当てずっぽうにいってみたのだが、答える前に夢良が差し出した画面を見て頷いた。

「この柄に刻印されている印は、新潟県の燕市にある金物屋さんのものです。結構、お高いですよ」

そういうと佑馬は、「そうなんですか。知らなかった」と目を丸くした。嘘《うそ》を吐《つ》いているようには見えない。スプーンを返すと、しげしげと眺め始める。

燕市は三条市《さんじょうし》と共に金物で有名な街だ。お土産《みやげ》で買った可能性もあるが、酒瓶にスプーン。羽根木家の戸籍にはなかったが、新潟の文字はどこかで見た気がする。

京香は夢良と共に、「お大事に」と告げて辞した。

走らない程度に急いで、病院の玄関口へ回る。入院相談のカウンターを見つけて、リーフレットやちらしを抜くと、そのまま外に出た。足早に駐車場に向かい、車に乗り込んだ。

助手席に滑り込んだ夢良が、全身で荒い息を繰り返しているのを不思議な気持ちで眺める。パラリーガルというのは机仕事で、恒常的に運動不足なのかもしれない。シートベルトを締め終わった夢良が、横目で睨んできた。

「こう見えてジムには毎日通っていますから、運動不足ではありません。ジュニア、いえ貴久也さんが、そういうのに熱心な方なので、弁護士もパラリーガルも時間があるときはなにかしらの体力作りに励むようにしています。でも、三星さんのスピードはなんていうのか、普通じゃありません。常人の全力疾走に近いです」

京香が考えていたことがわかったかのようにいい募った。気をつけるわ、とだけ答えてシートベルトを引く。そしてエンジンをかけようとして手を止めた。

それを見た夢良が察し良く、「もしかして燕市に行こうかどうしようか、迷っておられます?」というのに、京香は思わず口の端で笑う。

「ずい分、勘がいいのね」

「新潟県になにかあるのですか」と訊いてきた。京香は小さく頷いて説明した。

「有子さんの自宅に燕市にある醸造元の地酒があった。そして息子さんが昔から使っているという質の良さそうなカトラリー類、それに」

スマホを渡して、指先で画面を送る。

「そこを見て。鹿野省吾の本籍欄。新潟県になっている。それと、有子さんがいった〝懐かしい〟という言葉。これだけ集まって、新潟県を無視することはできない」

「なるほど。つまり、二人は元々の知り合いだったのではないか、と考えておられるんですね」

「わからないわ。でも、羽根木有子と新潟との繋《つな》がりは、昨日今日の話じゃない。あのお酒は去年の醸造だったし」

「スプーンとフォークは佑馬さんの子どものときからあったもの」

そう、と京香は大きく頷いた。

「しかも、ぱっと見たところ」といって、さっき取ってきたリーフレット類を手渡す。

「あそこの病院は結構、費用がかかる。有子さんは三年前にご主人を亡くされていて、この病院に移ったのは、二年前。ということはここの費用を有子さんは一人で賄っていることになる。ヘルパーさんの仕事は大変なわりには、それほど実入りがいいとは思えない」

夢良が素早く目を通し、「ご主人の保険金でも入ったのでしょうか」と小首を傾げた。

「その可能性もあるけど、今の段階ではそこまで調べる必要性がないわ」

そう呟いて、京香は改めてリーフレットに目を通す芦沢夢良を見た。見た目はいかにもお嬢さんのパラリーガルだが、さっき京香の意図を汲《く》んですぐにスプーンの出所を探したことからも、案外、頭の回転は速いのだと思った。弁護士を目指すくらいだから、頭がいいのは当然だが、それでも試験勉強ばかりで現実的な応用が利かないのではと危ぶんだが、杞憂《きゆう》だったかもしれない。もっとも、余計なことをすぐに口にする欠点はあるようだけど。

「三星さん、確かお子さんおられますよね。藤原先生が保育園に通っているとおっしゃっていました。今から新潟に行ってしまったら、お迎えに間に合わないんじゃないですか」

うん、と京香はハンドルに置いた指を苛立《いらだ》つように揺らした。つみきのことを考えたら、これ以上は無理だ。保育園には、警察時代にもお迎えに遅れたことで度々注意され、相当迷惑をかけてきた。仕事が変わったとお世話になっている保育士さんにいうと、これからはお迎え大丈夫ですね、と念を押されたばかりだ。でも、ここまできたら新潟はそう遠くない。とはいえ、有料道路を使っても二時間半、例によって安全地帯だけスピードアップしても二時間、往復五時間以上。しかも向こうに着いて、すぐに手がかりが得られるとは限らない。

「わたしも終業時間が過ぎてしまいます」

車の時計が二時過ぎを示しているのを見て、京香はむう、と眉間《みけん》に深い皺を寄せる。ゆっくり目を瞬かせて、ハンドルをポンと叩くと夢良に顔を向けた。

「ごめん。駅につけるから、そこから一人で事務所に戻ってくれる?」

「え。一人でって、それじゃあ、三星さんは行かれるんですか」

「うん。ここまできて放《ほう》っておけない。少しでも早く捉《つか》まえないと、またどこかに逃げられても困るし」

こういうところが、夫を苛立たせていたのかもしれない。ふとそう思った。つみきのことが一番大事だと思っているし、娘のためならなんだってする覚悟はある。だけど、与えられた仕事が疎《おろそ》かになることや、誰かが困ったりすることから目を背けることができない。特に、警察の仕事は直接人身の安全に繋がるからなおさらだった。自分は試用期間中のただの調査員に過ぎないし、このまま戻ったとしても誰も咎《とが》めないだろう。けれど、今、このときを逃すとあとで後悔するかもしれないという想像が、強迫観念のように胸を締めつける。どうしても諦《あきら》めることができない。そんな自分の性格や考え方はおかしいのだろうか。夫の困惑する顔がなぜか浮かんで、つみきの寂しそうな顔が見えて、激しく落ち込みそうになった。それを振り払うように顎《あご》を上げて、ハンドルを握る手に力を入れる。

「そうですか」と、夢良はシートベルトを握りしめたまま、視線を膝に落とす。

「デートとかあるんだったら」といいかけて止《よ》す。プライベートなことに踏み込めば、またなにか辛辣《しんらつ》にいい返されそうだ。

「デートの予定はありません。でも、ジムは休むことになりますね」

「え。いいの？」

「わたしも行きます。だって羽根木佑馬さんに、必ず見つけますすって約束したじゃないですか。一緒にいたのですから責任は同じです」

「はあ、まあ。あなたがいいのなら」

「どこかで休憩を取って、これまでのこと藤原先生に報告しましょう」

「了解」

途中のパーキングエリアで車を停《と》め、岳人に電話した。呆れた声だったが、説得しても聞かないだろうと判断したのか、余計なことはいわず、わかった、と応えてくれた。

「つみきちゃんのことは任せて。こっちは心配しなくていい。でも、とにかく気をつけて。

くれぐれも無茶だけはしないでくれよ」と意味ありげな声で続けた。

「うん。わかっている。無茶しようにもお付きの人が案外、口うるさいからいいストッパーになるわ」

「芦沢さん？　へえ、そうなんだ、意外だな。じゃあ、まめに連絡入れて」

「うん。よろしく」

その後、保育園にも連絡を入れ、藤原岳人が迎えに行くことを知らせた。電話を終えたのを見計らったかのように、夢良が両手にハンバーガーの包みを下げて戻ってきた。車のなかでむさぼるように食べた。夢良は膝の上にハンカチを広げ、食べ馴《な》れていないのか、時間をかけてゆっくり食した。

再び車を走らせ、目当ての街を目指す。

8

電話を切って、岳人は時計を見、スマホのアラームを開いた。

保育園のお迎えは午後六時だ。逆算して、事務所を出る時間をセットする。夕飯の買い物をしたあと、つみきちゃんと一緒に自宅マンションに戻って、手を洗い、うがいをさせる。それから晩御飯の支度をし、食べさせる。もしかすると、お風呂《ふろ》にも入れてあげなければいけないかもしれない。いつも何時ごろ入っているのだろう、さっき聞いとけば良かったなと思う。

同僚の弁護士にもパラリーガルにも家庭持ちは多い。幼い子どもを抱えている人もいるからあとで聞いてみよう。特に、食事はどんなのがいいか、つみきちゃんにアレルギーはないと聞いているが好き嫌いまでは把握していない。いや、ベビーフードみたいなのを買った方が安全だろうか、あれこれ考えているうち、いい時間になった。自宅で読むための書類や資料、それと持ち歩き用の小型のノートパソコンを黒い鞄《かばん》に入れて部屋を出た。

「あれ、藤原先生、今日は早いですね」

パラリーガルの一人に声をかけられる。民事事件の答弁書と書証を作成してもらっている人だ。

「うん、ちょっと用事があって。答弁書は明日見るから、机の上に置いておいて」

「わかりました」

お疲れさまでした、との声に送られ、事務所を出る。エレベータホールで待っていると、上から降りてきた箱から副代表の貴久也が出てきた。

一台やり過ごして、京香から受けた報告をその場で伝えることにする。そのまま新潟に向かったという話には、ちょっと眉根を寄せたがなにもいわなかった。そして今から京香の娘を迎えに行くのだというと、驚いたことに柔和な笑みを広げた。貴久也は独身で、子どもが好きだという話も聞いたことがなかった。

「こう見えて、実は子ども好きなんですよ。子どもは正直で、悪意も屈託もないからほっとする。だったら、早く孫を見せろと母親からは文句をいわれているけどね。そうか、お迎えか。楽しそうだな。これから顧客との打ち合わせがなければ、わたしも一緒に行ってみたかった」

はあ？　そこまで？　という表情だけはきっちり抑え込み、微《かす》かな笑みと共に、「じゃあ、次、こういうことがあればお声がけしますよ」とだけいう。

うん、と頷く貴久也に挨拶をし、下りのボタンを押した。

あれ、そういえば、貴久也さんはどこに行っていたんだろうと気になった。ここより上の階は住居層で、葛親子の家はここでなく、ひと駅先の別の高層マンションだった筈だ。そっと廊下を振り返って事務所を見るが、もう後ろ姿はなかった。エレベータがきたので視線を戻して乗り込む。腕時計を見ながら、オフィス層専用出口から表に出て、足早に駅へと向かった。

流しに食器を置くと、蛇口をひねった。

アイランドキッチンから奥を見ると、つみきがテレビの前で全身をくねらせていた。

「岳ちゃん、みてみて」

保育園から戻る途中、レンタルビデオ店に入って、幼児用のＤＶＤを数枚借りた。食事が終わったあと、そのなかの一枚が気に入ったらしく、ずっと真似て踊っている。

「うまい、うまい」

濡《ぬ》れた手で拍手をすると、つみきは顔じゅう笑顔にして、またテレビを向いた。

片づけを終えた岳人は、リビングのソファに座って事務所から持ってきたノートパソコンを膝の上に広げる。つみきがすぐに興味を示して、テレビから離れて顔を覗かせた。

「これなあに」と可愛《かわい》い声で訊く。手元にある書類にも興味ありげに指を伸ばすので、岳人は慌てて鞄のなかにしまった。仕事はしない方がいいかもしれない。そのうち、ママは、パパはとぐずり出したら大変だ。

新潟に着いたとき一度、京香から電話が入ったが、それ以降、ＬＩＮＥすらない。まめに連絡するようにいっていたのに、内心で舌打ちする。つみきちゃんがなにかいうのに、慌てて笑顔を作って相手をした。もう少ししたら、こちらから連絡してみよう。

ふわっと、小さな花が開くようなあくびが出た。大人しくテレビを見ていると思っていたら、岳人に体ごとよりかかってきた。すぐにパソコンをどけて、抱え上げる。腕のなかでまたあくびをした。

「眠い？　もう？」

時計を見るとまだ七時過ぎだ。もう少ししたらお風呂を沸かそうと思っていたのだが、先に眠らせた方がいいのだろうか。少し前に京香から電話があり、こちらに向かっているということだった。順調に行けば、九時過ぎには着けるだろう。

そのとき、お風呂に入れた方がいいかと訊いたら、どっちでも構わないといわれた。微温《ぬる》いお湯に一緒に浸《つ》かってあげたら喜ぶといわれたが、思わず僕も入るのか、と訊いて大笑いされた。

恥ずかしいのならそのままでいい。眠ってしまったら座布団を敷いて、寒くならないようなにか掛けて寝かせてやってくれともいわれた。ベッドは駄目らしい。寝返りをうって落ちるかもしれないからと。なるほど、と思う。自分の寝室のベッドを使うつもりだったが諦める。それならリビングのソファも駄目だろうし、仕方ないとつみきを抱きかかえたまま立ち上がった。

「まだ寝ちゃ駄目だよ。お布団を敷こうね。風邪引くよ」

「うぅ……ん」

背を反らしながら指で目の周囲をこするが、瞼《まぶた》は開かない。肩にかかる小さな体はだんだん熱く、重くなってゆく。慌てて寝室から布団を片手で引きずり、リビングの隣にある四畳半の和室に敷いた。掛け布団だが、つみきには十分な大きさだ。真ん中に置いて、布団で包み込んだ。

小さな顔が布団に埋まったりしないよう気をつけながら、しっかりくるむ。リビングとの仕切りの襖《ふすま》は開けたままにして、和室の電気だけ消した。エアコンの温度を確認し、加湿器に水を足す。

岳人はまたソファに座って、パソコンで作業の続きを始めた。書類を繰りながら、次々に打ち込んでゆく。時折、時計を見、携帯電話を見る。それから、振り返って和室にある布団の塊を見やった。十五分置きに立ち上がっては、直接顔を覗きに行く。寒くないか、寝汗をかいていないか、指の先で額をなでてみる。

何度かそれを繰り返したとき、いきなりインターホンが鳴った。

「誰だろう?」

京香がマンションにくるなら、事前に連絡がある筈なのに妙だなと思った。立ち上がってつみきのいる和室を見、壁のインターホン画面へ目を向けた。

「え?」

9

新潟に着いて、京香は岳人に連絡を入れた。

もしかしたら遅くなるかもしれないと告げると、大きなため息を吐かれた。

「それはどういうこと。詳しく状況を説明してよ、京ちゃん」

「うーん、まだなにがどうっていうわけじゃないのよ。今から醸造元に行くんだけど、ただ、なんとなくね」

「元刑事の勘とかいうなよ」

「元刑事のね」

「とにかく無理はしないで。見つからなかったら、それでいい。なるべく早くこっちに戻ってよ」

「わかってる」

「それで羽根木さんの息子さんは、万が一のときは届を出してくれるって？」

「ああ、うん、それは了解してくれたけど。でも、自分の意思で行方をくらませているのなら、そっとしておいて欲しいみたいだった」

「そう。気持ちはわかるけど、裁判所に期日延期を申し立てるのなら、そういう届の有無が必要になるから」

「うん、わかっている。大丈夫、余り遅くならないようにする。ごめんね、つみきは大人しくしている？」

「ああ、うん。さっき豆腐ハンバーグを食べてくれた。野菜スープも」

「岳ちゃんが作ったの？」

「他に誰がするんだよ」

あははは、とつい笑ってしまった。不機嫌そうな言葉が返ってきたけれど、なんとなく声が明るい。大丈夫そうだと胸をなでおろした。

電話を切って、夢良と一緒に歩き出す。車は近くにあった有料パーキングに停めて、携帯の地図を見ながら細い路地を辿《たど》った。山の上で棚引く雲はまだ朱に輝いているが、近くに目を向けると視界がぼやける。街灯が灯《とも》り、追いやられるように影が色を濃くしてうずくまる。

入り組んだ路地を抜けると、少し広い道に出た。車一台がゆったり通れる道路に面して、古い軒並みが続いている。なんの商売なのかわからない、格子をはめた町家風の店舗があって、その先に羽根木有子の自宅にあった日本酒の醸造元があった。屋根瓦《がわら》と白い壁が薄《うす》闇《やみ》のなかで浮かび上がる。店舗のなかから白い光が軒先を照らしていた。

ガラス戸を引いて、「こんばんは」と声をかける。

はーい、とすぐに奥から女性の声が返ってきた。

店の壁一面に酒が並び、利き酒用なのかグラスが並ぶ。カウンターの向こうに裏への出入り口があり、蔵があるのだろう、ぷんと臭《にお》いが流れてくる。エアコンはかかっておらず、冷蔵庫もあるからか、しっとりした冷気が漂う。ここに立っているだけで酔ってしまいそうだ。夢良は酒に弱いのか、コートを着た腕で自分の体を抱き、しきりと鼻をこすっている。

「いらっしゃいませ」

四十代後半くらいの元気そうな女性。長袖《ながそで》のスウェットにエプロンをしている。

「なににしましょう」

「いえ、客じゃないんです。すみません、このお酒はこちらのですよね」

京香はスマートホンの写真を見せる。女性はしげしげと見て、にっこり笑う。

「そうですよ」

「では、この女性はご存じですか」

素早く画面を動かして、羽根木有子の写真を出した。

顔色が変わった。わかりやすくて助かる。京香がにっと笑ってみせると、慌てて後ろを振り返る。自分がしくじったのだと気づいて、ばたばたと奥へと駆け込んだ。その後ろを夢良と一緒に追う。

小さな出入り口は、細長い土間になって裏庭へと続いていた。

裏庭というのもおこがましいほど、開けた敷地が広がる。大きな蔵や納屋のような建物が並び、深い酒の臭いが漂っている。並んだ建物のひとつから女性が一人、木で組んだ瓶箱を抱えて出てきた。そこに向かって、先ほどの店の女性が手を振りながら走ってゆく。飛びつくようにして、なにかいうとさっと二人でこちらを睨んだ。

羽根木有子は瓶箱をその場に落とすと、くるりと背を返して走り出した。予想していた京香はすぐに対応する。店の女性が邪魔しようと摑みかかってくるのも予想通りだから、すぐに夢良の腕を引っ張り、投げるようにして女性に当てた。

ぎゃっという、夢良なのか、女性なのかわからない悲鳴が聞こえたが、無視して走る。蔵のなかは、小さな裸電球だけ点《つ》いていて薄暗かった。今は、去年の酒を仕込んで、次の作業のための桶《おけ》や道具を綺麗《きれい》にしている時期だろう。水を打ったのかあちこち濡れていたが、有子は慣れているのか長靴にも拘《かか》わらず結構なスピードで蔵のなかを通り抜ける。

京香も全力で追う。白い土壁に沿って走り、勝手口の扉を開けて外に出た。アスファルトの上をゴム長靴の粘るような音が響く。京香はどんなに堅苦しい恰好《かっこう》をしても、靴だけは常に走りやすいスニーカーなどの運動靴を履く。警察のときはそれが当たり前で、他の靴を選ぼうという意識もない。

角を曲がりかけたところで追いつき、肩を摑んだ。厚手のスウェットを力いっぱい引くと、有子は振り返りざま、両手を拳《こぶし》にして殴りかかってきた。

「ちょっと、なに？」

慌てて、無茶苦茶な攻撃に応戦する。有子が息を切らし、足元をふらつかせたところを素早く回って片腕をひねり上げた。膝裏をどんと突いて、地面にひざまずかせる。

「は、放せ、放せえっー　わ、わたしを殺したら、ただではすまないからっ。ひいいっ、だ、誰かぁー」

大声を上げ始めたので、すぐ解放した。そして、黙らせるために、「佑馬さんに会ってきましたよ。すごく心配していました」と口早に告げた。途端に悲鳴が止み、京香の顔を見上げたまま、へなへなと地面に座り込んだ。

「ど、どうする気。佑馬になにかしたら、しょ、承知しないから」と、今度は唇を震わせながら低い声で抗議する。

京香はそんな有子を見下ろしながら、腕を組んでみせた。

「どんな風に承知しないっての？」

有子は目をぎらつかせ、歯を剝《む》き、唾《つば》を飛ばす。

「決まっている。みんな暴露してやる。公にして」

そのとき、またも間の悪い声が飛び込んできた。

「三星さん、待ってください。なんですか、いきなり引っ張り回して。藤原先生からも無茶するなってあれほどいわれているのに、さっきのお店の女性が驚かれていましたよ。わたしだって、あ」

夢良が全身で息を吐きながらも、有子を認めて、笑顔を浮かべた。

「あら、羽根木さんですよね。良かった、見つかったんですね。これで藤原先生のところに戻れますね」

京香は思わず舌打ちした。地面に座り込んだ有子の顔が、恐怖から驚きへ、そして安堵へと、まるで仮面を取り換えるかのように変化していった。そして、掌《てのひら》で額を拭《ぬぐ》うと大きな深呼吸をした。すっかり、落ち着いてしまったようだ。

再び京香を見上げた顔には、なにかを思い決めたような頑《かたく》なな表情があった。これでさっきの妙な発言の続きは聞けそうにないと、今日一日の重さが肩にのしかかるのを感じた。

そこに夢良の明るくのんびりした声がかかる。

「今から戻れば、ジムに行けそうだわ。途中でなにか買って食べませんか。ハンバーガーだけだとお腹《なか》すきますすね」

10

羽根木有子は貝になった。

さすがにもう逃げ隠れするつもりはないようだが、それでも後部座席で暗い目を窓の外に投げ続けている様子に、こちらも落ち着かない。ハンドルを握っている以上、京香は動くことはできないから、余程、夢良に一緒に後部座席に移れといいたかったが、簡単に納得しそうにないので諦める。

少なくとも、息子を思う気持ちに偽りはないようだ。息子一人を置いて、自分の身が危うくなるようなことはしないだろうと思う。さっきも必死で逃げようとしたし、殺されたくないと助けを求めて喚《わめ》いた。生きる気はあるのだ。たとえ危ないことに首を突っ込んでいても。

京香は唾を飲み込んだ。

夢良が、コンビニでお弁当を買ってくれたが、少しも喉を通らなかった。唯一、甘めの缶コーヒーを口にして、なんとか喉の渇きと空腹を抑える。

有子の言動は、ただの情状証人のものではない。新潟まで行って身を隠したのも、京香や岳人の知らない深い理由があるのだ。

「羽根木さん、召し上がらないんですか。夕飯、まだですよね」

返事をしない有子を見て、夢良は肩を落としてまた前を向く。京香はバックミラーにある有子の横顔に尋ねた。

「先ほどの酒造の方は、鹿野さんのお知り合いですか」

バックミラーから有子の顔が消えた。わざと外したのだ。

「あなたと鹿野省吾さんは、ただのヘルパーと利用者の関係じゃない。昔からの知り合いだった」

先ほどの妙な言動について以外のことなら、応えるかもしれないと思った。バックミラーには体を起こして睨み返す有子の目があった。

「なにもいう気がないのなら、先ほどの酒蔵の方に尋ねてみるしかないですね」

「あの人達は関係ない。余計なことしないで」

「わかりました。そう藤原先生に伝えます。では、あなた方の関係がどういうものか教えてもらえますか」

羽根木有子は深い息を吐いて、掌で額を拭った。気持ちを落ち着かせるための癖なのかもしれない。

「子どものころ、新潟で暮らしたことがあったのよ」

「え。でも、住民票にも戸籍の附票にもそんな記載はありませんでした」と夢良が口を挟む。

ぐっと睨みつけるが、大して効いていない。鈍い人間ではないから、わざと無視しているのだ。

「両親が住所変更とかしなかったから。わたしは父親の友人だという人に預けられた」

「いくつのころですか」と京香は問う。

「小学、三年から四年までの二年弱。父親が質《たち》の悪い仲間に借金をして、酷《ひど》い取り立てをされた。母はノイローゼになって自殺をしかけるし、わたしも狙《ねら》われたのよ。小学生なんか捉まえてどうするのか不思議だったけど」

「昔なら、幼児好きの変態の相手をさせたり、大きくして風俗に売ったりとかしてましたけど、今ならネットに児童ポルノを載せたり、酷いのだと外国に運んで臓器売買とかに使ったりするかもしれません」

隣で夢良が息を止める。有子も動きを止め、それから弱々しく笑った。

「そうか。それで父親が危ないと思って、わたしを逃がしたのね」

「お父さんの友人が新潟にいて、いい隠れ場所になると思ったわけですね。それがさっきの酒蔵の方ですか?」

「違う。さっきの女性のご主人は鹿野さんの友達。仲のいい幼馴染《おさななじみ》なの」

「鹿野さんは、こちらに住んでいたんですね」

「そう。わたしがここにきたとき、省吾さんは中学生で……」

「親切にしてもらったんですね」

バックミラーを見たわけではないが、有子が頷くのがわかった。

「住民票を移していなかったし、いつ追っ手がくるかしれないから、わたしは学校に行けなかった。家からも余り出るなといわれていて、それはそれで辛かった。そんなとき、近所にいた省吾さんが気の毒に思ってくれて声をかけてくれたのよ。あの酒造の人ともそのとき知り合った」

鹿野省吾と羽根木有子は親しんだ。中学生と小学生。淡い恋にもならなかっただろう。だが、このときの繋がりがいつまでも二人の心に残った。特に、有子にとってはかけがえのない思い出となったのではないか。

小学四年生の冬、父親が迎えにきて唐突に別れがきた。有子は省吾に挨拶もできないまま姿を消すことになり、それぞれの人生を歩むことになった。そして長いときを経て去年、二人は奇跡のような再会を果たしたのだ。いったい何年振りになるのだろうか。

「四十年振りよ。顔を見てもわからなかったけど、名前が同じだし、もしかしてと『わかば』の名簿の住所を頼りに訪ねたんだ」

「省吾さんは覚えておられましたか」

「うん。それから、わたしを指名するようにしてくれて、省吾さんのお母さんの介護をさせてもらった」

羽根木有子の口調には、お世話ができることの喜びが滲《にじ》み出ていた。きっと心からの介護で、家族のように愛情深いものだっただろうと想像できた。そして、そのことに鹿野省吾もきっと深い感謝の念を抱いたに違いない。しかも有子は、母親が亡くなったあとも親身になって省吾の世話をした。二人のあいだが男女のものではないかと疑った、ヘルパー仲間の勘は外れてはいなかった。二人は最初こそ母親の介護というかすがいで繋がっていたが、それがやがて自然な人間としての繋がりへと変わっていったのだろう。

幼馴染。そういっても構わないだろうと思った。有子にとって、失意の日々に明るく差し込む陽射《ひざ》しのような存在。どれほど暖かく体を温められただろう、どれほど強く励まされただろう。有子が省吾の情状証人になるのは当然で、見渡せば他にふさわしい人間など一人もいない。岳人はちゃんとそこまで見極めていた、だからなんとしてでも有子を捜したいと思ったのだ。

「わかりました。とにかく、詳しいことは戻って藤原先生と話し合ってください。もし」

言葉を切って、バックミラーへ強い視線を向けた。

「もし、なにか困ったことを抱えているのなら、そのこともちゃんと相談した方がいいと思います。あなただけでなく、息子さんのためにも」

応えはなかった。

それから京香は運転に集中した。時間はそろそろ八時を回る。つみきはもう眠っているかもしれない。お風呂には入っただろうか。泣いたりしていないだろうか。あれこれ考えていると、夢良が不安と苛立ちが入り混じったような声で話しかけてきた。

「三星さん、変です。藤原先生、ぜんぜん携帯に応答してくれません。ＬＩＮＥにも既読は付かないですし、どうされたんでしょう」

京香は、ソファの上でつみきと一緒に眠り込んでいる岳人の姿を思い浮かべた。

「三星さん、なんで笑っているんですか。不気味です。思い出し笑いは老けるっていいますよ」

むっと唇を引き結んだ。もう間もなく出口だ。

築年数の経《た》っているマンションだ。

オートロックもなく、来客は一機しかないエレベータに乗って、直接、目当ての部屋の前までくることができる。玄関とエレベータ内には一応、防犯カメラは付いているが、各階の廊下にはなく、非常口から出る外階段も一番下に古びたカメラがひとつあるだけだ。

今どき、不用心ではないかと思うが、大した稼ぎもない身だから、これが分相応だといっていた。

鉄製の玄関扉の前に立ち、インターホンを押した。応答がない。続けて何度も何度も押すが、ドアの向こうは沈黙したままだ。耳を澄ませても、人が動いている気配すら感じられない。

京香は体が強張《こわば》ってゆくのを感じた。後ろには夢良と羽根木有子がいて、京香の気配が伝わるのか、なにもいわずに立ち尽くしている。

手を伸ばして把手《とって》を握って回した。丸いノブは軽快に回って金属音を立てたのち、すっと手前に動いた。鍵《かぎ》が掛かっていない。喉を鳴らしたのは、京香なのか、後ろの夢良なのか。反射的に手を伸ばして、二人にドアから離れるようにいった。

思い切りドアを開き、大声を放った。

「岳ちゃん、岳ちゃん？」

返事がない。さあっと全身の血がなくなってゆくのを感じた。

「つみきっ。つみきぃいいい」

靴を脱ぐと駆け込んだ。短い廊下は電気が点いていなかったが、奥のガラス扉の向こうは明るい。何度かきたことがあるから覚えている。手前にあるドアはトイレと寝室、クローゼット用の小部屋。廊下の先の扉の向こうには広いリビングとダイニングキッチン、そして小さな和室がある。

「返事をして、お願いっ、つみきっ」

声を振り絞って叫んだつもりだったが、喉の奥が張りついて声にならない。ばっとガラス扉を押し開け、なかに飛び込む。

ダイニングにもリビングにも電気が点いていて、なにもかもが明るくくっきり見渡せる。エアコンが動いているせいで部屋は暖かく、熱いくらいだ。顔を左右に振って姿を探した。すぐに見つけた。

リビングのソファの足元、絨毯《じゆうたん》の上で男が倒れている。テーブルとのあいだで左を下にして横向きになっていて、目は開いたままだ。周囲に資料が散らばっていて血痕《けつこん》が飛び散っていた。右手は折り曲げられて腹の方へと垂れている。一歩近づくとその顔がはっきり見えた。

見開いた目に生気はなく、シャツの胸一面が赤黒く染まっている。立ち尽くした京香の全身が硬直し、歯だけががちがちと鳴った。貧血でも起こしたかのように、視界が狭く黒ずみ始める。

「ひぃいい」

夢良か有子の叫び声で、はっと意識が立ち上がった。同時にどっと汗が噴き出た。頭にかっと血が昇り、すぐ悲鳴のような声を放った。

「つみきっ。つみきぃいいい。どこ、どこ？　いやっ、お願い、返事して。どこにいるのっ」

瞬きもせず、必死で首を回し、部屋のなかを走り回った。リビングにもダイニングにも姿がない。そうだ、寝室、いやクローゼットかも。トイレに隠れているのかもしれない。走り出そうとしたとき、和室の襖が見えた。ぴたりと閉じたままで、ふいに電話の声が蘇《よみがえ》る。

『あ、そうか。ベッドは駄目なんだ』

岳人は得心した声で応えた。

飛びかかるように近づいて襖の把手に手をかけて引くが、少ししか開かない。素早く周囲を見ると、襖の桟に掃除用ワイパーが斜めに挟んである。すぐに取り払い、襖を開けた。暗い部屋のなかで小さな音が聞こえる。隅にある加湿器の音だと気づいて、部屋の中央へと視線を戻した。ただの布団の塊に見えた。

手を伸ばす。伸ばした手が酷く揺れているのを不思議に思った。手や腕だけでない、体のあちこちが激しく震えている。声がかすれる。視界が滲む。

「つみき」

指先が触れようとしたとき、布団が微かに動いた。京香は全身で覆いかぶさりかきわける。

つみきの幼い顔があった。指先を頬《ほお》に当てると柔らかく、その温かさが沁《し》みた。

「つみきぃー」京香は、その白い首筋に顔を埋《うず》めて泣いた。

ううん、とむずかる声がして、反射的に顔を起こす。今は起こさない方がいい。頭や頬をなでまわし、全身をチェックして問題ないとわかるともう一度、布団を被《かぶ》せて、部屋の壁際へ、リビングから少しでも遠い方へと寄せた。

そしてよろよろと立ち上がった。

いつの間に逃げ込んだのか、ダイニングのアイランドキッチンの向こう側で、夢良と羽根木有子が蠟《ろう》人形のような顔で、互いにしがみつくようにして立っていた。夢良はぼとぼとと涙をこぼしている。自分が泣いているのに気づいていないようだった。有子は、生気のない茫然《ぼうぜん》とした表情で、本物の人形かと見間違うほど動かない。

そんな二人から目を離し、京香はソファの側へひざまずく。

「岳……岳ちゃん。どうして」

手を伸ばして触れた腕には、まだ温かさがあるような気がした。ひょっとして息があるのではと思ったほどだ。けれど、それが勘違いだと、動かない目を見ながら自分にいい聞かせる。腕や足に硬直はまだ始まっていない。およそ死後二時間ほどで死後硬直が始まるけれど、部屋が暖まっていることも考えれば、一概に決めつけられない。腕時計で九時を僅《わず》かに過ぎているのを確認する。ざっとでいえば午後六時過ぎから九時までのあいだ、いや確か七時ごろ長野を過ぎた辺りで一度電話をしている。だとすれば犯行時刻は七時から九時までのあいだになる。

ポケットから携帯電話を取り出した。

一一〇番し、事件か事故か問われる前に、「殺人事件です」といった。

電話を切って立ち上がろうと、テーブルに手を突きかけて動きを止めた。なにも触れない方がいい。ゆっくり体を起こし、周囲に目を配る。凶器らしいものはない。切り裂かれたシャツの形状から刃物によるものだというのはわかる。

ゆっくり岳人から離れ、部屋を見渡した。以前、この部屋に入ったのはいつだっただろう。離婚の相談は大概、喫茶店とかでしていたから。そうだ、つみきと一緒に、具合が悪いという岳人を見舞った。あれは今年の春だったか。そのときの記憶と照らし合わせても、おかしなところはぱっと見、見つからない。

小さなベランダに面したガラス戸には、カーテンが引かれていて鍵も掛かっている。ガラス越しに外を覗いたが、不審なものはない。リビングに目を返す。岳人は掃除好きで、粘着クリーナーや掃除用ワイパーは常時側に置いていた。テレビの下の棚や壁際の本棚には、裁判や弁護に関する参考資料がぎっしり詰まっている。ここを書斎代わりにしていて、テーブルに書類やパソコンを置いて仕事をしていた。今、そのテレビの周囲に幼児向けのDVDがあること、つみきの保育園の帽子やバッグ、絵本があることだけがいつもと違うところだろうか。つみきを眠らせたあと、テーブルの上に資料を広げて、仕事をしていたのだ。

岳人はこぼしてはいけないからと、仕事をしているときは飲み物を側に置くことはなかった。いつもダイニングテーブルにコップを置いて、飲みたくなったらいちいち立って取りに行っていた。目をやると、ダイニングテーブルの上にキャラクターの絵の入ったカップがあった。岳人が学生のころから愛用していたものだ。その向こうで茫然としている夢良を呼んだ。何度目かでようやく視線を合わせた。

「今、警察を呼んだから。ここじゃなく、寝室の方へ移動しましょう。大丈夫？」

「え、は、はい。え。どちらへ」

「こっちよ。羽根木さんも、さあ」

二人の腕をそっと引いて歩かせる。リビングから廊下に出るとき、夢良は目を背けて硬く瞑《つむ》ったが、覚悟を決めたように一度だけ視線を振り向けた。そして再び、口に手を当てて嗚咽《おえつ》を漏らした。

押し込むようにして二人を寝室に入らせ、ベッドの上に座らせる。

「ここでじっとしていて。なにも触らないで。いいわね」

青い顔で機械のように頷く夢良。その隣で有子は、青から白へと顔色を変えて、見開いた目を充血させていた。膝の上に組んだ両手の震えが止まらないのか、指先が白くなるほどきつく握り合わせている。

「羽根木さん、大丈夫ですか」

赤く血走ったような目が、ゆっくりこちらを見、京香の目の奥を覗き込む。

「あんた、平気なんだ」

「はい？」

「あんなの見ても、少しも怖くないんだ」

それは、といいかけて口を噤《つぐ》んだ。元警察官で刑事だったといえば納得してくれたかもしれないが、一方で、だからといって子どものころから一緒に育った幼馴染の刺殺体を目の当たりにして、どうしてこれほど冷静に動けるのかという、自分への不信も湧《わ》いた。哀しみや憤りよりも、現場を保存し、警察が駆けつけるのを今か今かと心待ちにしている。自分は刑事以前に、人としてあるべき当たり前の感情を失《な》くしてしまっているのか。

いや、今はそんなことを考えている場合ではない。

奥にはまだつみきもいるのだ。あの子をここへ運ばないと。そして、他の部屋に誰か、犯人が残っていないかを確認しないと。

素早く立ち上がり、そうだと思い出して、俯く夢良に問うた。

「岳ちゃんは、自宅にパソコンを置いていないっていっていたわ。それはいつもノートタイプを持ち歩いているからなのよね？」

反応しないのを見て、名を呼んだ。夢良の頭がびくんと揺れ、おずおずという風に顔を上げた。

「は、はい？　今、なんて？」

質問を繰り返した。夢良は焦点の合っていない視線を部屋のあちこちに揺らし、それから徐々に目に力を入れていった。

「そう……はい、そうです、藤原先生はいつも小さなノート型を持ち歩いておられました。仕事の続きを家でするときは、事務所からそれを持ち帰っておられました。それがなにか？」

「うん。さっき見たとき部屋のどこにもなかったから」

「どうして、ないんですか？」

京香は返事をせず、ここで待っていてといって部屋を出た。すぐに反対側のドアを開け、トイレやクローゼットに人がいないのを確かめた。そして再び、奥の和室に入り、布団ごとつみきを抱えて廊下に出た。そのとき、玄関の扉を開けて出てゆこうとする有子の後ろ姿を見つけた。

「待って。どこ行くのっ」

大声を上げたせいで、腕のなかでつみきが反応した。そして有子も振り返ると顔を歪《ゆが》め、慌てて外の廊下へ飛び出して行った。京香は寝室に入るなり、布団ごと夢良に押しつけた。

「いいこと、絶対にこの子を離さないで。一秒でも目を離したら、あなたを殺す」

夢良が大きく目を開いたまま、こくこく頷くのを確認し、素早く玄関に回る。スニーカーを履いて、廊下に出て耳を澄ませた。エレベータの動いている音がせず、階段を駆け下りる音がした。エレベータの横の階段でなく、廊下の反対側にある非常階段の方からだ。

床を蹴《け》って全速力で追った。

踊り場から下を見ると、有子の姿があった。一足早く地上に下り、駐車場を横切る。京香は五十メートルと離れていないのを見て取り、捉えられると確信した。マンションの角を曲がって表玄関に回り、外の道へ出たところで有子の服の背中を握った。

有子は、初めて会ったときと同じように両手を振り回して暴れる。制圧技をかけたかったが、被疑者でもない人間にそんな真似はできない。なんとか落ち着かせようと両手を摑んで後ろ手に回す。

そのとき怒鳴り声が聞こえた。

「なにをしているっ」

必死で走っていたからサイレンの音を聞き漏らした。強い前照灯にまともに照らされ、目を細めているところに赤い回転灯が突き刺さる。

制服を着たパトカー乗務員がばっと出てくる。他にも自転車で交番員が駆けつけていて、わらわらと集まり、あっという間に京香らを取り囲んだ。

「わたしは」といいかけたところに、有子が素早く割り込んで叫び声を上げた。

「この人、人殺しですっ。見つけたわたしを殺そうとしているの。助けて、お巡《まわ》りさん」

「なっ」

懐かしい紺の制服が迫ってきて、臨戦態勢を取る。何人かが警棒を抜いて身構えた。

「ちょ、待って。違う、わたしは」

「その人を放せ、両手を挙げろ」

赤色灯を見て、こんなに不安に感じたのは初めてのことだった。

11

「いったいなにがあったんだ。どうしてこんなことに」

所轄の取調室で、京香は別れた夫と向き合っていた。

刑事らに色々問われ、元捜査一課だと知られると驚かれて、確認のために一人で放《ほう》っておかれた。そのあいだに、京香は元夫に連絡してもらうよう頼んだ。

真夜中だったが本部刑事部に確認が取れると、所轄の刑事らは少しだけ口調を柔らかくしてくれた。

それからしばらくして、連絡を受けたらしい元夫が姿を現したのだ。潔の顔を見てすぐに、「つみきは?」と尋ねた。

「両親に引き取りにきてもらった。さっきタクシーで戻ったよ」

ようやく安堵《あんど》の息を吐いた。取り調べの刑事は席を外し、潔が向かいに座る。隅の記録係のスペースに刑事が一人いて、パソコンをいじっていた。

「もうすぐ捜査本部が立つ」

「どこの係?」

潔は呆《あき》れた表情を浮かべる。

「後藤班じゃない。もうひとつの長谷川班だそうだ」

「でしょうね」

「少し前まで君と一緒に働いていた班が携わるわけにはいかないだろう。藤原くんは——気の毒だった。確か、まだ二十八だっただろ」

「うん」

「本当に心当たりはないのか」

京香は黙って首を振った。今日、初出勤だったのだ。法律事務所の全員の顔だってまだ覚えていない。

「仕事のことは知らなくても、プライベートは多少、知っているんじゃないのか」

「どういう意味？」

睨《にら》みつけると潔は、哀《かな》しげに首を振った。

「変な意味でいっているわけじゃない。これは殺人事件なんだぞ」

「……ごめん」

「自宅で殺されたんだ。押し入られた形跡もない。顔見知りとみるんじゃないか」

「そうか。そうだね」

隅に座っていた刑事が、わざとらしく咳払《せきばら》いする。潔は振り返り、小さく頭を下げた。

「京香が被疑者じゃないことは証明済みですよね。犯行時刻と思われる時間帯は、法律事務所の人ともう一人と一緒だった」

「ですが、そのもう一人の方が、三星さん、えっと三星京香さんを犯人だと名指ししたのですから、今しばらくアリバイがはっきりするまでは、余計なことはいわないでもらいたいですね」

「そうか、司法解剖もまだでしたね。失礼しました」

そういって潔は立ち上がる。面会させてもらえるよう、特別に便宜《べんぎ》を計ってもらったのだから長居はできない。

「解放されたら連絡をくれ。それまでつみきは預かっている。いいな」

京香は思わず口を開きかけたが、すぐに諦《あきら》めて頷《うなず》いた。

夜が明けるころ、ようやく自由になることを許された。

冷気が容赦なく襲ってきたが、こうして取調室を出て、朝陽《あさひ》を見られることにいいようのない感動を覚える。普段何気ない太陽が神々しい。被疑者らは、こういう気持ちでいるのだと改めて気づく。

庁舎を出てすぐの所轄の駐車場に、不似合な外車が停《と》まっていて、男が一人出てきた。日の出を背にして立っているから、目をすがめながら見つめた。

「お早うございます」

声を聞いて、うと法律事務所の葛貴久也副代表と知った。

「待っていてくださったんですか」

「試用期間中とはいえ、うちの従業員ですから。あなたの車はあとで誰《だれ》かに取りにこさせますので、取りあえず僕の車に乗ってください」

「どこへ行くんですか」

「もちろん、事務所です。父も先に行って待っています」

「なにをするんですか」

「なにを？　することは沢山ありますよ。うと法律事務所の弁護士が殺害されたんです。司法解剖が終われば、葬儀を行います。そして事件の引き継ぎをし、同時に被疑者を特定するため警察と協力して藤原先生に関するあらゆることを精査しなくてはなりません。法律事務所ですから、部外者に色々調べられるのは困るので、その対応も」

京香は申し訳ない表情で片手を挙げ、続きを止めた。今は集中して話を聞けそうにない。貴久也は小さく咳払いし、黙ってドアを開ける。京香は促されるまま助手席に座り、シートベルトをかけた。

心地よいエンジン音がして、川の流れに身を任せるようにして走り出した。まるで振動というものを感じない。外車はやっぱり違うと思った。

「事務所まで三十分もかからないですが、用事があるので県道を迂回《うかい》して走ります。だいたい一時間くらいでしょうか。着いたら知らせます」

そういって貴久也はハンドルを握り、それからはずっと黙って運転を続けた。CDなのかフルートのゆったりした曲が流れている。車内に広がる柑橘《かんきつ》系の香りが、シートの革の匂《にお》いを気に障らない程度にまで薄めていた。

大柄な京香が余裕で入るほど幅のある助手席で、思い切り深く身を沈めた。手にあるダウンジャケットを首元まで引き寄せる。激しい疲れを感じながらも、ようやく岳人の姿を思い返す時間を得たことにほっとした。息を吸い込んで、ゆっくり目を瞑《つむ》った。

やがて、喉《のど》から熱くせり上がってくるものを感じ、慌てて口元を押さえた。そのまま両手で顔を全《すべ》て覆い尽くし、しゃくり上げる。貴久也の厚意に甘え、誰はばかることなく大声を上げて泣きじゃくった。

　泣いて、泣き疲れて眠った。

　起こされたときは、全然眠れていない気がしたが、車に乗ってからもう一時間半経《た》っていると知って驚いた。

「そろそろ打ち合わせをしないと、就業時間になってしまうので」と貴久也は車を降りた。

　事務所のあるビルの地下駐車場だ。京香が出るとすぐにロックをし、エレベータホールに向かうのを追いかけた。

　十五階フロアの廊下は常夜灯だけで薄暗かったが、室内は窓から朝陽が差し込み、オレ
ンジ色に染まっていた。陽光を背負って、会議室には暗いシルエットがいくつか浮かび上
がっている。

　ふっくらした大きな山のようなのは葛代表で、その二つあけた隣に芦沢夢良が座ってい
る。

「良かった。無事に解放されたのね」

　夢良に向かっていうと、弱々しいが落ち着いた声が返ってきた。

「一時間ほど前に警察から帰されて、代表がわざわざ自宅まで送ってくださいました。シ
ャワーを浴びて着替えて、少し前にきたところです」

　そして風船がしぼむように椅子《いす》のなかで上半身を縮こませた。熱いお湯を浴びても真っ

赤な目は元に戻らなかったようだ。ハンカチで強く口元を押さえると、テーブルへ視線を落とした。勝気な夢良の見る影もない様子に、京香の胸を再び深い哀しみが覆いそうになる。唇を嚙《か》みながら、側《そば》にいる人に目を向けた。葛親子以外に、弁護士の男性が一人と女性が座っている。

弁護士は、黒の細長いフレームの眼鏡をかけた中肉中背の四十代半ばくらいの人で、確《こ》か、吉村建樹《よしむらたてき》といった。そして、やせぎすだが切れ長の目が知的な印象を与える女性が小井川裕実《いかわゆみ》。夫と子どもを持つ三十代のパラリーガルだ。

「吉村先生と小井川さんにも手伝ってもらいます」

「なにをですか」と京香は思わず訊《き》いた。

貴久也は不思議そうに目を瞬かせると、葛代表の隣に座りながら、「もちろん、藤原先生に関すること全てです」という。

「そうですか」

京香は貴久也の向かいの椅子を引いた。座るなり、斜め向かいの葛代表がこちらを向いて口を開いた。いつもと同じ眠そうな細い目をしていたが、シャツの襟が折れたままなのを見て、慌てて出てきたことを知る。紺のカーディガンのボタンをいじりながら、「ご苦労さま。大変でしたね」といった。少しの間を置いて、テーブルの上で両手を組み合わせて目を瞑った。

「藤原先生のことは非常に残念です。このような出来事は、うちの事務所が発足して以来、初めてのことで、思いがけないことでもあり、わたしを含め、みな困惑し、当分は落ち着かないでしょう。間もなく、全員が出勤するので説明はわたしと副代表で行い、一日も早く平静を取り戻して通常業務に戻れるようにしたいと思っています」

雇用主の気にすることは、一番は自分の職場であり、働く人々のことだ。死んで、混乱しか残さなかった人間は後回しになる。それが冷たいと反発を覚えるほど若くもないし、素直に頷ける素直さもないから、京香は黙って拳を握りしめる。

「ただし、今回に限ってですが」と口調を変えた。京香は拳に力を入れるのを止《や》め、顔を上げる。

「当事務所としては藤原弁護士殺害の犯人が逮捕され、裁判に付され、判決の言い渡しを受けて収監されるまで、この案件を最優先事項とします」

葛道比古代表は、組んだ両手に力を入れ、言葉を続ける。

「特にここに集まるメンバーは、積極的かつ臨機応変に活動してもらって構わない。もし、現在進行中の案件に支障が出るようであれば、その都度申し出てもらい、こちらで他の弁護士に振り分けるなどの対応をします。これは、うと法律事務所代表であるわたしの特別案件と承知しておいてください。よろしいですね」

そして組んだ手をほどくと、ぶ厚い掌《てのひら》で口元を押さえ、小刻みに首を振る。

「わたしの事務所で、このような暴挙が行われたことは断じて許しがたい」

そういうなりふらりと立ち上がり、太い手を貴久也に振って、背を向けた。吉村と小井川が腰を浮かし、軽く頭を下げる。ドアから外に出て、ガラスの壁に沿って廊下を奥へと歩いて行く。襟の乱れを直すことなく。

貴久也が椅子に座り直し、京香の顔をじっと見つめてきた。

「あなたが犯人捜しをするのはわかっています。止めるつもりはありません。ただ、一人でではなく、我々と協力体制を敷いてやってもらいたい。そのことを約束していただけますか」

「……わかりました」

貴久也は小さく頷くと、他のメンバーを見渡す。

「それと鹿野省吾さんの傷害事件は、わたしと吉村弁護士が引き継ぎます。芦沢さんにも引き続き手伝ってもらうので、連絡は全てわたしにしてください」

夢良が、「わかりました」と返事する。鹿野の名が出て、大事なことを思い出し、京香は慌てて訊いた。

「羽根木さんはどうなりました。まさかまた逃げられたんじゃ」

貴久也が手を挙げて制止するので、危険を察知した雛鳥《ひなどり》のように口を閉じた。人を使うのに慣れている人なのだ。決して横柄でなく、かといって下手《したて》に出るという感じでもない。

弁護士としての経験が生んだものなのか、生来の人間性によるものか、素っ気ない風なのに妙に人を引きつけるところがある。一人で京香を迎えにきて、わざと時間を作って、車のなかで得心するまで泣かせてくれた。冷静さを取り戻すのに必要だと判断したからだろうが、それでも有難かった。

「羽根木さんは今、自宅に戻られていますが、日ごろ利用する警備会社に頼んで、二十四時間体制で見張ってもらっています。一人で勝手に行動することはできないでしょう」

「そうですか」

「それでは、羽根木さんについてこれまでのことを説明してもらえますか」

夢良が立ち上がって、テーブルを回ると京香の横に座った。そしていきなり両手で自分の頰《ほお》を二度打ち、自分に気合を入れた。一同、呆気《あっけ》に取られて見ていたが、誰もなにもいわなかった。京香も黙って貴久也らと向き合う。そして心のなかで、必ず犯人を見つけ出してやると叫んでいた。

12

電話で呼び出された。

ひとつは少し前に解放されたばかりの、捜査本部が立ったばかりの市川《いちかわ》警察署からで、すぐにこいというものだった。捜査一課が改めて話を聞きたいという。

もうひとつは、岳人の父親、藤原甚人《じんと》からだった。

警察から連絡を受けて今、S県に着いたところだが、いったいなにが起きたんだ、といきなり怒鳴りつけられた。電話では説明のしようもないし、こちらも会いたいからすぐに出かけることにした。どうせ出向く場所は同じだ。

署の講堂にできた捜査本部から、顔見知りの刑事が出てきた。挨拶《あいさつ》していると、長谷川班長もやってきて声をかけてきた。

「久しぶりだな。どうしているのかと思ったら、まさか殺人事件の第一発見者になっているとはな」

気楽な会話を楽しむ気になれなかったので、「ご無沙汰《ぶさた》しています。後藤班長らはお元気ですか?」とだけ訊いた。

「ああ。そうそう、お宅が可愛《かわい》がっていたソラカラちゃんは、所轄の生安《せいあん》に移ったよ。それと、鼻を怪我《けが》した部長さんは来春には他所《よそ》の県警に動くらしい」

返事をしないで、側にいる刑事に顔を向けた。

「ご遺体はいつ戻るの?」

京香と同じ巡査部長で、年齢はひとつ下だった筈《はず》だ。

「そうだな。今日の昼過ぎには戻ると思う」

「ご両親がみえているの。早くしてもらえない？」

刑事は両肩をすくめ、お宅ならこういう場合はどう返事するかわかっているだろう、といわんばかりの目つきで見返す。仕方なく息を吐く。

「それで訊きたいこととはなんですか。早くすませてもらえます？　ご両親にお会いしないといけないから」

「そっちは今、うちのが話を聞いている。お宅のが終わるころには向こうも終わるだろう」

京香と岳人の一家が、それぞれ捜査本部からの事情聴取を終えたころに、遺体が戻ったと知らされた。事務所にもその旨知らせると、貴久也からそっちに向かうとの返事をもらう。

岳人の一家と顔を合わせるのは久しぶりだったが、言葉少なに挨拶だけして、死体安置所へと向かった。心配だったので京香も一緒に入る。

白い覆いを捲《めく》ると、目を閉じて穏やかな表情をした岳人が現れた。不思議な気持ちがした。京香が発見したときは両目を剝《む》き、苦悶《くもん》に顔を歪《ゆが》めていたが、その岳人の方が、より人間らしく、死んでいるという感じがあった。今、目の前にある岳人は、まるで岳人という役を負った別の誰かのようだ。そして死んだ振りをしている。

　息子と対面した父親は顔を真っ赤にし、そしてこちらがびっくりするようなスピードで青ざめさせた。どこかの血管が切れたのかと危ぶんだほどだ。母親の方は、体を折ってずっと両手で顔を覆っている。事情聴取のあいだもずっと泣きどおしだったらしい。岳人の八歳違いの弟は、両親とは別に暮らしているらしく、遅れてやってきた。そっと扉を押して入ってくるなり白い覆いを見て絶句した。

　母親が泣きじゃくりながら岳人に取りすがる。そのまま床に崩れたのを父親が足で蹴飛《けと》ばそうとするから慌てて抱え起こして壁際に除《よ》けた。弟の寛人はそんな母親の姿を立ったまま見下ろし、黒目を激しく揺らした。なにが起こっているのかわけがわからないかのように。

　岳人に近づいた父親は、これ以上ないほどまでに目を開き、くっつかんばかりに寄せて息子の顔を覗《のぞ》き込んだ。しゃっくりのようなひと声を発して岳人に覆いかぶさると、全身を激しく震わせながらむせび泣いた。

「わしの息子が、わしの大事な息子が死んだぁ。わぁああー」

　京香は涙がこぼれるのを何度も手の甲で拭《ぬぐ》い、いつまでも母親の背をなで続けた。

　通夜、葬儀は郷里で行われる。

岳人の父親が地元に連れ帰って、藤原家に恥じない立派な葬儀を行うのだと有無をいわさぬ態度で決めた。そのため、遺体を運ぶための手配などに時間がかかり、通夜は翌十一日の午後七時に藤原家でなされることになった。

安置所での面会を終えると、京香は岳人の家族と挨拶を交わす葛親子を待って、一緒に事務所に戻った。

貴久也の執務室に夢良、吉村弁護士、小井川が集まる。

「現在、藤原先生がこれまで扱った案件について、吉村先生らと精査しています。そこに手がかりがあるかわからないが、警察からもいわれているので優先的に行うことになるでしょう」

小井川が、「顔見知りによる犯行だというのは本当ですか」と問う。

この事務所で働いて、もう十二年は経つベテランだ。貴久也を別にすれば、ここにいる誰よりも事務所に詳しい。

「部屋に押し入った形跡もなく、荒らされた様子もない。司法解剖の内容までは教えてもらえませんでしたが、心臓ひと突きで、ほぼ即死だったということだけ聞きました。だとすれば、至近距離から襲った可能性が高い。藤原先生がそこまで油断していたのなら、顔見知りによる怨恨《えんこん》の線が強いと思います。警察もそういう見解だと考えますが、どうですか」

そういって貴久也が京香に顔を振り向けるので、仕方なく、「妥当だと思います。わたしなら、やはり仕事関係、プライベートの両面で恨んでいそうな人間がいないか捜すでしょう」と応《こた》える。

「それでまず一番に考えるのは、現在扱っている案件。民事事件が三件と調停が二件、刑事事件が二件。そのうちの一件が鹿野省吾氏の傷害事件。この件の情状証人である羽根木有子さんを捜しているときに襲撃されているので、やはり気になるところです」

「副代表、これから羽根木有子さんに会いに行きたいのですが」と京香は言葉を挟んだ。

貴久也も予想していたのかすぐに頷き、夢良にも一緒に行くよう告げる。

「今日は夕方にでも、鹿野省吾氏に面会に行こうと思います。同行されますか」

「もちろん、お願いします」

ビルの地下駐車場から車を出して、公道を走り出すとすぐに夢良が口を開いた。

「こんなことといってはいけないと思うのですが、わたし、羽根木さんのことが信用できそうにありません」

夢良の服装は、今朝見たのと違っていた。いつ着替えたのか、今度は既視感のあるコーディネート。紺色のパンツスーツに白シャツ、ローヒールの黒のストラップパンプス。バッグは地味なショルダータイプで、コートはベージュのトレンチと、まるで刑事ドラマのヒロインそっくりだ。夢良なりの覚悟だけは感じる。

「どうして、そう思うの」

「羽根木さんと鹿野さんはお知り合いでした。お話を伺った限りでは、鹿野さんは羽根木さんにとって、かけがえのない大切な思い出の方だと思いました。しかも羽根木さんは、そんな鹿野さんのことを男性としても意識していらっしゃる。だからこそ情状証人になることを二つ返事で引き受けられたのでしょう。それなのに、突然、なにもかも捨てて逃げるようなことをされた。わたし達は鹿野さんの弁護を引き受けている事務所の人間で、いわば味方同士じゃないですか。それなのに、なにを考えておられるのか、全く理解できません」

「法廷に立つのって、緊張するのかしらね」

「え。まあ、それはそうだと思います。ですが、こういってはなんですけど、傷害事件ですから。マスコミに騒がれるような案件ではないので、傍聴人だって大していないそうです。藤原先生がおっしゃっておられました」

「ふうん」

確かに妙だ。嫌なら最初から断ればいいのに。ただ、有子が京香を誰かと勘違いして放った言葉もある。

『佑馬になにかしたら、承知しないから』『みんな暴露してやる』

これはなんだろう。

「ねえ、その第一回公判には、羽根木さんもきていたの？」

「はい。藤原先生と一緒に裁判所に行かれて傍聴された筈です。少しでも鹿野さんの姿をご覧になりたかったでしょうし」としんみりした声で呟《つぶや》く。

「そうね。実刑になれば当分、顔を合わせることないしね」

「面会はできますけど、アクリル板越しですから。そういうのって、きっと切ないと思います」

「ねえ、前回の傷害事件ってどんなの？」

夢良はちらりと目をやり、嫌みをひとつ呑《の》み込んだかのように息を吐いた。

「職場で会社の上司と殴り合いをしたそうです」

また喧嘩《けんか》か。羽根木有子の方に気を取られていたから、鹿野省吾の経歴まで詳しく目を通していなかった。警察を辞めてからそれほどでもないのに、思った以上にあちこちが錆《さ》びついているのに自分で驚く。夢良でないが、頬をはたいて気合を入れたい。

「パワハラかなんかがあったわけ？」

「そうみたいです。うちの事務所が扱った案件ではなかったので、参考のために当時担当された弁護士先生から記録をお借りしました。それによると、仕事のやり方でいい合いになり、かっとなって手を出したら、大層な喧嘩になったということです。鹿野さんの方が酷《ひど》い怪我をされたようなのに、先に手を出したからと逮捕されました。そのときは執行猶予が付きましたけど、さすがに二回目となると」

　頭に血が昇って手を出す。平手を拳にする――。京香の胃の底にある重石《おもし》が揺れ動くのを感じた。感情的になったとはいえ、暴力は暴力だ。堪《こら》えることができないのは、人間としてなにかが欠けているのかもしれない。そのことは暴行事件を起こしたあと、京香なりに何度も考えたことだった。結局、なにもわからないまま、これからは犯罪者でもない限り、決して人に暴力を振るわないと、自身にいい聞かせることしかできなかった。

「二度の傷害事件か。確かに、実刑は仕方ないか。どれくらいを見込んでいたのかしら、岳ちゃんは」

「検察の求刑は恐らく四、五年でしょうから、なんとしても二年、できれば一年前後にしたいとはいっておられました」

「そうか。羽根木さんの情状証言があっても二年。鹿野さんは糖尿とかの持病があるっていってたわね」

「はい。心臓の弁膜症はそれほど重いものではないそうですけど、糖尿の方はちょっと危ない領域に差しかかっているそうです。インシュリンですか、そういった処方が必要になるということだと思います。ただ、藤原先生は病気よりもむしろ、精神的なものの方が心配だとおっしゃってました」

「精神的？」

「最初の傷害事件で会社を辞めてから鬱《うつ》になったそうです。無理をして働いても続かなくて、結局、家に引き籠《こも》る毎日だったと伺っています。羽根木さんがヘルパーでついたころには、年老いたお母さまのお世話だけが生きる支えだったそうで、亡くされたあとは、羽根木さんが側にいたから大丈夫だったのでしょうけど。もし実刑になって刑務所に入ることになったらどうなるのか、それが心配だから少しでも刑期を短くしたいといっておられました」

「そうなの」

有子も同じように心配した筈だ。だったら情状証人として、刑期を軽くする手助けをしそうなものだ。それを拒む理由はなんなのか。

二度目に訪れる有子のＵＲ住宅の前には一台の黒い車が停まっていた。

運転席にいる男性が京香らを不審そうに睨むので、近づいて身分証を翳《かざ》して見せた。

警備会社の二人は小さく頷き返し、また斜めに倒したシートに身を沈めた。

階段を上って、インターホンを鳴らした。扉の向こうに気配はあるが、待っていても開けそうにないから声を張る。

「羽根木さん、お話を聞かせてもらわないといつまでも表の見張りはなくなりませんよ。そのうち息子さんの方にも」といいかけたところで、ノブが回って扉が開いた。

羽根木有子が恨めしげな目で睨むのを無視して、丁寧に頭を下げる。

「ご気分はいかがですか。大変な現場を見られてさぞ驚かれたでしょう」

有子は応えず、奥に入る。上がらせていただきます、といって夢良と一緒に靴を脱いだ。

部屋のなかは、前に調べたときと大して変わっていない。ダイニングテーブルに食べ終わったカップ麺《めん》とペットボトルのお茶が放って置かれたままで、開け放した居間の卓の上に携帯電話、畳には二つに折られた座布団があった。枕《まくら》にしてうたた寝していたのだろうか。見張られていては外出もし辛《づら》いし、仕事に行っても迷惑をかけるだろう。有子としては食事をするか寝ているしかないのだ。有子が居間に入ったので京香らもあとに続く。畳の上に座って向き合う。お茶が出るのは期待しない。

「有子さん、ご事情をお話ししていただけませんか」

横を向いて貝の振りをする。

「改めて、証人として出廷する件はどうされるおつもりなのか、お聞かせください。身を隠すような真似をされたのは、証人になるのが嫌だということでしょうか。あの新潟の酒蔵の方にお伺いしたことによると」

有子が、えっという形に口を開いたが、なにもいわなかった。

「当分のあいだ新潟で暮らすつもりだったそうですね。あの酒蔵で働かせてもらい、近くにアパートも見つける予定だったとか」

どうして鹿野省吾の不利になるようなことをするのか。二人のあいだになにか問題が起きたのか。有子は第一回の法廷で省吾を見て以降、話すことはおろか会うこともしていない。
「証人になる気は今もないですか？　鹿野省吾さんが刑務所に入るのは止むを得ないよう
ですが、あなたの証言で刑期が短くなるかもしれないんですよ。そのことについては、ど
うお考えですか」
　有子は唇を固く結ぶ。崩した膝《ひざ》の上に置いている両手は拳になっていた。
「息子の佑馬さんは」
　ぴくりと有子の肩が揺れ、視線が携帯電話へと流れた。京香は隣の夢良に合図して病院
の資料を出させ、手元で広げる。
「二年前に今おられる『ながのセントラル病院』に転院されていますね。あの病院は評判
が良いようですが、費用もそれなりです。前年、ご主人を亡くされ、収入は激減した。そ
れなのに費用のかかる病院に移った。ヘルパーさんのお給料で賄えるとは思えません」
　有子はいっそう顔を背け、ほとんど後頭部しか見えなくなった。
「鹿野さんとは親しい間柄であることは伺いましたが、お金を借りられるほど余裕がある
わけでもない。あなたはどこから、病院の費用を捻出《ねんしゅつ》しているのです？」
　京香は書類を卓に置いて、その上に拳を下ろした。どんと音がしたが、振り返りかけた
後頭部は寸前で動きを止めた。

「あなたが隠したいと思っていることと、今回の藤原弁護士殺害となにか関連があるのじゃないですか」

さすがに今度はしっかり振り返って、京香と夢良を交互に睨みつける。

「だってそうでしょう。あなたは出所不明なお金で息子さんの治療費を賄っている、そして大事な証言の前に姿を消した。追ってきたわたしに向かって、殺すなら全てをバラすといい返した。あなたを連れ戻す途中で、藤原弁護士は何者かによって殺害された。これであなたが関係ないなど、誰が思いますか」

有子の顔から血の気が引く。開いた目に怯《おび》えが見えて、京香は自分のいったことがそれほど的外れでないのだと知って、逆に戸惑う。なにか関連があるかもしれないとは感じていたが、まさか有子が隠していることが原因で岳人が狙《ねら》われたとまでは思っていなかった。弁護士を殺害するなど余程のことだ。

一般の人が殺害されるよりも、世間における注目度は大きい。しかも県内ではトップクラスの法律事務所に勤める、新進気鋭の弁護士だ。強盗や通り魔殺人でなく、利害関係者による怨恨が動機の殺人となれば、警察の捜査だって変わる。警察はもちろん、犯人が捕まるまでマスコミもこの件を追い続けるだろう。そうなるとわかって弁護士を襲ったとすれば、相手はそれほど追いつめられていることになる。

「お話しいただけないようなので、今日はこれで失礼します」

納得いかない表情をしている夢良を急《せ》かすようにして、京香は立ち上がった。有子が戸惑うように二人を見上げる。

「鹿野省吾氏の件は、うちの葛弁護士が引き継ぎます。もしなにかいいたいことがあればいつでもご連絡ください。それでは」

「ちょ、ちょっと」

ようやく有子の声が聞けた。

「なんですか」

「あの、あの見張りはいつまでついてるのよ。あんなのがいたら、わたしなにもできないじゃない。仕事先にだって迷惑かけるし」

「長野にも行けませんよね。でも、あなたの身の安全を保障するためにいるんですよ。自由に動き回っても大丈夫だと思われるなら、外してもらうようわたしから上司に進言しますけど。それでいいんですか。息子さんは大丈夫ですか」

「え」

「うっかり長野にでも行けば追っ手がかかって、巻き添えになるかもしれません」

「………」

「息子さんが長野にいることは、我々だってすぐに突き止めたんです。あなたが心配している相手は、とっくに承知しているかもしれませんね」

「な、なな」

有子はばっと携帯電話を摑《つか》み、LINEを打つ。すぐに既読が付いて返信があったらしくほっと肩を落とした。病院だからと安心しているのかもしれないが、もし岳人を襲ったのと同じ人間が迫るのであれば、それは大した安心材料にならない。

それだけ告げて京香はUR住宅を出た。運転席で揃《そろ》って居眠りしかけている警備員を窓を叩《たた》いて起こし、再び車に乗って事務所へ戻った。次は鹿野省吾だ。

13

執務机の上にある百合《ゆり》の花を見て、夢良は再び目頭を熱くした。

三星京香が鹿野省吾と面会してくるあいだ、してもらいたいことがあるというから二人で藤原弁護士の執務室に入った。京香は机の上の花を数秒見つめたあと、そっと脇《わき》にどかし、手に提げていた紙袋から色々取り出した。

それを見て夢良は啞然《あぜん》とする。

「なんですか、これは」

「防犯上、こういうのがあると安心するから。前に、探して買って集めておいたものなの」という。

「防犯って……ただ話を聞いてくるだけじゃないんですか」

京香の頼みは、鹿野氏が以前犯した暴行事件のことを調べるというものだった。どういう事案なのか、どういう状況で、被害者はどういった人間なのか。扱った国選弁護人に問い合わせることもしているが、改めて関係者の声を集めたいという。

「これはね、こうして使うのよ」と京香は机の上に並べたひとつを手に取る。

黒い棒の太い部分を握って、大きく振り下ろし、伸長させた。伸びると五十センチほどになる鋼の棒だ。

「警察官が持っている特殊警棒みたいなものね。ネットで買ったんだけど、意外と使える。本物と遜色《そんしょく》ない」

そういって、ぶんぶん振り回す。

「それからこっちは」と黒色の四角い小箱を差し出す。

「以前、生安課にいた同期がくれたものなんだけど。防犯グッズの会社の試作品らしいわ。音声センサー付きの防犯ブザーで、登録した特定の言葉を感知して音が出る。誰の声でも反応するので、改良中ということだけど」

「ちょ、ちょっと待ってください。どうしてわたしが、こんなものを持ち歩かなくてはいけないのですか？」

「事件について聞き込みをかけるのだから、用心に越したことはない。社内で喧嘩になったというくらいだから温和な人でもないだろうし、その関係者だってどういう人間かしれたもんじゃない。大丈夫、心配しないで、あくまで万が一の場合という意味でだから」

「万が一なら持ちたくありません」

「こういうの、案外、いざというとき役に立つんだけど」

「それは三星さんが警察官だったからでしょう。持ち慣れているし、使い慣れてもいる。わたしはパラリーガルです。こんな物騒なものを持っていても、絶対、役に立ちません。逆に奪われて、相手の武器にされたら余程危険じゃないですか」

「うーん、確かに。それなら、これだけでも」

そういって音声感知の防犯ブザーを差し出した。

「まあ、それくらいでしたら」と受け取る。あとこれもと白手袋、ストックバッグ、ピンセットなどを渡される。

「わたしは鑑識ですか」

「ふふ。そういうわけじゃないけど、なにか気になるものを見つけたら、素手でなくこういうので拾って欲しいと思うから」

危ないものではないから、渋々受け取って黒のショルダーバッグに入れる。バッグをはすかいにかけると、トレンチコートを手に事務所を出た。そろそろ昼になりかけていたので急ぐ。会社に勤めている人に訊くのなら、昼食時がいい。

鹿野省吾氏が最後に勤めていた会社は、法律事務所から電車を乗り継いで四十分ほどの駅前だった。オフィス街のなかで中くらいの大きさの六階建て自社ビル。受付で鹿野氏の同僚だった人を呼んでもらう。ロビーで待っていると、四十代前半くらいの男性がおそるおそるというように近づいてきた。名刺を渡し、身分証を示す。

「鹿野さんの事件のときの弁護士事務所ではないですね」

この人物は、前回の傷害事件の際、目撃者として調書に名前を連ねていた。職場のことで、他にも大勢の目撃者があったが、夢良が特にこの男性を気に留めたのは、証言のなかで『鹿野さんも覚悟していたみたいだし』というひと言を見つけたからだ。省吾が全面的に起訴事実を認めていたので、結局、法廷に証人として呼ばれることはなかった。

「なんですか、今頃《いまごろ》になって。まだあの件でなにかあるんですか」

省吾が再び傷害事件を起こし、拘置されて裁判中だというと絶句した。

ロビーの端にある待合所のベンチに座るなり、同僚の男性は頭を掻《か》いた。隣に座って夢良はメモを開き、了解を得て、携帯電話の録音機能を起動させる。

「前回の事件では、上司から日ごろパワハラ相当の暴言を吐かれていて、仕事においても無理難題を押し付けられ追いつめられていた。そして口論からつい手が出てしまい、相手に怪我をさせたというものでした。間違いありませんか」

男性は黙って頷く。

「その際、あなたは、『鹿野さんも覚悟していたみたいだし』といった意味の供述をされています。これはどういう意味でしょうか」

少しの間を置いて顔を上げると、男性は夢良の顔を疲れた表情で見返した。

「今さら、そんなこと聞いてどうするんです？　今回の事件とは関係ないでしょう」

「関係あるかないかの判断ができる段階ではない、としか今は申し上げられません。とにかく、鹿野さんのためになる証言、証拠は全て集めたいと考えています。ぜひご協力をお願いします」と頭を下げると、隣で小さな吐息の音が聞こえた。

「今回、殴った相手ってのは、どういう人？」

「そういうのはちょっと申し上げられないんです。すみません」

とまた頭を下げる。

「そう。まあ、あのときの上司はもう異動して今の部署にはいないからいいけど。それでも絶対、俺《おれ》がいったとはいわないでよ」

とちらりと夢良の手にある携帯電話を目で差す。

「またいつどこで、元の上司と一緒に仕事をすることになるかしれないから」という。同じ会社で長く働く限りは、先の先まで見越して行動しなくてはいけないのだろう。

夢良は頷くことはしたが、気の毒がって笑むこともせず、余計な慰めも口にはしなかった。パラリーガルとして勤めてまだ二年だが、それでも数々の民事事件を通し、職場のことで悩み苦しんでいる人を見てきた。軽率にも、考え過ぎではないかといってしまい、酷く怒られたこともある。

同僚の男性がいうには、鹿野省吾は自身に対するパワハラだけで憤ったわけではないらしい。元々その上司によって苦しめられていた社員が多くいた。そのなかでも特に、入って間もない男性社員が、指導という名目であからさまな苛《いじ》めを受けていた。省吾が何度か庇《かば》ったのを逆恨みのようにして上司は、うっぷん晴らしの矛先を変えたのだった。そうなることを省吾は見越していたという。

新入社員の男性は、もう庇ってくれなくていいといったのだが、省吾は笑って応えたそうだ。そのときの会話をこの同僚はたまたま耳にした。

「鹿野さんはいったんだ。『いいんだ、このまま君が酷い目に遭うのを見て見ぬ振りをしているのも辛い。自分がパワハラを受けるのと同じくらいにね。だからどっちでも同じことなんだ』っていうようなことをね」

同僚は自分の顔をひとなでする。

「そのときの鹿野さんは、本当に辛そうな顔をして。何度も、もういいんだって、呟いていたな」

「もういい、ですか」

「うん。だから、鹿野さんは既に、なにか思い決めていた気がする。だから感情のままに上司を殴ったんじゃないと俺は思った」

「辞めることを覚悟して、わざと殴った？」

「たぶん。社内でそんな騒ぎを起こせば、自分はもちろんだけど、その上司だってただではすまない。当時のうちの会社は、まだパワハラやセクハラに懐疑的なところがあった。だからあの事件はある意味、上層部の意識を改革するいいきっかけにはなったと思う。ただ、刑事事件にまで発展するとは思っていなかった。上司のやつが、被害届を出すと大騒ぎしたもんだから」

「そうですか」

そんな覚悟の上の暴力であったのに、会社を辞めたあと省吾は働く意欲を失《な》くしただけでなく、鬱になって引き籠るようになった。

「それは、たぶん、鹿野さんがそうまでして庇ってやったのに、その新人が上司のパワハラを否定するようなことを証言したからじゃないかな。鹿野さんが普段から上司を恨みに思って暴言を吐いていたとか、激情にかられると乱暴な行為も辞さない人だというようなことをね」

「なんですって。本当ですか。そんな、酷いこと」

夢良が思わず眉《まゆ》を吊《つ》り上げると、男性もようやく口元を弛《ゆる》めた。

「うん。俺も、なんて野郎だと思った。刑事被告人になった鹿野さんを庇って自分の立場を悪くするより、上司におもねる証言をしてこの先の職場環境を少しでもよくしようと図ったんだろう。俺は、弁護士先生にそれは嘘《うそ》だといったけど、法廷で証言しないかといわれたとき、迷った挙句、断ってしまった」

俺も人のことはいえない、鹿野さんがそんな風になった責任は俺にもあるんだ、と視線を足元に落とした。そのときの後悔が今もあって、だから夢良の話にも応えてくれたのだと理解した。礼をいい、丁寧に頭を下げてビルを出た。

その同僚から聞いて、当時を知る女性職員にも話を聞いた。やはり、鹿野はすぐに暴力を振るうような人ではないということだった。どちらかといえば温和で、争いごとを避けて通る人だと。

夢良は起訴状のコピーを捲る。自動販売機で水を買うためのお金が足りなかった。そんな理由で口論になり、相手を襲うなど当時の鹿野の人となりからはかけ離れている気がした。仕事を辞めて以降、鬱になって家に引き籠り、母親を亡くしたことで精神状態もおかしくなっていたのだろうか。

そのまま電車に乗って犯行現場を訪れた。

自動販売機のある場所は、鹿野の自宅から三駅離れたところだった。駅前は繁華街で夜でも賑《にぎ》やかだが、そこから徒歩で十五分。古くからある住宅街が広がり、細い路地を抜けると水量の少ない川に突き当たる。堤防が東西に延びている。その手前に小さな公園があり、自動販売機はその出入り口にあった。灯《あか》りは公園の中央付近に一本と、周辺の道に沿って等間隔に街灯が立っているが、昼はともかく、夜ともなれば暗く寂しい場所なのではないだろうか。警察の調べでもわかっていることだが、実際に夢良も付近を歩き回って探してみたが、やはり防犯カメラは見当たらない。近くの郵便局やマンションの出入り口にはあるが、公園から堤防にかけての道にはひとつもなかった。

当時、自動販売機の側には看板が立っていた。付近で実施される水道工事の期間を示すもので、犯行に使用されたものは警察が撤収したが、工事は終わったのか替わりのものも見当たらない。

「こんな寂しいところで、鹿野さんはいったいなにをしてたのかしら」

調書によれば、一人で家にいるのがつまらなくなって、かといって昼間外をウロウロするのは嫌だから、夜になるのを待って出歩いてみた。そのうち三駅先まできていることに気づいて帰ろうとしたら、既に電車がなくなっていた。また歩いて帰ることになったが、どうせなら川沿いを行こうと公園の方へと向かった。出入り口で自動販売機を見たら、急に喉の渇きを覚え、水を買おうとしたが小銭が足らず、偶然通りかかった安藤俊充に声をかけたというものだ。

よくよく読んでみれば、妙な話だということがわかる。一人で退屈だったから散歩に出たのはまだわかる。だが、どうしてそんな夜中なのか、人目につきたくないとしてもそんな時間に出れば終電に間に合わないことくらいわかるのではないか。それほど遠くまで行くつもりはなかったといっているが、どうして三駅も先なのだろう。公園があるのは知っていたが、行ったことはなかったといっている。

藤原先生もそのことについて、何度も面会した際に問いただしていた。鹿野氏は、ぼうっと歩き回って、自分がどこにきているのかわからなかった、といったらしい。

そして、小銭を貸してもらえなかったから相手を殴った。

新人社員の身代わりのようになって、あえて上司と揉《も》めごとを起こす。それほどの思い切りの良さと勇気を持つ人だ。その一方で、その新人が自分を裏切ったことを知って落ち込み、なにもかもが嫌になって鬱になるという、繊細さもある。

その昔、家族と離れて寂しく暮らす不幸な少女を哀れに思って、なにくれと声をかけ慰めた。どれもこれも、今回の事件を起こす人にはそぐわない証言ばかりだ。

「確かに、妙な事件だわ。きっとなにか事情があるんだわ」

夢良はむっと口を引き結び、両手を腰に当てて周囲を見回した。公園付近には、マンションや一戸建て、アパートなどが散在している。通常、事件が起きた際に刑事はこの辺り一帯に聞き込みをかけるだろう。ただ、今回に限っては騒ぎを聞きつけた住民が一一〇番し、その場で鹿野氏が確保され、自供もしたため、そういった聞き込みはなされなかったのではないか。それらしい参考人の調書などひとつも見当たらなかった。

だからといって自分が調べることではないし、調べたところで真夜中の喧嘩など誰も気づいていない可能性の方が高い。

「やるだけ無駄よね」

そう思いながらも、駅への一歩を踏み出す気になれない。

夢良は警察が大嫌いだ。そんな警察が手抜きしたことを自分がしなくてはならない理由などない。三星京香も会社の同僚らから話を聞いてくるだけだと思っている。それ以上のことを夢良にさせるつもりはないし、期待もしていないのだ。あの元刑事の鼻を明かしたいわけではないし、パラリーガルの方が調査員よりずっと役に立つのだと見せたいわけじゃない。

藤原岳人弁護士。

夢良と年も近く、身長も同じくらいだったせいか、他のパラリーガルより親しく声をかけられていた気がする。他のどの弁護士より多く、一緒に組んで仕事をした。優秀で、気さくで優しい弁護士だった。いつか自分も弁護士となって、藤原先生と大きな案件を扱いたいと思っていた。

『君は必ず、僕よりずっといい弁護士になるよ』

試験に落ちたときも、変な慰めなどいわず、そういって笑顔を見せてくれた。自分が使ったものだけどといって試験勉強用の資料をくれたり、論文の添削を引き受けてくれたりした。藤原先生がいたから、早く弁護士になりたいと思った。思い続けられた。

夢良はバッグからハンカチを取り出し、強く目を擦《こす》った。

そして両手で頬をはたくと、よし、と呟いて歩き出した。

14

遅くなりそうなので直帰したい、と芦沢夢良はいった。

鹿野の会社の同僚から話を聞くだけの筈なのに、どうしてなのかと訊いたが、気になることがあるのでもう少し調べたいとしかいわない。京香が自分も合流するというと、それには及ばない、危険もないという。強くいえば携帯電話を切ってしまいそうな気がしたので、渋々承知した。

ただ、面倒でなければ帰る途中のどこかで会えないかと頼んだ。聞けば、夢良の自宅は京香のマンションのある駅と同じ路線だというから、途中下車して寄ってくれたら嬉《うれ》しいと、控えめに提案した。

何度か時計を見上げ、午後十時を過ぎるころようやくインターホンが鳴って慌てて応答する。京香は扉を開けて招き入れた。

「大丈夫？」

「え。なにがですか」

「疲れた顔をしている。凄《すご》く」

「平気です。ご心配なく」といって夢良は玄関でパンプスを脱いだ。昼間に見たときは、まるで新品のように綺麗《きれい》だったが、今は埃《ほこり》や泥に塗《まみ》れている。

京香は、入ってすぐのリビングルームに案内し、テレビの前のソファ席に座るようにいう。キッチンで料理をトレイに載せて戻る。両足を揃えて行儀よく座っているのに、どこか力が抜けている感じの夢良に、「飲む？」と訊いてみた。微《かす》かに頷くのが見えた。テーブルに料理を並べて、四角いスツールに腰を下ろした。

夢良が背を伸ばして声を上げる。

「これ、みんな三星さんが作られたんですか」

「一応、主婦もしていたし、母でもあるので」

そういって、パスタにサラダ、マリネや鶏《とり》の煮込み料理を取り分ける。

これから戻るとＬＩＮＥがきたので、食事がまだならそのままマンションにくるよう返信していた。お皿を差し出すとすぐに受け取り、しみじみとした表情で料理を見つめる。

「そうですよね。二十四時間刑事やっているわけじゃないですものね。普通の人のときもありますよね」

「警察官をなんだと思っているの。一般にはわかりにくい一面もあるけど警察は、いや、いいや。とにかく食べて」

「はい。いただきます」と素直に頷いた夢良は、箸《はし》で鶏肉を口に入れると、すぐにグラスに持ち替えて、ビールを一気に飲み干す。相当疲れているらしい。

「危ないことはなかった？」

箸とグラスを交互に口に運び続ける横顔を見ながら訊いてみた。赤みのさした頬をいっぱいに膨らませ、咀嚼《そしゃく》して飲み込んだあと、大きく頷く。

「大丈夫です」

だが、会社の同僚と面談しただけでなく、事件現場まで出向いて、周辺住民に聞き込みをかけたというのにはさすがに顔色を変えた。数限りないほどの説教言葉が浮かんだが、ぐっと堪える。それを呑み下すようにして、京香もビールをあおった。

「危ないことはありませんでしたけど、嫌な思いはしました」

「それはそうでしょうね、ご苦労さま。ただ、これだけはいわせてもらう。もう二度と、一人でそんな真似はしないで」

箸を止めた夢良が、京香の顔を見つめ返す。なにかいい返してくるかと思ったが、相当懲りたらしく素直に頷いた。ほっと胸をなでおろす。やっぱり伸縮自在の鉄の棒くらいは持たせた方がいいのではないかと考える。

「それで三星さんの方はどうだったんですか。鹿野さんと面会されたんですよね」

「ええ、うん」

京香は、食べて飲んでひと息ついたらしい夢良に、夕刻、拘置所に出向いたときのことを話した。

鹿野省吾は、着古したグレーのジャージ姿で薄くなった髪を櫛《くし》ですいた気配もなく、充血した目をして現れた。身長は一七〇センチということだったが、骨太なのか痩《や》せているのにがっしりして見えた。家に引き籠っていたから筋肉はないと思うのは短絡的だ。寝たきりの老母を看《み》ていたのだから、寝返りひとつさせるにも体力がいる。長袖《ながそで》で窺《うかが》えないが両腕にはそれなりの筋肉がついているのではないか。体型に加えて顔や手も大きいから、京香の方が背が高いのに大きく見えた。その鹿野は、小さく会釈するとパイプ椅子に座ってすぐに目を伏せた。それからほとんど顔を上げることも、目を合わすこともなかった。まるで自分の気持ちを読まれるのを拒むかのように。たった一度だけ、目を向けたのは葛貴久也が、藤原岳人弁護士が殺害されたと告げたときだった。

「驚愕《きょうがく》していたわ。でもすぐに不審そうな顔になった。黒目が激しく揺れ動き、理解できないという感じだった」

　ビールをお茶のようにごくごく飲みながら、夢良は首を傾《かし》げる。

「どういうことでしょう」

「さあ。副代表が弁護人を引き継ぐことを伝えると、また顔を伏せてそれきり返事らしい返事はしなかった。羽根木有子さんが雲隠れしたことや、今は見つけて証人になるよう説得しているという話をしても、なんの反応もなかったわね」

「そうですか」

「事件のことを尋ねても、供述したことをなぞるだけだったし」

「動機はやはりお金を貸してもらえなかったから、ですか」

「うん、そうだけど？」

「鹿野さん、誰かを庇っているという可能性はないでしょうか」

「どういうこと」

　夢良が元同僚から仕入れてきた話を聞く限り、京香も確かにその可能性はあると感じた。だが、いったい誰のために身代わりとなって刑務所に入るというのだろう。身内もいないから、考えられるとすれば。

「羽根木有子さんを疑っていますか？」

　夢良が勘良く、先回りした。

「他にいる？」

「そうですよね」と夢良は納得したように頷く。「実は、付近を訊いて回ったとき、ひとつだけ気になる話が聞けました」

午後からずっと一軒一軒、訪ね歩いて回った。ちゃんと会って話ができたのは訪ねた家の三分の一にも満たず、しかも主婦や学生がほとんどで全員が寝ていてなにも知らないというものだった。仕方なく、会社勤めの人を待って再度訪問したが、それでも話を聞けたのは半分程度。

「物凄く、効率の悪い仕事ですね」

「そうね。刑事は足で稼ぐ、なんていうのは古いって話もあるけど、でもそれをしなくちゃ始まらないことでもあるのよ」

「ふうん」

とにかく、そのなかの一人で徹夜していたという会社員の男性が事件の夜、騒ぎを聞きつけ、ベランダから外を眺めたといった。一一〇番通報した人とは別の人で、公園の出入り口が見えない角度だったから余り期待はしていなかったと夢良はいった。

「でも、その公園の方からやってきた人影は見たそうです」

「え」

「それも男性ではなかったといわれました」

思わず夢良のグラスにビールを注《つ》いだ。大きく頷いて飲み干す。

「でも、ちょっと変なんです」

「なにが」

「目撃した会社員の人は、公園での事件とは関係ないと思ったそうです。だからわざわざ警察にいうこともしなかったと」

「どういうこと」

「つまり、騒ぎを聞きつけてベランダに出て、公園の方を窺っていたら、しばらくしてから人影が歩道に現れたそうです。ちょうどパトカーのサイレンが聞こえ出したころだそうです」

「それまで公園にいたってことね?」

「そうです。ただ、走りかけたと思ったら立ち止まったり、振り返ったりして。だから、野次馬の一人だと思ったと、そういわれました」

京香はグラスを両手で握ったまま考えを巡らせる。

もし人影が羽根木有子なら、犯行を犯したのは有子なのか。その場にいた鹿野が身代わりになると決めて逃がそうとした。だが、そうなると相手方はどうなる。有子と被害者とその両方を説得するのに時間がかかったのか?　だから有子が現場を離れるのが遅れたのか。

「どうやって被害者を説得したのでしょうか？　鹿野さんも羽根木さんもお金は余りお持ちじゃないんですよね？」

「そうね。第一、どうして羽根木有子が安藤を殴ったのかって話になる。女の身でなぜそんな真似をしようとしたのか。だいたい鹿野が側にいたなら有子を止めるでしょう。さらにいえば、被害者は三十代の健康な男性よ、有子の攻撃をまともに受けるのも解せない」

まだ違和感がある。今日の面会で、鹿野省吾がなにかを隠していることは感じられた。だが、決してそのことを口にする気はないようだ。だから岳人は真実の追求を諦め、減刑に努めようとしたのか。

調べる必要があると思った。机での作業しか知らないパラリーガルと協力してできるだろうかと考え、ふと視線をやると、夢良がグラスを持ったまま壁際にあるラックを見ているのに気づく。そこにはつみきの保育園用のバッグや帽子があり、気に入りのぬいぐるみやシルバニアファミリーが所狭しと並べられている。写真立てもある。

京香の視線に気づいた夢良は、一旦《いったん》、目を逸《そ》らしたが、すぐに柔らかい声で、「可愛いですね」といった。

「うん」

「もう寝ちゃってますか」

「たぶんね。今は、元夫の両親に預かってもらっているから」

「あ、そうなんですか。そうですよね。こんな、大騒ぎが起きたんですものね」

「これでまた親権争いの調停が不利になるわ。母親が殺人事件の第一発見者で、刑事でもないのに今もその事件を追っているんだから」

「だったら止めたらいいじゃないですか」

「え」

夢良はグラスを握ったまま、強い目で睨んできた。

「そんな風に思うんでしたら、もっと調停を有利にできる仕事をすればいいじゃないですか。こんな調査員なんて仕事、元刑事だからこだわっているとしか思えません。わたしには、三星さんが本気でつみきちゃんと暮らしたいと思っているようには感じられないです」

むっと口を引き結んだ。このパラリーガルは思ったことをすぐに口にする悪い癖がある。わざといっているのかもしれないが、どちらにしてもいわれた方は無事ではすまない。頭に血が昇りかけたが、夢良がいうことも正しいという気持ちがあったから、なんとか怒りを呑み込めた。それを見て、夢良はさらにいう。

「親にはわからないですよね。どうしたってわからない」

「なにが？」

「わたしの両親も離婚しているんです。わたしと姉は母に引き取られて、祖父母が裕福でしたので暮らしに心配はありませんでした。そのお陰で、こうして司法試験も何度も受けさせてもらえているのですし。もちろん、母親と一緒に暮らせたのは良かったと思っています。ですけど、やはり家族は全員揃っている方がいいと思います、今でも。三人家族ですけど、父親が家にいないのって案外、不安なものなんですよ。たとえ朝と夜遅くにしか姿を見ない存在であっても」

「そう」と呟いて、京香は空のグラスをテーブルに置いた。

自分は愚かなことをしている。その被害を幼いつみきが被ることに、申し訳ない気持ちを抱きながら仕方がないとどこかで開き直っている。自分がなにをしたのか、そんなことはわかっていると叫びたいが、叫べるほどの覚悟が今の京香には持てていない。つみきから責められる日がくるのをびくびくしながら待っているだけだ。胃のなかで粘着質の黒い液体がたぷんたぷんと音を立てて揺れている気がした。放っておくと、逆流して喉を焼きながら通過し、口からほとばしりそうだ。

拳を額に当てた。そしてぐりぐりねじ込む。

「すみません、変なことといって」とさすがの夢良も、いい過ぎたと口をすぼめた。

はっと顔を上げ、ううん、と応える。そして、いった。

「つみきには申し訳ないけど、わたしは絶対、岳ちゃんのためにこの事件だけは解決したいと思っている」

夢良がこくんと頷く。

「やはり、鹿野さんの事件が関《かか》わっているのでしょうか」

「わからないわ」

少なくとも、岳人が使っているノート型パソコンがマンションから消えている以上、事件関係者だと考えるのが自然だ。携帯電話も未《いま》だに見つからない。犯人は岳人を襲ったあと、現場から持ち出した。部屋を訪れたことのある同僚や京香が確認した限り、それ以外、消えたものはないように思う。その二つだけを奪ったのだ。

パソコンになにが入っていたのか、今、吉村弁護士と小井川が精査している。仕事に関するものがほとんどだろう。確率的にいっても、岳人の扱った事件関係者が怪しい。

岳人が殺されたといったとき、鹿野省吾は意外そうな顔をした。そんな風に思ったことが、京香にはむしろ意外で、鹿野の事件は岳人の殺害と関係がないのかという迷いが生じた。だが、拘置所を出たところで、ふいに殺害されたのが岳人でなく、羽根木有子だといったのなら納得したのではないかと思った。

「もうこんな時間ね。芦沢さんも疲れたでしょう。泊まっていったら？　ファミリータイプのマンションで、今はわたしだけだからどこでも使ってもらって構わないし」

「大丈夫です。帰ります」

「そう？　タクシー呼ぼうか」

「いえ。少し行ったら大通りですよね。歩きます。トイレだけ貸してください」

「わかった。向こうの扉を開けて右側のドア」

「はい」

フラフラと歩く後ろ姿を見ながら、テーブルの上を片づける。

流しの水で手を濡《ぬ》らしながら、再び、羽根木有子のことを考えた。もし、鹿野が身代わりになってくれたのなら、情状証人になるのは当然としても、法廷に立つ鹿野を見るのは辛かっただろう。無実の罪で裁かれるのだ。第一回公判の被告人席でうなだれる姿を目にし、激しい後悔と恐れに身もだえた。それで逃げ出したのだろうか。かといって有子には正直に告白する勇気がなかった。息子の佑馬を置いて刑務所に入るわけにはいかないからだ。

「うん？　でも」

有子に前科はなかった。もし、傷害事件の犯人が有子なら、捕まったとしても執行猶予になる可能性は高い。なにも前科のある鹿野が身代わりになる必要はない。どういうことだろう。やはり、事件を起こしたのは鹿野省吾なのか。

そこまで考えて、夢良が戻ってこないことに気づく。もしかして倒れているのではと慌ててトイレのドアをノックした。応答がない。ノブを握ってそっと開けると、空だ。ぎょっとしながら周囲を見回した。トイレの向かいに寝室のドアがある。そこが少し開いているのを見てなかに入った。暗がりのなかで、寝息が聞こえる。ドアを開けたままで廊下の灯りを点《つ》けて見やると、夢良がベッドの上で眠っていた。京香は隣のベッドから掛け布団を取って被《かぶ》せた。

リビングに戻って片づけを続ける。

そういえば、夢良がどうして警察が嫌いなのか訊きそびれた。いい機会だから聞いてみようと思ったのに、残念だったなと京香は思った。

15

翌朝、京香は貴久也に、被害者から話を訊きたいと申し出た。

貴久也の執務室には既に、岳人の事件について調べている吉村弁護士がいた。なにかわかりましたか、と尋ねると静かに首を振る。

「今のところ藤原先生が恨みを買いそうな事件も人物も浮かんでこないね」

その場でいくつか資料を見せてもらう。民事事件が多く、刑事事件は数もしれている上、そのほとんどが窃盗や詐欺だ。

「刑事事件とは限らないが、殺意を抱くほどのものは見当たらない。せいぜいが喧嘩による暴行、傷害事件くらいで、収監された人間は数名。しかもみな短期刑で既に出所している」

吉村がそういいながら調書を渡してくれた。ぱらぱら捲って流し読みする。

「確かに。どれも刑期に不満を持って、それで藤原弁護士を襲うような案件ではない気がします」

ただ、と貴久也が念押しのように口を挟んだ。

「そうはいっても、人間のすることだから安易に断定もできない。吉村さんには小井川さんと共に、不満を持っていそうな依頼人の所在を確認し、当日のアリバイを聞き取る作業を始めてもらっています」

やはり一番怪しいのは、公判期日の迫っている案件だ。貴久也にもそういって、安藤俊充との面談を許可してもらう。

「僕も同行しますよ。弁護士でなければ会ってくれないでしょう」

他の弁護士より一・五倍ほど広い執務室の黒い紫檀《したん》の机の向こうで、貴久也はネクタイを直しながら立ち上がる。オーダーメイドの上着を着、ブランドのコートを手に取り、本革の鞄《かばん》を持った。

地下駐車場へ向かいながら、訊いてみる。

「そういう風な恰好《かっこう》で、相手方に反感を持たれることとかないですか」

「そういう風な恰好とは？」と貴久也は車のロックを外して振り返る。今日は国産車だ。

「その、つまり、いかにも恵まれた生活が透けて見える恰好。民事などの大会社は別として、刑事事件ではつましい暮らしをしている人も多いでしょうし、貧困ゆえに罪を犯した人もいると思います。そういう人達からすれば、副代表の様子は妬《ねた》みを生み、反感を持たれるばかりという気がします」

「あなたもそうですか」

「は？」見ると、貴久也の顔は冗談をいっているようでも、気楽に問いかけている風でもない。真面目《まじめ》に問うているらしい。

「そうですね。今のわたしはここでの仕事を失えばたちまち生活に困ってしまう情けない人間です。その上、娘を引き取って二人で暮らしてゆきたいと思っているのですから、不安がないといえば嘘になります。だからお金に不自由していない暮らしは、正直、羨《うらや》ましいですね」

「事件の多くは感情的なものからで、なかには金銭への執着もあるでしょう。それは刑事をしておられたあなたが一番よくご存じだ」

　京香は黙って頷く。

「人が誰かを妬み、憎むきっかけは千差万別。どんな拍子に生まれるかわからない。わたしが量販店の服を着て、何か月も美容院に行っていない姿で依頼人に会ったところで、妬まれない保証はない。人の感情ほど複雑なものはありません」

「ええ」

「それならむしろ、大いに羨まれるような姿をしてやろうと思いますね。それで感情を害されて、反発する気持ちから案外本音が聞けたりもします。また、わたしのような暮らしをしたいと望んで、やり直そうと考えてくれたなら、それはそれで意義があるでしょうし。今のところレアケースですけどね。とにかく、大した経験のない人間が、人の気持ちを自分だけの尺度で思い測ろうとするのは、案外なリスクを背負うことになるでしょう」

未熟者と罵《ののし》られているらしいと気づく。京香は深く呼吸をして、「失礼しました」と応えた。

被害者である安藤俊充は、朗らかな顔で迎えてくれた。

葛貴久也を羨み、自分もそうなろうと目指しているタイプではなかった。貴久也と同じか、それより高いスタンスで応対しているように見受けられた。

安藤の暮らすマンションは、県内一の繁華街のある駅に近く、数年前に建てられたばかりの高層マンションの一室だ。確か、仕事は株取引。いわゆるデイトレーダーだ。

二十畳はありそうなリビングに招き入れられる。奥に何部屋もあるらしく、そのひとつがパソコンルームで、職場だという。

この時点で京香は、鹿野が有子の身代わりになることを被害者である安藤に頼んだ、という可能性を消去した。その引き換えに金かそれに代わるものを差し出したところで、安藤にメリットはない。なにかに困っている人間には到底見えない。もちろん、詳しく調べなければわからないが、そのことを匂《にお》わせるようなものは部屋のどこにもなかった。

「お時間、大丈夫ですか。ああいうお仕事は常に画面を見ているというイメージがありますから」と、京香は部屋に入るなり問うた。

貴久也はさっさと中央にある外国製のソファまで進むと、ゆったりと腰を下ろした。足を組み、部屋の内装やインテリアを眺め始める。まるでこの部屋の主《あるじ》であるかのように、様になっていた。ここに着いたとき一応、段取りを決めたが、概《おおむ》ね聴取は任せてくれるという話だった。もっとも相手を怒らせて公判の進捗《しんちょく》に差し障りになるようなことだけは、厳に慎むよう念押しされている。

安藤はアイランドキッチンでコーヒーを淹《い》れながらいう。

「最近は大きな取引を控えて、小金を集めることにしているので問題なし。こういうリスクのある仕事は気疲れするばかりだから、四十になる前には止めようと考えているのでね」

頭に大きな傷を負ったのだが、今は包帯もなく、ほぼ完治しているらしい。

「お陰さまで。またジムに行ったり、ランニングしたりしてますよ」

「ランニングですか。事件のときもそうでしたね」

「そう。あの川沿いの堤防は走るのに持ってこいだから、よく通るんだ」

「ここからだと十キロ近くありますよね」

「八・五キロ。運動不足だと思うと夜中に延々と走ったりする。適度な疲労は安眠にも繋がるし、いい気分転換にもなる。こういった職業の人間には多いですよ」

調書では、ランニングしていた安藤俊充が喉の渇きを覚え、公園近くに自動販売機があったのを思い出し、土手を下りて買いに行ったと述べている。販売機の前で、鹿野省吾がウロウロしていたので、どいてくれないかと声をかけたところ、いきなり二十円貸してくれといわれた。その態度が無礼だったのと、ホームレスなら関わりたくないと思い、無視してその場を離れようとした。

「それなのに追いかけてきて、僕の腕を摑んで執拗《しつよう》に頼み込んできた。さすがにヤバいやつかなって、思いましたよ」

「それで思わず払いのけた」

安藤は頷くと、身震いするかのように細かに首を振った。

振り払われた鹿野はよろけた。その拍子に体のどこかを自動販売機にぶつけ、突然、激高すると暴言を吐き出した。

「わけのわからないことを叫び出すし。やっぱり頭がおかしいんだと思いました。逃げようとしたけど、腕を摑まれて」という。

なんとか距離を取ると、鹿野は側にあった高さ一メートル幅三十センチほどある立て看板を振り回し始めた。必死でかわそうとしたが足がもつれ、ふらついたところを看板で殴られた。

「頭を触ったら手が血だらけで。もう気を失うかと思いましたよ」

結構な血が出ているのに動転し、救急車を呼ぼうとしたが手が震えてなかなか数字キーを打てなかったと安藤はさらにいう。

「そのとき被告人は、側でぼうっと佇《たたず》んでいたんですね。逃げもせず、騒ぎもせず」

「そうですよ。僕の血を見てたまげたんでしょ」

そういって安藤は向かいのソファに座り、コーヒーを勧めて、自分でもひとつカップを持ち上げた。貴久也が遠慮なく手を伸ばす。満足そうな表情を浮かべる貴久也をちらりと見、再び、安藤に目を向けた。

「でも救急車じゃなく、一一〇番をされたと伺いました。今のお話だと一一九されたように思ったんですが」

安藤はおもむろに足を組み、カップを片手にじっと視線を天井付近へやる。

「うーん、どうだったかなぁ。僕も興奮状態だったし。しかも目の前に犯人がいるわけだから、もしかしたら命の危険を感じて咄嗟《とっさ》に一一〇番をしたのかもしれない。助けて欲しいと本能的に思ったんじゃないかな。それに警察から救急車は手配してもらえるでしょ？」

「そうですね。でも実際は、付近の人が先に通報していて、あなたからの一一〇番はそれよりもずい分、あとだった。なにかで手間取りました？」

これははったりだ。通報時間がいつだったかなど、警察にいたころなら当然知れることだが、いち調査員では知りようがない。ただ、パトカーのサイレンが聞こえるまで、有子が現場近くにとどまっていたのなら、そこでなんらかの話し合いが行われたのではと考えた。

「え、そう？　さあ、よく覚えていないなぁ」

安藤はカップをテーブルに置くと、ソファの背から体を起こし、両膝に肘《ひじ》をついて前のめりになる。上目遣いに京香を睨みつけてきた。

「さっきから妙な具合だな。いったいなにしにこられたのかな。これは僕に対する尋問？　なにか不都合なところを見つければ、被告人の罪が少しでも軽くなるとでも考えておられるのかな。僕は、こんな風に責められる立場の人間だとは思っていないいんだけど」

貴久也が、さっと片手を挙げた。

「いや、ご気分を害されたのであれば申し訳ない。実は、この件の弁護人をしていた当事務所の藤原弁護士が殺害されまして。その件はご存じでしょうね」と落ち着いた声でいう。

安藤が頷くのを待つことなく、話を続ける。

「そのため、藤原が関わっていた案件を今、うと法律事務所が総動員で精査しているのです。今回の訪問もその一環で、あれこれお尋ねするのも犯人逮捕のためで、安藤さんだけでなく、多くの関係者を訪ね、随時お話を伺っているところなのです」

「ああ、あの小柄な弁護士さんが殺害された件ね。僕ももちろん承知していますよ。なるほど、そうですか。だが、それならそれで先にそういってしかるべきでしょう。だいたい、あなた方は弁護士でしょう？　そんな捜査みたいなことしていいんですか」

　貴久也がすうと息を吸い込んだ気配がした。横目で見ていると、肩を持ち上げ、胸を張る。そして沼の底から湧《わ》き上がったような、重い圧のある声を出した。

「我々にとっては、藤原は大事な仲間なのです。警察に協力はしておりますが、一日でも早く犯人を逮捕してもらいたい。そのためなら、弁護士なりにできることは全てやろうと決めています。殺人犯をのさばらせるわけにはいきませんからね。そう思われませんか？」

　貴久也は、まるで目の前にその殺人犯がいるのだといわんばかりの口調だ。さすがの安藤も顔色を変えるが、貴久也の気迫に呑まれたのか、口をもごもごさせ、カップを口に運ぶ。

「僕はアリバイありますよ」

「はい？」

「そういうの訊きたいんでしょう。頭のおかしいのに殴られ、大怪我をした上、弁護士殺人の犯人にまでされてはかなわない。新聞で一昨日《おととい》の夜だとありましたけど、何時ごろですか。僕はその日、夕方から大学の仲間と会っていました。お開きになったのは午前一時を回っていた筈です。店の名前もいりますか」

そういって立ち上がると、奥の部屋へ足早に向かう。京香は、足音を忍ばせあとを追った。ちらりと振り返るが、貴久也は黙ってコーヒーを飲み続けている。廊下の左右には同じような扉が並んでいて、安藤は一番奥の部屋に入って扉を閉めた。それを見て、素早く手近な扉を開ける。すぐに戻ってくる気配がして、飛ぶようにソファに戻った。安藤は部屋からショップカードを持ってきたらしく、立ったまま突き出す。

貴久也が受け取り、京香に渡した。裏を見ると、ちゃんと友人らしき人の名と連絡先も書き込まれている。

「ここで今、連絡してもらっても構いませんよ。口裏を合わせる暇がないように」

マンションの駐車場に停めていた車に乗り込むと、独り言のように京香は呟いた。

「妙な感じ。安藤はどうしてあんなに協力的になったのか」

ハンドルに手を置き、貴久也は前を向いたまま黙っている。

「岳……、藤原先生の事件のことはもちろん知っているでしょう。裁判のことでは会って話もしたのですから、顔見知りではありますよね。だからって、いきなりアリバイをいい出すなんて。自分が疑われていると思い込んで、焦り出したように見えました」

貴久也は、エンジンをかけアクセルを踏む。国産車だが高級車なので、外車に負けず乗り心地はいい。

「このあと、そのショップや友人を当たりますか」

「え。ああ、そうですね」京香はショップカードを指に挟んで表裏を忙《せわ》しなく返す。「友人は当たってみようと思っています」

「そうですか」

京香は貴久也の端整な横顔を窺う。視線を気にしたのか、「なんですか」と尋ねてきた。

「いえ。安藤を調べることに、副代表は乗り気ではないように思えたので」

「そんなことはありません。前にもいいましたが、鹿野さんの刑期を左右するような言動だけは慎んでもらえれば構いません」

「そうですか。良かった。ちょっと気になっていたんです」

「気になる？」

「ええ。さっきわたし、安藤の部屋を勝手に覗きましたでしょう？　書斎みたいでした。机の上が散らかっていて、床にも書類や本が落ちていました」

「………」

「封筒がありました。会社の名前は隠れて見えなかったんですけど、社章っていうんですか？　会社のマークが見えたんです。それが」

車の速度が上がった。背がシートに張りつく。

「どこかで見た覚えがあるなぁと思ってずっと考えていたんですけど、今、思い出しました。うと法律事務所の入っている総合ビルの、ビル名の前に付いていたのと同じマークでした」

16

うと法律事務所の全員がなんとか都合をつけて、通夜か葬儀のどちらかに参列することになった。京香と夢良は通夜に出るため新幹線と在来線を使って向かう。最初、貴久也の車に乗せてもらって一緒に行くつもりだったが、急に予定が入ったと断られた。

「藤原先生、地元の名家のご出身だったんですね。知りませんでした」と、夢良が流れる車窓の景色を見ながらぽそりと呟《つぶや》く。

「名家というか、古い家柄なのよ。昔は町のほとんどの土地が藤原のものだったとかで、今残っている土地の管理のために不動産業をしている。田畑や山林もまだたくさん持っているそうだけど、そっちは大した収入にはならないっていってたわ」

「そうなんですか。きっと、お宅もご立派なのでしょうね」

「大きいのは大きいわね。でも古びていてやたら部屋が広いから冬は寒いし、薄暗いし、走り回るとおじさんが物凄《ものすご》く怒るし。子どものときはめったに藤原の家で遊ぶことはなかった。わたしや近所の仲間の小さな家で集まって遊ぶことが多かったな」

「藤原先生のお父さま、事務所にこられたときお見受けしましたけど、ちょっと怖い感じの方でした。お悲しみのせいもあったのでしょうけど、わたし達がまるでなにかしたかのように、怒った目で眺めておられました」

「悪い人ではないんだけどね。やっぱり旧家藤原家の当主という矜持《きょうじ》というのか、見栄《みえ》があるらしくて。常に威張っているというイメージがあった。気短で怒りっぽい、人を信用しない冷たい感じの人だけど、子どもは大事にしている。岳ちゃんも弟の寛人くんもなに不自由ない生活を送ったし、二人のためならいくらお金を使っても構わないと思っているところがあった」

「藤原先生はそんなご実家から独立して、離れた県で弁護士をされていたんですね。真面目《まじめ》な上に、欲がない方だというのはわかっていましたけど」と夢良は感心するようにいう。

「欲か。そうかもね、別に藤原の家を継がなくてもいいみたいなことをいってたわね」

「でも」

　夢良は言葉を呑《の》み込んだ風だった。きっと、継ぎたくとももう継げないのだけど、といいかけたのかもしれない。目の奥から涙が溢《あふ》れ出そうな気がして、京香も通路を挟んだ反対側の窓へと視線を向けた。

　懐かしい地元に着いたのは、午後六時前だった。京香は実家に戻り、夢良は駅前のホテルに入った。明日の葬儀にも参列するので、今日はここで一泊だ。通夜の時刻に藤原家で落ち合うことにして、一旦《いったん》別れる。

　午後七時。

　藤原の家で行われた通夜には、地元の人間だけでなく、岳人の仕事関係、藤原の縁戚《えんせき》など多くが参列した。だいたいが顔見知りで、京香を見て声をかけてくるのも少なくない。参列者のなかでもひときわ堅苦しい佇《たたず》まいで、目つきの悪いのはまず間違いなく警察関係者だ。そのうちの一人である元夫もきていて、片手を挙げて近づいてくる。

「つみきは置いてきたよ」

「そう」

「人が大勢くるだろうし、君も落ち着かないだろうから」

「……そう」

「じゃ」

　受付へと歩いてゆくのを見送りながら、つみきに会えないことを残念に思う。

長谷川班の知った顔も何人か見えた。声をかけはしなかったが、軽く会釈をして通り過ぎる。祭壇よりも、出入りする人間に興味があるのがあからさまで、周囲から不審がられていた。こういう田舎の冠婚葬祭では、他所《よそ》からきた人間はすぐに気づかれ、口伝《くちづて》に身元も伝わる。

岳人の継母である藤原久実子《くみこ》も、涙にくれた顔を京香に向けて、警察の人はなんとかならないだろうかと訴えた。父親である甚人がここのところ心身不調なところに、刑事がきているとあちこちで囁《ささや》かれるのに気づいて酷《ひど》く機嫌が悪いらしい。

「おばさん、ごめんなさい。わたし、今、警察官じゃないのよ。今年の秋、辞めてしまったの」

「え。あら、そうなの？　知らなかったわ、岳ちゃん、なにもいってなかったから」

「実家に戻った際にでも話すつもりだったかもしれないけど」

「そうね。あの子、年の瀬にはいつもちゃんと帰省してくれていたから。今年も、きっとそのうちと……」

ううう、と久実子が喪服のたもとからハンカチを取り出して、顔を埋《うず》める。その背をさすりながら、一緒に座敷へと歩を進めた。

襖《ふすま》を取り払い、仏間と客間を最大限に広げた畳敷の部屋の一番奥に、まるで菊の海のような祭壇が設《しつら》えてある。中央に遺影が掲げられ、にこやかな笑顔をこちらに投げていた。

その下には棺《ひつぎ》があり、上には見事な七条袈裟《しちじょうげさ》がかけられている。既に多くの人が敷き詰められた座布団に腰を下ろし、囁き声だけが音楽のように流れている。

棺の小窓が開いているのを目にした途端、京香の足元が揺れた。何人かが口元にハンカチを当てながら、覗《のぞ》き見ている。自分もそうするべきだろうが、あの窓から顔を見れば、もう藤原岳人の死は紛れもない事実になる気がした。なにかの間違いや生きて戻る可能性が全《すべ》てなくなったのだと思い知らされる。崩れるように白い座布団の上に膝《ひざ》をついた。

「大丈夫ですか」

貴久也の声だと気づいて、慌てて顔を上げる。オーダーメイドらしい体にぴったり合った喪服姿で、京香の顔を覗き込んでいた。

「ええ。大丈夫です」

短い挨拶《あいさつ》を交わしたあと、前の席を見やると葛代表の姿があって、周囲に事務所の人間が、夢良も含めて固まって座っていた。夢良が京香の視線を受けて、小さく頷《うなず》く。

袈裟を身に着けた僧侶が、ぞろぞろ廊下から入ってきた。棺の前に腰を下ろすとすぐに読経《どきょう》が始まり、数珠《じゅず》の音や膝を崩す音、衣擦《きぬず》れや控えめな咳《せき》の音が耳につく。順番に焼香するようにいわれ、人々が親族席へと視線を向けた。

最初は父親である藤原甚人で、紋付袴《もんつきはかま》姿のひと回り小さくなった体が揺れる。久実子や寛人に支えられるようにして立ち上がった。よろよろしている癖に、二人の手を煩わしいとばかりに払いのけ、そして猫背姿で焼香台の前に行くと膝をついた。数珠を握り、顔を振り上げて遺影を睨《にら》む。

上半身が細かく震え出したので泣いているのかと思ったが、徐々に左右に大きく揺れ始める。後ろからでは項《うなじ》しか見えなかったが、それでも赤く染まっているのがはっきり見える。思わず京香は膝を立てた。その瞬間、藤原甚人の上半身が大きく前に屈《かが》み、そのまま焼香台に突っ伏した。灰が宙を舞い、眼前に白い幕が下りてきたかのように煙った。短い悲鳴と大勢が立ち上がる気配がして、誰《だれ》かが救急車と叫ぶ。京香は鮨詰《すしづ》め状態の座敷から素早く廊下に出て、前方へ駆けて遺族席に近い敷居をまたいだ。僧侶《そうりよ》までもが慌てふためいた様子で、みなと一緒に甚人を覗き込んでいる。

「そっとしといた方がいいんじゃないか」

「脳卒中かもしれんぞ。動かすな」

知った人らしい声が響き渡り、それに続くように、動かすな動かすなの連呼が広がる。大勢が一斉に立ち回ったせいで、灰煙がいつまでも治まらない。座敷を出ようとする人間と入ろうとする人間でごった返し、あちこちで舌打ちや怒鳴り声がした。京香はそんななか、茫然《ぼうぜん》と立っている久実子の背を見つけて、手を伸ばした。触れなんとしたとき、すっと下がった。倒れると思って、咄嗟《とつさ》に腕を摑《つか》んで引いた。片膝をついたまま、久実子が白い顔で甚人の方を見つめる。

「そんな。そんなことって」

「おばさん」

支えきれず二人で畳の上に崩れる。すぐに顔を起こして寛人を捜した。煙るなかにそれらしい影を見つけて呼んだ。

「寛人くん、寛人くん、お母さんを早く」

まるで機械人形のように寛人がこちらをゆっくり振り返る。その顔はまるで泣いているようにも笑っているようにも見えた。廊下を大勢が駆けこんでくる足音が響いた。喪服姿の刑事だ。長谷川班の一人が京香に気づいて、「どうした」と訊《き》く。

「喪主が倒れたのよ。今、救急車を呼んだから、着いたら連れてきて」

「わかった」

刑事や参列者が行ったり来たりするなかで、長谷川班長が廊下で腕を組み、じっと佇んでいるのが見えた。

白い煙に巻かれながらも、目をしっかり見開いている。その視線の先を追うと、座布団の上に座ったまま、びくりとも動かない葛道比古、貴久也親子の姿があった。

翌日の葬儀は、なんとか予定通りに運んだ。

喪主である甚人は病院に運ばれ、すぐに手術を受けたが未《いま》だ昏睡《こんすい》状態らしい。脳梗塞《のうこうそく》だということだった。日ごろ血圧が高く、不摂生もあって医者から注意を受けていた。今度のことがストレスになって引き金を引いたということかもしれない。妻の久実子は病院に付き添い、急遽《きゅうきょ》、喪主は弟の寛人が務めることになった。

「大丈夫？」

そっと声をかけると、寛人は、「喪主ってなにするのかわからないんだけど」と苦笑いする。

「なにもしなくていいわよ。葬儀社の人が指示してくれるし、あとはせいぜい精進落としの席でご挨拶するだけ。こんな場合だから、短くていいわよ。あなたも病院に行きたいでしょ」

「うん。ありがとう、京ちゃん」

数珠を握りしめ、緊張で顔を引きつらせている。弔問客に向かって、機械仕掛けのように頭を上げ下げするのを見ていて気の毒になった。気を紛らわせようと話を続ける。

「しばらく見ないうちに、立派になったわねぇ」

「はは。そうでもないよ。体だけでかくなって、中身は子どもだってよくいわれる」

「まだ二十歳《はたち》なんだもの。柄が大きいと中身もそれに添うものよ。岳ちゃんなんか、どんどんでっかくなる寛人くんが羨《うらや》ましくてしようがなかった。中学になったとき、もう完全に抜かされるとわかって酷く落ち込んだのを覚えている」

「僕なんか」と目を暗く沈ませた。「勝てるのは身長くらいで、兄貴にはなにひとつ敵《かな》わなかった。それだったら大きくならない方が良かったって、思ったくらいだ」

「そんなことないよ。寛人くんが地元にいてくれるから、自分は自由気ままなことができているって、岳ちゃん感謝してたよ。大学はどう？　順調？」

寛人は、子どものころにはなかった卑屈な笑みを浮かべた。

「大学、中退したんだ。どうせ大した学校じゃなかったし、親父《おやじ》もずっと気に入らないみたいだったから」

「そうなの。それじゃ今は、フリーター？」

「一応、親父の不動産会社で働かせてもらっている。アルバイトにもならない、ただの使い走りだけど」

「そうなんだ。まだ若いんだから、これからゆっくり考えればいいのよ」

そういうとまた、大人びた笑みを浮かべた。屈託なく岳人のあとを追っていたころからすれば、ずい分、変わった。社会で既に働いているから余計にそうだろう。幼さの残る容《よう》貌《ぼう》のなかにも妥協を覚えたような寂しい気配が漂って見えた。額に汗が滲《にじ》んでいるのを見て、京香もハンカチを取り出し、頬《ほお》に当てる。

北陸の十二月は、雪こそないが寒さが身に沁《し》みるころだ。だが、今日はどういうわけか朝からまるで小春日和《こはるびより》のような気温が続く。冬用の喪服に身を包んだ弔問客はみな白いハンカチで顔やら首を忙《せわ》しなく拭《ぬぐ》っていて、団扇《うちわ》代わりにパタパタと振り回すのもいる。

間もなく読経が始まると知らせてきた。

寛人の大きな背をぽんぽんと叩《たた》いて送り出す。肩越しに振り返って、小さく頷くと背筋を伸ばして歩き出した。

出棺を見送ったあと、京香は長谷川班の一人を捉《つか》まえた。

「なんですか」

京香より三年後輩の刑事だ。捜査一課に入ったばかりのときは、色々教えてあげたり、先輩にしごかれて落ち込んでいるのを慰めたりもした。だからだろう、邪険にもし辛《づら》いらしく、迷惑そうな顔をしながらも立ち止まる。

「ねえ、藤原弁護士の携帯電話履歴、調べたでしょ」

黙っている。京香は付近に人が、特に他の刑事がいないのを注意深く確かめ、言葉を続ける。

「事件の日、おかしな番号とかはなかった？」

「おかしなってなんですか」昔、新米だった刑事も、用心深く辺りを見回す。

「仕事関係、友人関係以外でってことよ」

ふう、と大きく息を吐き、上目遣いに目をやる。身長は京香の方が少し高い。

「なかったですよ。事件の日より遡《さかのぼ》って調べてみましたが、今のところこれといって怪しい番号はなかったです」

「安藤俊充からの電話はなかった？」

「誰ですか」

京香は黒いパンプスの先で刑事の足を蹴《け》る。いてっ、といいながらも仕方なさそうに頷く。

「なかったですよ。当日もそれ以前にも。安藤を疑っているんですか」

逆に訊いてくる。教えるだけじゃ、ただのお人好《ひとよ》しだとさすがにわかっている。

「わからないわ。でも、なんか引っかかるのよ」

「安藤のどこが」

「安藤というより、傷害事件そのものがね」

「ふーん」

「聞き込みの成果はあった？　わざわざ北陸くんだりまできたんだから、手ぶらってことはないでしょう」

「お答えできません」

「遺族に聞き込みはした？　父親があんなことになって、予定が狂ったでしょう」

気の毒そうな声音に変えると、刑事は、我が意を得たりという表情を浮かべた。

「そうなんですよ。通夜のあとにでも訊こうと思っていたのに、まさかあんなことになるなんて。長谷川班長は不機嫌さ満載で、無駄足踏んだといって朝イチで捜査本部に帰りましたよ」

「なによ、それ。用が果たせなくなったからさっさと引き上げるって」

それで若い刑事が残されたのだ。

「まあ、そうはいっても地元でなにかあるとは思えないけどね。怪しい弔問客でもいた？」

「さあ、どうですかね。でもまあ、俺《おれ》もあと二、三確認したら戻るつもりです」

「確認？」

「ええ。事件の日に自宅に電話を入れていたんで、その用件だけ訊いておけっていわれています」

「岳ちゃんが実家に電話したのね」

「そうです。父親に訊こうにも意識が戻らないようだから、代わりに奥さんか弟さんに訊いて、それで引き上げます」

「そう。ところでさあ」

「まだ、あるんですか。俺、もう行かないと」

「あとひとつ。うちの葛弁護士親子のこと、なにか調べている？」

「は？　さあ、なんのことでしょう」

足を振り上げようとしたら、すばしっこく逃げられた。仕方ないと諦《あきら》め、黙って頭を下げて見送った。

17

仕事のことで相談をしたいから、一緒に帰ろうと京香からいわれた。

夢良は帰りの車中で、藤原先生のことを一人でしんみり思い出しながら、悼《いた》みたいと思っていた。不服そうな顔をしてみたが、京香は一顧だにしない。

初めて三星京香を見たとき、怖い感じはしなかったが、控えめからはほど遠い、無礼ではないにしても、押しの強い印象を持った。元警察官だから反発する気持ちしかなかったし、今回のことがなければ口を利くこともなかっただろう。それが事件のためとはいえ、京香の自宅で食事をし、ひと晩泊まることもした。そして通夜葬儀のため、行きも帰りも行動を共にしている。列車の二人掛けシートに並んで座るから、どうやっても視野から大きな女性の姿を外すことはできない。疎《うと》ましく思いながらも、それほど嫌な気持ちもしないことに自分でも驚く。

「どうしたの。お腹《なか》すいたの？」

ちょっと意識が逸《そ》れると注意してくる。

「すいていません」というとすぐに、「じゃあ集中して。大事な調査なんだから」と上から目線だ。わたしは三星さんの部下じゃありませんといいたいが、藤原先生の事件のことだから我慢するしかない。どうして警察官は、こうも横柄な態度を取るのか。

「聞いている？」

「聞いています。羽根木有子さんの過去を調べるんですね」

「そう。できれば、生まれたときからといいたいけど、そんなことをしている暇はないから、取りあえずは、介護ステーション『わかば』にくる前、あと羽根木家のことを知る人を見つけてもらえたらいいけど」

「三星さん、わたしは警察手帳持っていませんけど？」

「うん。今はバッジだけどね。わかっている、でもやれるだけはやって」

「……わかりました」

「あ、いっとくけど、見つけるだけだからね。勝手に聞き込みなんかかけないで。それをするときは、わたしも一緒に行くから。いいわね」

「わかっています。それより三星さんはこのあと、どうされるんですか？」

「わたしは、安藤を調べる」

「安藤俊充さんをですか？　大丈夫ですか。また気を悪くされるようなことになったら、今度こそ鹿野さんへの減刑の上申がふいになってしまいます。そうなったら元も子もありません」

「ねえ、あのビルなんだけど」

人の話を全然、聞いていない。自分がいいたいことだけいって、どんどん進める。これは打ち合わせでも相談でもない。刑事が部下に指示しているだけだ。不満が顔に出る。別に隠す気もないけれど。

京香は夢良の顔をちらりと見て、バッグからメモ帳を取り出し、なにかを書き始めた。

仕方なく手元を覗いていると、どこかで見たマークが現れた。

「この印が、うと法律事務所が入っているビルの看板に付いているんだけど」

「えっと、ああ、社章ですね。あんまりヘタな絵なのですぐにわかりませんでした。うちの事務所のビルの所有会社の印です。大津寺《おおつじ》不動産株式会社。これがアルファベットのOで、これが」

「どういう会社？」

「は。ああ、どういうって大きな企業です。不動産だけでなく、教育施設、介護施設、他にIT、旅行、レジャー関係など幅広く扱う企業で、うちの顧問会社でもあります」

「顧問会社？　それって、法律事務所にとっては大事な客ってことよね」

「なんですか、その大雑把《おおざっぱ》な表現は。法律事務所で働くのなら、もっとしっかり把握していてもらわないと困ります。そもそも法律事務所というのは」

「うん、それはいい。顧問会社のこと」

夢良はむっとした顔をしてみせるが、少しも気にしていない様子だから、渋々話を続けた。

「つまり、顧問会社というのは、毎月顧問料を支払っていただくことにより、法律事務所と顧問契約を結ぶ会社のことです。その会社のコンプライアンスに関することだけでなく、ときには経営や経理、対外的交渉についての相談にも乗ります。大津寺グループはうちの事務所にとって最大の顧問会社といって構わないかと思います。グループの社長でしたか、専務でしたか、失念しましたが葛代表と懇意にされているということで、もう二十年以上のお付き合いになりますね。事務所の入っているビルの住居層最上階には、その懇意にされている役員の方のお住まいがあります」

「つまり、顧問会社からの仕事の依頼は最優先ってこと？」

「そうなりますね。こういう特別な顧客は、代表や副代表が扱います」

「そう」

ふいに黙り込む。顎《あご》の下に手を当て、窓から外を眺め始めた。わたしは放《ほ》ったらかしか、といいたいが、これ幸いとお弁当を広げることにした。夕飯の時刻は過ぎている。葬儀のあとの精進落としの席では、京香があちこち探りを入れていたから気になって箸《はし》を取ることてもできなかった。いったいなにを訊いているのかと耳をそばだてると、『昔は京香ちゃんも可愛《かわい》かった』とかいうおばさんがいて、思わず笑いそうになった。過去形だし、どうしてこんな風になったのだ、という非難含みの物言いであるのは誰もが思った筈《はず》だ。

『どうなるんだろうねぇ』

そのおばさんは、藤原家とは親しいらしく、目を赤くしながら案じ顔を見せた。

『岳人ちゃんがあんなことになった上に、甚人さんまでがねぇ』

似たような年齢の女性らが同じ卓に集まって、箸とビールグラスを握りしめて、口をせっせと動かす。

『よほどショックだったのよ』

『そりゃそうよ。自分の跡を継ぐのは岳人ちゃんと決めていたし、それ以外はないって公言していたもの』

『それ以外って、寛人くんもいるでしょう。まだ二十歳だけど』

と京香が話の舵《かじ》を取るように嘴《くちばし》を挟んだ。

『っていうか、やっぱり出来がねぇ』

急に声がひそやかになる。京香が精いっぱい背を曲げて、耳を寄せる。

『岳人ちゃんは子ども時分から優秀だし、弁護士さんでしょ。こういっちゃなんだけど、寛人くんは大学も三流だし、それも留年しそうになって結局、中退』

『酷く怒られたそうじゃない。甚人さんは子どもにはお金をかけていたから、ショックだったでしょうねぇ』

『気の毒なのは久実子さんよ』

『そうそう。まるであの人の血が悪いみたいないい方されたって、泣いてたわ』

『岳人ちゃんの亡くなったお母さんは美人な上に、地元の県立大学を出た優秀な人だったからねぇ』

『なにいってんのよ、初婚でまだ五つの岳人ちゃんを育てたんだから、久実子さんも偉いわよ』

『寛人くんが生まれても、岳人ちゃんを邪険にするどころか、一層、可愛がってたわよ』

うんうん、と顔を寄せ合う年配女性らは、みな気の毒がりながらも、好奇心に赤い唇がますますぬめりを帯びてゆく。

『そりゃ甚人さんの手前もあるしね。だけど、肝心の自分の息子が中退じゃあ、やっぱり肩身が狭いだろうねぇ』

『ブラブラしているのはみっともないからと、甚人さんが自分の会社に入れたのはいいけど、顔見ると文句をいうから、寛人くんも鬱陶《うっとう》しがって家を出ちゃうし。久実子さんは、ますますいたたまれなかったろうね』

『この広い屋敷に夫婦二人だけになってねぇ。朝から晩まで、あの甚人さんと顔を突き合わせていたら、あたしならおかしくなっちゃう』

『あれ？　住み込みのお手伝いさん、いましたよね。わたしが子どものころからだから、もうずい分永く勤めた、えっと、確か、玉《たま》さん？　だったかしら』

とすかさず京香も参加する。

何人かが目を交わし、一番太っている女性が口を開いた。

『玉出《たまで》さんでしょ。甚人さんが辞めさせたのよ。なんかご近所の人相手にマルチ商法っての？　そういうのやってたらしくて。甚人さんに知られて、警察沙汰《ざた》にしない代わりに退職金なしで追い出したって話』

『久実子さんが気の毒がってたわね。長年勤めてくれた人だから』

『そうですか。もうそこそこのお年だったかと思うけど』と京香。

『うん、玉出明美《あけみ》さん、七十近いんじゃないかしらね。Y市に娘夫婦がいるからそっちに身を寄せるって久実子さんがいってたわ』

それからも延々と噂話《うわさ》が続き、テーマが藤原家から各家庭の家族問題、年金問題へと変わったところで京香が腰を上げて、ビール瓶片手に他のテーブルへと移ったのだった。

「三星さん、もしかしてそのお手伝いさんまで、疑っているんですか？」

京香が、遠い目を戻して夢良の顔に当てた。

「お手伝いさん？　ああ、おじさんに追い出された人ね。そうね、一応、追跡してみようと思っている」

「素朴で穏やかな藤原先生の故郷に、殺人犯がいるとは思えないですけど」

古くからの人が住み、人の出入りが少ないような地域には、都会とは違う土着の社会が存する。そこに暮らす人間にしかわからないとよくいわれるが、実際、夢良に理解できない関係性や感情的な問題が、根深くあったりするのだろうか。犯罪を生むほどの軋轢《あつれき》が生じたりするのだろうか。

「田舎だ、都会だ、という話ではないと思う」

京香が首を傾《かし》げながら、軽く腕を組む。

「犯罪はどこでも、起きるときには起きる。空はどこまでもひとつで、ひと続きであるのと同じ。歪《いびつ》な空は田舎の上に広がり、都会の上にも広がる。ただ田舎には田舎の色を帯びた、都会には都会の色を帯びた犯罪があるだけ。犯罪という点では同じもの。そうわたしは思っている」

京香がそういうのだから、そうなのだろう。警察官として、刑事として様々な犯罪に直面してきた。夢良にはそれこそ想像のできない世界の話だ。

「あなただって、弁護士事務所にいるのだから、色んな犯罪者と会う機会もあるし、話もするでしょう」

京香が不思議そうにいう。

「犯罪者ではなく、依頼人です。わたし達は弁護する立場で、彼ら彼女らの側《がわ》にいる人間です。事件を客観視することは大事ですが、あくまでも依頼人の利益を守るというスタンスでいなくてはなりません。犯罪事実が正しいか、量刑が妥当かを検察と争いながら被告人にとって一番良い結果を得るために尽力する。そしてそれを以《もっ》て更生への道を一緒に模索するんです」

京香相手に向きになっている自分に気づいて、口を閉じた。どうかしていると思ったけれど、京香は妙に納得する顔で見返してきた。

「そうね。弁護人なんだものね。それだと相手方とはあんまり接触するようなことはない?」

「え。ああ、そうですね。今回のように、安藤さんから鹿野さんに厳罰を求めないという上申書をもらえるのは、珍しいかもしれません。普通、面談をしたいといっても、断られることが多いですから」

「ふーん」

それきりなにもいわず、京香は自分の弁当を広げた。缶ビールを飲み干し、食事を終えるとシートを深く倒す。もたれるなり目を閉じたので眠るのかと思い、夢良も音楽を聴こうとイヤホンを取り出し装着した。なにか聞こえた気がしてイヤホンを取る。

「この前、どうして警察を辞めたのかって訊いたわよね」

「はい。それが？」

「芦沢さんは、今回の事件を一緒に調べる相棒――警察にいるときは単にペアと呼んでたけど、つまりあなたはそういう人間だから、いっておこうかと思って。聞きたくないならイヤホンをつけてて」

夢良はシートの傾きが同じにならないようにし、背もたれに体を預けたまま窓を向いた。イヤホンは手のなかに握り込んだ。

それほど長い話でも、ややこしい話でもなかった。煎《せん》じ詰めれば、後輩が上司からパワハラを受けているのを見過ごせず、抗議したということだろう。やり過ぎた感はあるが、本人の短気が引き起こしたことであり、自業自得といえる。警察に限らず、とかく公務員で作られる組織は、上司に盾突けば居場所がなくなるというのは常識のようだし、そう思えば気の毒な気もする。一方でなぜそこまでしたのか、と呆《あき》れる気持ちもあった。仕事を失い、離婚し、大事な子どもを手放すことになるかもしれないのだ。そういうものと引き換えにすることだろうか。

夢良の感想は求めていないだろうから、なにもいわなかった。ペットボトルのお茶を飲んで、イヤホンを装着しようとした。

「自分の嫌な過去を話したから、あなたにもなにかいえというズルい取引はするつもりはないの。でも、あなたがどうして警察嫌いなのか、いつか聞かせてもらえたらありがたいわ」

イヤホンを持ったまま、視線を少し後ろへ振り向けた。

「そんなこと本当に聞きたいですか？　嫌な思いをするだけだと思います」

「うん。そういうの慣れている。これまで散々、いわれてきたことだし、わたしが聞いたことのない話だったら、今後のためにもなるし。あ、もう刑事じゃないから、いいのか」

手を額に当てて、口元を弛《ゆる》めた。そんな京香の顔を見て、夢良はイヤホンをケースに戻した。

高校生のときだ。

夢良は離婚した母親と姉の三人で、静かな住宅街で暮らしていた。一戸建てばかりが並ぶ閑静な地域で、二軒先に同じ年ごろの子どものいる家族がいた。そこは両親と、夢良の四つ上で姉と同い年の息子が一人。息子は、姉とは違う私立の高校に通っていたが登校拒否となって、家に引き籠《こも》るようになった。

夢良が十七歳のとき二十一歳だったから、五年近く籠っていたことになる。ご近所のことで年齢も近かったから、母はその家の主婦とも親しく、色々話を聞いてはその内容を教えてくれた。息子のことで悩んでいるのは悩んでいるが、ご両親は共に落ち着いていて、じっくり息子と向き合っていくということだった。

姉は夢良よりは親しみを感じている風だった。突然の雨に降られたとき傘を貸してくれたとか、自販機の下に転がった小銭を屈んで膝を汚してでも捜してくれたことなどがあったらしい。夢良自身は学校に通っているとき、顔を合わせるたび挨拶する程度だった。

そんなとき、近くで痴漢事件が続いて起きた。夜遅いことで犯人の特定が遅れたが、ようやく目撃者の証言が得られた。

「目撃者？」

京香が興味を持ったように声を出した。

「ええ。悲鳴を聞いて駆けつけた人が見たそうです。学生風の若い男性で細身。それに長い髪で、黒いジャンパーを着ていたとか」

「ふうん。それで、その男は走って逃げたの？」

「ええ」

「自転車でもバイクでもないのね。それに犯行が行われたのは住宅街」

「そうです。警察は夜間巡回に加え、付近の家にローラーをかけたと聞きました」

「でしょうね。それで？」

「それで、警察は引き籠っている男性がいることを知ったんです」

「ああ。あなたのご近所にいるという人？」

「そうです。さらに具合の悪いことに、襲われた女性の一人が、その男性が通っていた高校出身で、しかも同じクラスだったんです。それで警察は疑いを強くしたみたいで」

「そう」

両親は息子を信じ、庇《かば》いながらも、本人から事情を訊かなければ疑いを払拭《ふっしょく》することもできないといわれ、渋々説得した。短いながらも自宅で聴取が行われたが、嫌疑を払うほどの手ごたえは得られなかったらしい。それから、その男性宅がマークされ、張り込みや聞き込みなどがなされ、近所でも噂になった。なかには、痴漢に間違いないといって苦情を直接いいにくる住民もいた。ネットにも書き込まれ、家族は追いつめられていった。

「もちろん、わたしの家にも刑事がきました」

大学生だった姉も、高校生だった夢良も色々訊かれた。姉は憤慨していた。刑事らの態度は、男性がいかに危うげで怪しいか、そういわせようとしているとしか思えないような尋ね方で、とても公正な目で見ているとは思えないということだった。夢良はネットの書き込みなどに影響され、半信半疑という感じだった。母と姉は、ご家族の強い絆《きずな》を信じ、微塵《みじん》も疑っていなかった。

「そんななか、また事件が起きたんです」

張り込んでいた刑事らが追いかけたが、あと少しのところで逃げられた。すぐに付近で捜索が始まった。途中のコンビニで二人の若い男性を見つけて職質をしたところ、件《くだん》の引き籠り男性が出歩いているのを見たと証言した。二人は高校が同じで顔見知りだったのだ。刑事らはすぐに自宅を訪問したが、男性が外出を否定すると任意同行した。持ち物のなかに黒いジャンパーが見つかり、刑事らは執拗《しつよう》に責めたらしい。

けれど結局、証拠が見つからず、翌日には解放された。

その日の午後、両親は部屋で首をつっている息子を発見することになった。

「痴漢の犯人は、そのコンビニにいた二人組でした。仲間というよりは、ボスと子分のような関係で、実行犯はあくまでも一人。子分の男性はいつも見張りをさせられていたようです。二人なら怪しまれないと思ったんでしょう、一緒にいた男性も口裏を合わせるよう脅されていました。高校時代は苛《いじ》めっ子で有名だったそうです」

姉は泣いた。可哀《かわい》そうだといって泣き、真犯人が見つかったと知ると、警察の捜査の杜《ず》撰《さん》さをあしざまに罵《ののし》った。男性の両親はしばらくして引っ越した。母が最後に会ったときの話を夢良に聞かせてくれた。

『ご両親は自分達を責めていらっしゃったわ。息子を信じながらも、警察の確信したような態度に気持ちが揺らいだのは事実で、それが息子に気づかれたのではないかと。だってしようがないわよね』

誰だって警察が犯人だろうといえば、そうかと思うじゃない、と母は泣き顔のまま笑んだ。

「警察権力ってそういうものなんだと、そのときはっきり気づきました」

「そういうもの？」

「刑事が、あいつが犯人だといえば、多くの人がそう思ってしまいます。本人も、無実の証拠がなければ、犯罪者として処罰されると怯《おび》えてしまうでしょう。ですけど、本当は逆なんです」

「逆？」

「犯人でないことを証明するのではなくて、犯人であることを警察がきちんと証明しなくてはいけないんです。わたし達一般人は、特に弱い立場の人は、なんとか自分でないことを証明しなくちゃいけないと焦ってしまう。それができないと、自分は犯人にされて裁かれる、もう逃げることはできないと激しく動揺し、恐怖を感じてしまう。三星さんにとってはよくあるお話で、よく聞かれるセリフかもしれませんけど、あえていわせていただきます」

京香は黙って目を瞑《つむ》っている。

「警察が、その罪もない男性を追いつめ、自殺に追いやったのだと思っています」

夢良は自分の掌《てのひら》に視線を落とす。

「だから弁護士を目指したというわけではないですけど。ただ、絶対的権力などあってはならないと信じる気持ちはずっと胸の内にありました。この道を選んだことで、その気持ちは強くなったと思っています」

夢良はそう呟き、シートに背を埋めた。

隣からは、身動きする気配も、ため息も寝息も聞こえなかった。

18

信州ほどではないけれど、いい感じに鄙《ひな》びた、静かな町だと思った。雑草の伸びた田や白菜畑が延々と広がり、そのさらに後方には県境を成す山が連なる。

京香は県道から市道へと、ハスラーを走らせ、ほぼ一時間。S県の北東角に位置する金《かね》尾《お》市に入る。ここは、つい三年前に町村合併で市となったばかりで、以前は村であった山の麓《ふもと》に、羽根木有子が担当していた光浦《みつうら》家がある。

有子はこの家の老夫婦二人を、四十二歳から四十六歳までのおよそ四年間、訪問介護のヘルパーとして受け持った。今住んでいるUR住宅からだと相当距離があるが、そのころは金尾市の隣町に夫と息子の三人で暮らしていたのだ。

四十四歳のとき、息子佑馬が事故に遭って半身不随となった。夫が翌年、病であっけなく逝き、収入が減った。少しでも賃料の安い住宅へ移るため、光浦家のヘルパーの仕事を辞めて引っ越し、『わかば』に再就職した。

「光浦家は年配のご夫婦だけで、お二人とも要介護者です。寝たきりということではないようですが、特定の疾患があるみたいですね。身体介護というよりは、生活援助として訪問介護を受けておられます」

芦沢夢良は、助手席から窓の向こうに見える平屋の田舎家に時折、目をやりながら書類を繰った。運転席で京香は、周囲に目を配る。

羽根木有子が勤めていた光浦家は元は農家で、一〇〇坪以上はありそうな広い敷地を古びた土塀が囲っていた。母屋の他に離れ家、納屋、蔵なども並ぶ。

「ご主人が八十三歳で奥様が八十一歳。ご家族は娘さんが一人おられたようですが、十二年前に事故で亡くなられています」

「交通事故？」

「はい、車とバイクの衝突事故だったそうです。紹子《しょうこ》さんという名の女性で、亡くなられたときは四十四歳でした」

「それなら、有子さんとは面識がないわね」

「そうですね」

「有子さんがヘルパーの仕事を始めた経緯は調べた？」

夢良はちらりと視線を向けて顎を引く。

「もちろんです。ハローワークで紹介されたそうです。それまで勤めておられた料理屋さんに出向いて、訊いてきました。あ、遅いランチを取りながらですから、他にお客さんもいましたので一人というわけではありません」

京香は納得したという風に頷いた。

「転職した理由はお給料だそうです。お店で働くよりも良かったので決めたそうです。そのころ、有子さんのご主人の給与が不景気で下がってしまったそうで。お店の方が気の毒がっていらっしゃいました」

「なるほど。じゃあ、ちょっと会ってみようか」

京香は邪魔にならないよう、車を田のあぜ道に停《と》め、光浦家に向かった。高さ二メートルほどの塀に沿って歩きながら、身長を活《い》かし、跳び上がってなかを覗く。手入れのされていない草花や雑草だらけの小さな畑があり、その向こうに古い蔵が見える。小ぶりのビニールハウスや温室もあるが、傷んでいる様子から永く使われていないのがわかる。

正面にきて格子戸を開ける。前庭を通ってガラス戸の前に立ち、インターホンを押した。留守かと思い始めたころになって、ようやく応答がある。

人の良さそうな老夫婦で、京香らがどういう素性なのかもさして気にかけることなく、家に上がらせてくれた。二人とも動くのに不自由そうだが、物言いはしっかりしている。有子が辞めたあと代わりのヘルパーがきたそうだが、有子ほど気に入る人は未だに出会えないと、残念そうな表情を浮かべた。

「有子さんはいい方でしたよ。お料理もおいしかったたし。息子さんやご主人のことがなければずっと、わたしらが死ぬまでお世話して欲しかったくらいです」

「そうそう。だからもし、その気になったらいつでも戻っておいでといっているんだ」

夫婦は似たような顔で、まるで双子のように息の合った話し方をする。人が訪ねてきたのが余程嬉《うれ》しいのか、二人は途切れることなくお喋《しゃべ》りを続けた。

「へえ、泊まり込むこともあったんですか」と京香も話を合わせる。

「そうなのよ。台風のときとか、地震があった次の夜とか、年寄りだけだと怖いでしょ」

「そうしたら有子さんが、泊まりましょうかといってくれてね。こっちの廊下の奥の部屋を使ってもらってたんだ。見に行く？　こっち」

「ああ、いえ大丈夫です。それじゃあ、今はお寂しいですね。失礼ですが、近くにご親戚《しんせき》とかは」

夫婦は揃って首を振り、手を振り、顔をくしゃりと歪めた。

「昔はいたけどね。代が変わるとみんな都会へ出て行ったよ」

「わたしらはこの土地を離れたくないし、ここで死にたいと思ってますからね」

「寂しいのは寂しいけど、たまには孫がきてくれるし」

「ああ、お孫さんがおられるんですか」

京香は、座敷の隣にある仏間へ視線を向けた。古びた大きな仏壇に並べられた位牌《いはい》の手前にカラーの写真が立ててある。四十代くらいの女性だが、目の前の老女に似ているから、恐らくこの人が二人の一人娘なのだろう。孫はこの女性の子どもということか。

「お孫さんとはご一緒に暮らしてはおられないんですね。ご結婚はまだ?」

うん?　京香は目を軽く開く。老夫婦の様子が変わった。もぞもぞと二人で目を交わし、突《つつ》き合いながら口をもごもごさせている。夫の方が京香の視線にはっと気づき、頭に手を置いて笑う。

「いやあ、孫といってもめったにこないし、どこでどうしているやら、わしらはさっぱり」

「あら、そろそろ老人会の人がくる時間じゃないかしらね、おじいさん」

妻までも宙を見上げ、ありもしない時計を読む。そうだ、そうだ、とまるで子どもの学芸会のようなやり取りを始めた。

京香がその様子をじっと見つめていると、ふいに隣で夢良が立ち上がった。

「お手洗い貸してください」

老夫婦はぎょっとしたが、すぐに笑顔に戻す。

「こっちですよ」と老女がよろよろ立って示す。

廊下の奥に消える夢良を見ながら、先を越されたかと内心は穏やかではない。京香までがトイレというのもおかしいから、ここは大人しく待つしかないと諦める。

それから間もなく、京香らは光浦家を辞した。

車に乗り込むなり、夢良が体ごと運転席を向いて、「変です」という。

ハンドルに手を置いたまま、京香は苦笑いをこぼした。

「お孫さんの話はしたくないというより、いうなといわれていたのにうっかり口を滑らせたって感じだったわね」

夢良も、そうそう、と力強く頷く。

「それで、トイレにいった収穫はあったの？」

と訊いた。夢良の鼻が膨らむ。

「失礼だと思いましたけど、あちらこちらの部屋を覗かせていただきました。お孫さんというのは男性ですね。若い男性が好むようなギターやゲーム機なんかがお納戸に入れてありました。でも、使っていたと思われる部屋は見当たりませんでした」

「もしかしたら、離れを自室にしていたのかもしれない」

「ああ、きっとそうです。男性なら、祖父母や母親のいる母屋よりずっといい筈です」

「でも、その離れも人のいる気配はないわ。縁側から庭を見る振りをして眺めたけど、窓も汚れていたし、永く人が使っていない感じだった」

「そうですか。有子さんが働いていたときは、どうだったんでしょう」

京香は夢良をじっと見つめる。なんですか、と訊いてくる。

「調べられるでしょう、弁護士特権で。あの老夫婦の戸籍上げてみて。その孫なる人物のも」

「ええっ。事件関係者でしたらもちろん、弁護士請求で取り寄せられますけど。有子さんが以前働いていた職場ってことだけでは」

「老夫婦の態度が気になるじゃない」

「一応、副代表に相談はしてみますけど」

「弁護士印さえ押せば、パラリーガルでも自由に取り寄せられるでしょう」

「そうはいきません」

「なんだ。案外、融通が利かないのね。警察なら」といいかけて、慌てて口を閉じたが、夢良はすかさず反応する。

「そうやって人のプライバシーを自由自在に調べられるのが警察ですよね。国家権力を盾に取って好き勝手をする」

「いやいや、今はそう簡単でもない――」と京香は素早くその手でロックボタンを押し、エンジンをかけた。ハンドルを握り、アクセルを踏んで運転に集中する振りをする。

　しばらく走って気づいた。

「どうかしましたか」

夢良が、黙り込んだ京香を妙に思って、声をかけてきた。京香は、顔が強張《こわば》ってくるのを止められないまま、いくつか注意を与える。

「ええ?　尾《つ》けられているって、どういうことですか」

「言葉の通り。いいこと、わたしのいう通りにして。黙って、大人しく前だけ見てて」

はい、と返ってくる声が小さい。夢良の緊張がこちらにも伝わる。どういうことだろう、と考えるよりも、このあとどうしようかと懸命に思案した。車を走らせ、田畑だけの風景から町並みの続く道を行く。しばらく走り回って、大きな工場を見つけて近づいた。こういう一帯は人も車も少ないが、工場だから駆け込めば必ず人に会える。

両側を高い壁に挟まれた道に入って、三叉路《さんさろ》になっているところを左に曲がって、車を停めた。

「なにをするんですか」

夢良が悲鳴のような声を上げる。京香はグローブボックスを開けて、ネットで買った伸縮する鉄の棒を取り出した。

「いいこと、車のロックをかけて、絶対なにがあっても開けないで。そして、わたしが合図したらすぐに一一〇番して。危ないように見えたら、クラクション鳴らしてちょうだい。すぐには無理かもしれないけど、工場の人が気づいて顔を覗かせてくれたら、それだけでも尾行者を追い払えるかもしれない」

「でも、そんな、無茶です」

最後まで聞かずに外に出て、夢良にロックするよう促した。青い顔をした夢良が、慌ててロックする。

三叉路の角まできて、元きた道を窺《うかが》うと、尾行の車が左に曲がろうとウィンカーを点《つ》けた。そして曲がった途端、京香のハスラーが停まっているのを見て、慌ててブレーキを踏んだ。京香は素早く停まった車の運転席に近づき、鉄の棒を振り上げて見せる。運転席にいた男が驚愕《きょうがく》した顔でのけぞる。同時に助手席にいた男が車外に飛び出し、跳ねるようにしてこちらに回ってきた。

京香はさっと身を翻して、距離を取る。運転席からも男が飛び出し、睨みつけてくる。二人ともスーツを着ていて、拳銃《けんじゅう》のような嵩張《かさば》る武器を持っている気配はない。それでも構えた様子から、普通の人でないことはしれる。人相もかなり悪い。

「お前、なんだ」

助手席の男がいう。五十近い年配者で、運転していた男が三十代くらいだから、上司か先輩か兄貴分か、とにかく目上の人間だろう。二人がじりじり京香に迫る。

「あんた達こそ、なに？　光浦の家になんの用があるの」

鉄の棒を伸ばし、京香は距離を測りながら二人の動きを追う。どちらか一方が動いたとき、もう一人が必ず京香の退路を攻めてくる。そのとき、この棒がどれだけ威力を見せるかだが、こんなことなら練習しておけば良かったと悔やむ。あとは、夢良の行動だけが命綱だ。

「お前こそ、あの家になんの用がある。名前をいえ」

「そっちが先でしょ。いいこと、わたしになにかあれば、ハスラーにいる助手が警察に連絡するわ。あんたらの写真も既に撮っているわよ」

二人は、ふん、と鼻を鳴らした。そこでようやく、あれ？　と思った。この連中は、警察を恐れていない、身元がバレることも。京香は鉄の棒を下ろした。

「もしかして所轄？」

二人の男は揃ってぎょっとした顔をし、すぐに互いを見合わせる。

「お前、誰だ」とさっきとは違う調子で問いかけてきた。

「先にバッジ見せて」

運転していた方の男性がスーツの内ポケットから見慣れたバッジを差し向けた。

京香は、棒を縮めてパンツのウエストに挟み込む。そして振り返って、大きく両手を振って夢良に大丈夫と合図した。

「どちらの署？」

「金尾警察署だが、お宅らは」

「弁護士事務所の人間」

そういって身分証を差し出した。奪うように握って、二人でしげしげ見る。

「どういった用で訪問されたのか伺いたいんだが。あと、事務所に確認させてもらうよ」

ヘタに抵抗しても得にならないことは十分わかっているから、必要最小限のことを教えた。そして、無駄だとは知りつつ訊いてみる。

「光浦家になにかあるんですか。お宅ら、金尾署のどちらの部署？」

当然、どちらも答えてもらえない。部下の方が、うと法律事務所に確認を入れ、納得したらしくようやく解放された。

その後は、夢良の愚痴をBGM代わりに聞きながら運転を続けた。考えても埒《らち》が明かないから、思い切って携帯電話をハンズフリーにして呼び出した。すぐに応答があり、短い躊躇《ためら》いのあと、「お元気ですか」といわれる。

「うん。まあね、今、なにか事件入っているの？」

「ああ、いや。特には。ただ」

「ただ？」

「三星さん、今、弁護士事務所にいるそうですね。なんでまた、そっちに行ったんだってみんな驚いていました」

「長谷川班長から聞いた？　ま、その話はいずれ。それより、ちょっと頼みたいことがあるんだけど」

断られるのは承知で、どうやって説得しようかと眉根《まゆね》を寄せながら考えた。だが、案に相違して、いいですよ、といわれる。今なら少し出られるとまでいわれた。慌てて場所と時間を指定し、電話を切る。

「元の職場の方ですか」と夢良が興味ありそうな目を向ける。

「そう。同じ後藤班で働いた後輩の一人。二十七歳の巡査長で、奥さんと子どもが二人。尾行が得意で、柔道三段。班のなかでは一番真面目で、忠実。忠実過ぎて、みんなから秋田犬って呼ばれているわ」

「そんな人が、三星さんの頼みに応じるなんて不思議です」

「わたしも不思議」

事務所で夢良を降ろして、京香は待ち合わせ場所に向かった。

秋田犬は、喫茶店の隅で微《かす》かな緊張感を漂わせてじっと待っていた。テーブルの向かいに座ると、小さく頭を下げる。アイスコーヒーを頼み、ひと口飲んでから訊いた。

「後藤班長はなんて？」

秋田犬こと野添聖《のぞえさとし》が、自分だけの考えでここにくることはない。きっと上司か先輩かに相談している筈だ。だからこそ、野添に電話したのだ。

「なにも。ただ、頷いておられました」

「そう。で、わたしのことは長谷川班から色々聞いた？」

「ええ、まあ。弁護士殺人事件の第一発見者だということ、亡くなった方が三星さんの親しい人で、その人と同じ事務所に勤め始めたばかりだということ。それと」

「調査員としてあれこれ調べ回っている」

小さく頷き、視線を手元に落とした。呼び出されたことも、その件だと承知しているのだ。

京香は前置きを止《や》めて、用件を述べた。

「金尾署ですか？」

京香は頷き、職質してきた二人の刑事の名前を伝える。

「わかりました。それくらいならすぐ調べられます。二人がどこの部署で、なにを調べているのか。その光浦家ですか、そこも別ルートで調べてみましょうか」

金尾署がなにかの案件で捜査中のところに、本部捜査一課が余計なことをしてお釈迦《しゃか》にしてしまったらマズい。大変具合が悪い。そのことがわかっていながら、野添は調べてもいいという。さすがに京香は首を傾げた。

「なんでそこまで協力してくれるの」

え、という顔をして、カップを持ち上げる手を止めた。ソーサーに戻し、両手を揉《も》みしだく。

「だって、うちの班のメンバーはみんな、三星さんに申し訳ないと思っていますよ。三星さん一人に責任を負わせたみたいで。僕なんか、子ども二人も抱えて警察を馘《くび》になったらどうしようと本気で悩みましたから」と呟く。

「……そうだったの。知らなかった」

あの騒ぎのあと、事件が事件なだけに後藤班らとは、なんとなく会うことも連絡を取り合うこともしなかった。静かにフェードアウトできればいいと、京香自身思っていたし。

そんな風に思っていたのかと、改めて気づき、口元を弛めた。確かに、刑事部長を殴って監察に責められても、佐々木飛鳥がしたしくじりや、そのことを班や課長らと共に隠蔽《いんぺい》したことはいわなかった。当然、刑事部長も喋らなかった。だいたい、部長に手を出したのは京香一人の意思だし、飛鳥を庇ったことは自分も納得してしたことだ。形としては、後藤班を庇ったことになるのかもしれないが、そんな風に思ったことはなかった。むしろ、懲戒免職にならないよう、色々取り図らってもらえたことに感謝していた。退職金が出たことは、当時の京香にはとても有難かったのだ。

だが、今さら、そんなことをいってもしようがない。むしろ、そう思ってもらっているのなら、せいぜいその厚意を有難く受けようと考える。今は、岳人を殺害した犯人を見つけることがなにより優先する。京香は小さく肩をすくめるだけにとどめた。

「それなのに、弁護士事務所に勤め出したと聞いて、みんな心配してたんですよ」

「どうして」

「だって、警察とは真逆なところじゃないですか」

ああ、そうか。心配だったのだ。警察と敵対、とまではいわないが、刑事事件において検察の下請けである警察は、法廷で弁護士とは向きあう立場にある。辞めた途端に弁護士側についたから、あれこれ警察の恥部や公にできない方便や手練を暴露するのではと、疑心暗鬼になった。それを確認する意味もあって、野添をすんなり差し向けたのだ。

後藤班の仲間とは凶悪事件が起きるたび、それこそ一丸となって犯人を探し、追いつめた。危険な場面でも互いに協力し合い、我が身を張って助け合った。家族を別にすれば一番長く共にいた存在で、唯一、背中を見せられる人間だともいえる。今もその気持ちに変わりはないつもりだけれど、立場が違えば以前と同じというわけにはいかない。後藤班のみんなは、三星京香はなんであれ与えられた任務を全うする人間とわかっている。弁護に有利になるなら、過去に信じ合った仲間を裏切るのも躊躇わないのではと、そう思われたのだ。だから協力する代わりに、余計なことには口を噤《つぐ》んでいて欲しい――か。

そのことに一抹の寂しさが湧《わ》いた。もう仲間ではないし、心からの信頼は過去のものと割り切られた。京香はようやく、自分は警察を辞めたのだということを知った。

アイスコーヒーを飲み干し、テーブルに音を立てて置いた。

「じゃあ、遠慮なくお願いする。光浦家、特に、お孫さんのことでなにかわかれば教えて欲しいの。あと、事件現場でなにか見つかったか、おかしな点はなかったか、わかる範囲でいいけど」

「了解です」

　野添は精算書に手を伸ばす。素早く京香が押さえ、首を振った。小さく会釈すると秋田犬は立ち上がり、背を向けた。が、一歩踏み出したところで振り返る気配がした。京香が慌てて顔を向けると、野添はなにか口元をモゴモゴさせている。いいにくいことがあるときに出る癖だ。黙って待っていると、

「佐々木のことですが」という。

「佐々木飛鳥？　所轄の生安《せいあん》に行ったと聞いたけど」

「そうですが、でもすぐ」

「すぐ？」

「あ、いや。まだはっきりしたことじゃないんで。すみません、それじゃあ」

と素早く身を返して駆け出した。

　京香はグラスを口に運んだが、もう氷しか残っていなかった。

19

十四日、土曜日の早朝、訪問介護ステーション『わかば』を訪れた。

ヘルパーさんの仕事に土日はないといったのは岳人だった。羽根木有子と証人尋問の打ち合わせをしようと思ったのも、土曜日の夕刻だった。今日なら、同じルーティンで仕事をしている仲間がいると考え、事務所の誰にもいわずに車を出した。

夢良は土日にたっぷり休養を取るといっていた。家には母親と姉がいる。嫌いな元警察官と組んで仕事をすることの愚痴をたくさん聞いてもらうのだろう。

昨日、京香は元夫に電話をした。つみきとは毎晩電話で話をしているが、そろそろ引き取りに行きたいといったら、土曜日はつみきと祖父母と水族館に行く約束をしたからと断られた。誘ってはもらえなかった。だから、日曜日は絶対迎えに行くと、半ば喚《わめ》くようにして電話を切ったのだった。

ファミリータイプのマンションで、一人取り残されたように早い朝を迎えた。事件に関することで、土曜日にできることを必死で考えた。それが『わかば』訪問だった。

ハンドルを回して、駐車場に車を停める。少しのあいだだけ、イルカ達が撥《は》ね上げた水しぶきを浴びて悲鳴を上げているつみきを想像し、拳でぐりぐり額をこする。夢良を真似《まね》て頬を二度ほどはたくと車を降り、ロックして玄関へと向かった。

応対に出たのは、以前、羽根木有子のUR住宅を調べるときに付き添った若い男性事務員だった。顔を覚えていたらしく、短い挨拶だけしてなかに入れてくれる。

今日、出勤のヘルパーさんと会いたいというと、奥の休憩室とだけ答えた。休憩室といっても、六畳ほどの部屋に会議室で使うような長テーブルを二つ合わせたのと、パイプ椅《い》子《す》が五、六脚あるだけだ。テーブルの上には、ポットと湯飲茶碗《ゆのみぢゃわん》。五十代くらいの女性が、不思議そうな顔で、出迎えてくれた。

訪問先には九時までに行かないといけないというので、すぐに用件に入る。

「十一月二日？　三日？　うーん、そんな前のこと訊かれても、確かに土曜日は出勤だったけど。もちろん、有子さんもきてたわよ。あの人が休むってこと、ほとんどないし」

そういいながら女性は手帳を広げる。仕事上、日々の予定はしっかり書き込むのが習慣となっているだろう。書き込みがなくとも前後に変わったことが起きていれば、思い出すきっかけになる。女性は手帳を閉じて、しばらく宙を眺めていた。そしてゆっくり首を振る。

「特に変わったことはなかったと思う」

「いつもと違うような感じはなかったですか。どんな些細《ささい》なことでもいいんですが」

女性は首を傾げたまま、思案顔をする。そしてまた首を振った。

「覚えてない。普通に出勤してたし、いつも通りだったと思うよ」

「そうですか……。わかりました、お忙しいときにすみませんでした」

立ち上がってパイプ椅子をたたみ始めた。戸口に先ほどの若い事務員が携帯を覗きながら、ぼうっと立っているのに気づいてぎょっとする。気配が感じられなかった。黒目はゲームの的を追っているらしく忙しなく左右に揺れているが、なにかいいたそうな感じがして京香は動きを止めて待った。

「三日って、祝日でしたよね」といきなり口にした。視線は携帯の画面に向いたままだ。

女性が、うん？　と首を傾げ、再び手帳を開いた。

「そうだ。日曜と重なって赤字だから、気づかなかった。文化の日だった」という。

それがなんだろうと待っていると、男性が僅《わず》かに視線を上げる。

「あれじゃないっすか、文化の日って市の施設が無料になるんでしょ。美術館とか動物園とか。だから、みんな休みたいって揉めてましたよね」

女性が、ああ、と声を上げる。

「そうそう。そうだった。家族と出かけたい人が多くて、結局、予定のない羽根木さんが替わってあげたんだ。本当は土曜出勤だけで日曜は休みだったのよ。あと、梅本《うめもと》さんと小《こ》林《ばやし》くんも出勤したんだよね」

この若者は小林くんというのか。遊ぶ相手もおらず、暇だから出勤したといわれた気がしたのか、ちょっとむっとした顔をした。

「誰も出たがらなかったからじゃないすか」

「そのとき羽根木さんの様子は？」京香は話の先を促す。

「様子って？」

「なんか、ぼんやりしているとか、いつもより元気がなかったとか」

「さあ」と小林青年は首を傾げる。女性が助け舟を出すように付け足す。

「担当している人とは違うとこに回るんだから、ちょっとは緊張してたんじゃない？　いつもの慣れた段取りができないわけだからさ」

「そうですか。そうですよね。わかりました」

パイプ椅子を部屋の隅に立てかける。青年が戸口にいるので、どいて欲しいと視線を向けると、京香を見ていた。

「いつもと違うところがあればいいんですか」と訊く。

「はい？」

そういういい方でいいのかわからないが、取りあえず頷く。小林青年は、小さく何度も顎を振り、それならといった。

「え。羽根木さんの首に傷？」

「うん。作業着代わりにみんなポロシャツを着るんだけど、その襟元から見えたんだよね。すぐにタオルを巻いて見えなくしたけど」

あらあ、と女性が妙な声を上げるから、小林は頬を赤らめ、むっとした顔でなにかいいかける。それに慌てて蓋《ふた》をして、続けてくれと叫ぶようにいった。

「だからぁー、首筋が赤かったんだ。怪我《けが》っつうのか、爛《ただ》れた？　っていうのかな、搔《か》きむしったような感じ。虫にでも刺されたのかも」

「えー、こんな季節に？　蚊なんていないし、やだ、ダニかしら」

黙ってて、と女性を怒鳴りつけそうになるのを堪《こら》えながら、詳細にその傷のことを訊く。

十一月三日、出勤した羽根木有子の首筋には、真横に一本、筋のようにして赤く爛れたような痕《あと》が付いていたのだ。


その後、思い立って連絡を入れると、今日は駄目だけど日曜日の午後ならいいですよ、といわれた。

日曜日は本当なら、岳人の初七日法要が行われる筈だった。だが、父親である甚人が倒れたことで、ひとまず延期のような形となった。だから、つみきを引き取りに行こうと決めたのだが。

京香は一瞬、電話口で息を呑み、歯ぎしりしながら約束を取りつけた。そして元夫に連絡を入れ、日曜日の昼過ぎにはまた、つみきを預かって欲しいと頼む。電話口で、今度は三星潔が息を呑み込む気配がした。そして、短く「わかった」とだけ返事した。

激しく落ち込み、眠れないまま日曜日の朝を迎え、目の下の隈《くま》を消すためにファンデーションを厚塗りした。つみきの好きな色のセーターを着て、約束の場所に向かう。潔からつみきを受け取り、車でしばらくドライブした。それからマンションに戻って、つみきの好きな昼ご飯を作って一緒に食べる。そのあとのことを考えると、少しも喉《のど》を通らなかったが、いわないままにはできない。

「ごめんね、つみき。ママ、今からお仕事で行かないといけないの」

一緒に遊ぶつもりで、自分の部屋からシルバニアファミリーの人形を両手に抱え戻ったつみきに告げた。意味がわからないかのように首を傾げる。京香は、もう一度、ごめんね、といった。つみきの手から、ぽとぽとと小さな兎《うさぎ》たちが床に落ちてゆく。

「ママ、どこいくの？　つみきもいっしょにいく。いいこにするから、いっしょにいく」

そういいながら明るい茶色の目に涙が盛り上がるのを、じっと見つめた。

自分はいったいなにをやっているのだろう、という出口のない思考に嵌《は》まらないよう必死で堪える。奥歯を思いっきり噛《か》んで、叫びたい気持ちもこぼれそうになる涙も我慢する。まだ四歳の娘の頬を伝う涙を指先で拭《ふ》き取り、ごめんね、ごめんねを繰り返した。

車の窓越しに手を振り、潔の腕のなかから振り返してくれる手の小ささをどんなときも決して忘れてはいけない、そして決して離してはいけないのだと、改めていい聞かせた。


少し遅れて、待ち合わせの場所に着く。

安藤俊充の大学時代の友人である菅野将兵《すがのしょうへい》は、法律事務所調査員という名刺を愉快そうに眺めて、目の前に立つ自分より十センチほど背の高い女を見つめた。

初対面の挨拶をすませたあと、コーヒーが飲みたいというのを聞いて、京香は安藤が友人らと集まったという店に行こうと誘った。ちょっと遠いですよ、と渋るのを頼んで、案内してもらう。

コンビニとアクセサリーショップに挟まれた、細い路地の奥にひっそりと隠れ家のようにある喫茶店は、カウンターとテーブルが二卓だけの小さなものだった。カウベルを鳴らしてドアを潜《くぐ》ると、客は誰もいなかった。さっと見渡すと、壁の棚には洋酒や日本酒が並び、コーヒーカップの隣にカクテルグラスが置かれている。昼間よりも夜に力を入れている店のようだと知る。マスターはピーターラビットのようなチョッキを着ていて、安藤の友人は親しげに声をかけた。カウンターに置いてある灰皿を取ると、奥のテーブル席に着く。名刺を眺めながらタバコに火をつけ、ひと煙吐く。

「ああ。九日の月曜日ですよ。確かにその日の夕方、ここで集まって酒を飲んでひと騒ぎしました。大学の仲間四人で、結局、午前一時過ぎまでいたんじゃないかな。ねえ、マスター、覚えてないかな」といって首を回した。

「ここは、僕らが大学生のころから通っている店で我が家みたいに使わせてもらっているんですよ。ま、見ての通り、お客もめったにこないですしね。よくこんなでやってられるなぁって思うんだけど、僕らは重宝してますよ」と笑った。

細身で猫背のマスターは、四十代半ばくらいだろうか、長めの髪を後ろでひとつにまとめている。コーヒーサイフォンを片づけながら、苦笑いを浮かべた。

「安藤くんなら覚えてますよ。悪酔いしてカウンターでずっと管《くだ》を巻いていた」

「あの日はいつもと同じ、他に客もいなかったから僕ら以外に証明できる人はないけど。あいつなんかしたの？」

「いえ、そういうわけではないんですが。そうですか。他にお客はなかったですか」

「でも、防犯カメラには映っているんじゃないかな」

菅野は、またマスターを振り返り、「ねえ、確かあったよね」と訊く。マスターも顔を上げ、にっこり笑う。

「この路地の両側はコンビニとショップだから、それぞれカメラを設置している。くるときも帰るときも、ばっちり映っていると思うよ。ねえ？」

猫背の体をさらに屈め、マスターは大きく頷いて付け足す。

「店の裏口も大通りに繋《つな》がっていて、道の向こうにある有料パーキングのカメラが通りも路地も捉《とら》えているしね」

「ほらね。いまどきはどこでもカメラカメラで、プライバシーなんかないっつうの。ま、そのお陰でアリバイは証明できるんだけど。で、安藤、なにやったんですか。差し入れ用意しておきたいし」

菅野はタバコを灰皿に押しつけ、にやにやしながら身を乗り出す。

「本当に参考に伺っているだけなんですよ。冗談をいえるくらい仲がいいんですね。学生時代の安藤さんて、どんな方だったんです」

京香は笑みを浮かべてアイスコーヒーを啜《すす》った。

「うーん、どんなっていっても。まあ、普通。いや、普通よりは余裕ある人って感じかな。そのお陰で性格はいいですよ。穏やかだし、争いは好まないし、女にもちょっとはモテるし」

暮らしに余裕がある人は、性格もいいのだといわんばかりだ。目の前の友人も、持ち物はブランドもので、安藤と同様、いい人間なんだという態度を見せる。それが鼻につくとは微塵《みじん》も思っていないらしい。

「余裕、ですか。ご実家が裕福なんでしょうね」

「ですね。母親はとっくに死んでいて、父親とも離れて暮らしているらしいけど、生活には困らないといってますから」

「そうですか」

その後も続けたが、大した話は聞けないまま、席を立つ。カウンターの上を手でなぜるようにしながら歩き、マスターへも会釈した。頭を下げた拍子に視線をさっと奥の出入り口へと流すと、マスターの目も振り返る。顔を戻して、またグラスを磨き始めた。

菅野と別れたあと、念のために付近のカメラを目視で確認した。確かにこれだけあれば、見つからないよう抜け出すのは無理だ。一応、映像を確かめるよう、貴久也から警察に話を通してもらうつもりだが、感触としては、安藤俊充は藤原弁護士殺害には関与していない。

京香は背に無駄足という重石を載せて、有料パーキングに停めていた車へと戻る。エンジンをかけようとしたところ、車の鼻先に人が立ちはだかった。ぎょっと動きを止める。男はこちらを睨んだまま、手を振って出てこいといっていた。

顔を貸せといわれて連れ込まれたのは、セルフのコーヒーショップだ。さっきアイスコーヒーを飲んだばかりだから、今回はフローズンヨーグルトにした。冷たいものを口にしていないと、頭に血が昇る気がする。

小さな丸椅子に座って、ホットコーヒーを啜る長谷川班長は開口一番、「いい加減にしろ」といった。どれのことだろう。色々心当たりがあり過ぎて、逆にわからない。正直に伝えると、ドスの利いた声で囁かれた。

「ふざけるな」

ちょっとした犯罪者なら心臓を凍らせてしまう声だが、京香は慣れている。長谷川班は同じ捜査一課で、薄いパーティション一枚で仕切った隣に島を構えていたから、普段から怒鳴り声やら机を蹴る音は耳にしていた。いまどき流行《はや》らないスタイルだが、いざというときの対応の素早さと的確さには定評があった。そうでなければ、一課の班長は務まらない。

「長谷川班長、もし苦情をおっしゃりたいなら、うと法律事務所の葛副代表にお願いします。今のわたしの上司はその人物なので」

「いいから、こっちの話を聞け。お宅にも損にならない話だ」

黙って見返す。

「藤原弁護士の件を追っているのは、俺ら長谷川班だ。同じ捜査一課で働いていたんだから、俺らが必ず犯人を捕まえることはわかっているだろう。警察を離れたお宅にできることは限られる。こっちに任せろといっている」

「わかっています。邪魔にならないよう気をつけます。ですが、今回の件は、わたしにとっても他人事《ひとごと》ではすませられないんです。長谷川班長」

「なんだ」

「わたしは、必ず犯人を見つけます。たぶん誰よりも、長谷川班よりも早く見つけてみせます」

ふんと鼻で笑われた。フローズンヨーグルトを半分まで一気に飲む。頭の奥がキーンとした。

「お宅の事情は聞いている。だが、これは捜査一課案件だ。余計なことをされてせっかく出ていた尻尾《しっぽ》を引っ込められたら元も子もないといっている。そうなって困るのはお宅も同じだろう」

「どの尻尾を踏みましたか、わたし」

気持ちの高ぶりが消えつつあった。プラスチックカップを包む手の冷たさが沁みてくる。長谷川班の検挙率は、後藤班と肩を並べる。県警本部ではこの二つの班が、県内の凶悪事件を解決に導いている。それは紛れもない事実だ。長谷川班長の鬼の形相が少し弛んだ。京香が戸惑いの表情を浮かべたのに満足したのかもしれない。

「安藤はこっちに任せろ」

「え」

そういって、長谷川班長は椅子を下りると店を出て行った。ガラス越しにその背を見送り、どこに潜《ひそ》んでいたのか、部下らが足早に駆け寄るのを見つめた。

20

月曜日、出勤するなり、警察が、安藤俊充に目をつけているらしいことを聞いて、夢良は驚いた。

「それはどういうことですか。安藤さんがなんだというのですか」

京香はわざとらしい肩のすくめ方をして、わからないという。

「でも、警察がマークしているということは、怪しいところがあるってことですよね。まさか、藤原先生の事件の容疑者なのですか？」

「たぶん違う」

藤原弁護士の執務室で、京香は机の上の百合《ゆり》の花をいじりながら首を振る。

「安藤には恐らく、事件当日のアリバイがある。警察はもう防犯カメラをチェックしただろうから、もしおかしな点があればとっくに引っ張っているわ。そうしないということはアリバイが証明されたんでしょう」

「その大学の友達と集まったという喫茶店のことですか」

「そう」

「ですが警察は、安藤さんになにかあると考えているんですよね。だから三星さんに、余計なことをするなといったんですよね」

「たぶんね」

「たぶんって」とあとの言葉を呑み込んだ。

なんなんだろう、この妙に白けた、他人事のような態度は。夢良は、むかむかする気持ちを隠すことなく、表情に浮かばせる。京香はちらりと視線を向けたが、興味がない風にすぐに窓の外を眺め始めた。

「三星さん、それでどうされるおつもりですか。このまま黙って放っておかれるのですか」

「放っておくというのは違う。待っているといって欲しい」

「どういうことですか」

「説明したように、捜査一課がなにかを見つけて追っているのよ。いずれ判明するわ」

「だからそれを指をくわえて待っていろというんですか。だいたい、警察がなにかを見つけたからといって、こちらに教えてくれる保証なんか、ないじゃないですか」

また肩をすくめるのを見て、夢良は体のあちこちが熱くなるのを感じた。後頭部に鈍い痛みが起きそうな気がする。

藤原弁護士殺害に繋がる、大事な証拠を隠されたらどうするのだ。やっぱり、警察は信用できない。なんにもわからないのに、黙って待っているなんて意味がわからない。昔の仲間に余計なことをするなといわれたから、はいわかりました、と大人しくしていようとしている。所詮《しょせん》、辞めても同じ警察官なのだ。昔の仲間に気遣い、邪魔にならないよう遠慮している。夢良にはそうとしか思えなかった。

法律事務所の仕事など、机の上でパソコンをいじって、検事や警察にいいがかりをつけているだけだと思っているのだろう。重大なことや核心めいたことは全て警察がすることで、警察にしかできないと決めているのだ。民間人は大人しく待っていればいいと。

「あのね、芦沢さん」

京香が呼ぶのに、きっと目を向けた。

「警察が見つけた事実がわかれば、そこから犯人に繋がる手がかりが得られるかもしれない。それより、わたし達は他にすべきことがあると思う」

「なんですか」

「まず、羽根木有子さんに会いに行くわ」

「羽根木さんに？　またですか。今度はなにを訊きに行くんですか」

京香の説明を聞いてまた別の困惑を深めた。

「怪我？　首にですか？　それはどういうことですか」

「わからないから、訊きに行くの」

「訊いて答えてもらえるんですか」

京香が軽く眉間《みけん》に皺《しわ》を寄せ、再び窓へと視線を向ける。

「どうだろう。ただ、安藤のことをぶつけたら。いや、まだ無理か、見つけてもらってからの方が」

ほとんど独り言としか思えない言葉を吐き、徐々に声量を落としてゆく。

どうしてこの元警官は勝手なことばかりするんだろう。日曜日に安藤の友人と面談したと聞いて驚いた。夢良には一人で聞き込みに行くような真似はするなといいながら、自分は一人で気ままに接触している。

『だって、わたしは調査員なのよ。これが本来の仕事。パラリーガルじゃないんだから』

と怪訝《けげん》そうな顔で、いい返された。

しかし、どういった調査活動をするのか、担当である副代表には逐一報告しなくてはならない。藤原先生のときもそういわれていた筈だ。そういうと京香は、日曜日に急に決まったことだからと嘯《うそぶ》いた。あれこれ考えていくうち、いっそう頭が痛くなり、胸もむかむかしてきた。

「すみませんが三星さん、わたしは他にすることがありますので、今日は別行動でお願いします」

京香は軽く目を瞠《みは》る。

「そうなの？　わかった。どこでなにをするかはちゃんと副代表に報告しておいてね」という。

それはお宅でしょうが、といいたいのを堪え、執務室を出た。

夢良はその足で副代表の部屋をノックし、出てくると自席に戻ってコートとバッグを握った。出入り口横にかかっている外出ボードに市役所とだけ書き込んで事務所をあとにする。

電車を乗り継ぎ、市役所の表玄関を潜った。住民課の受付で申請用紙を渡し、委任状と身分証明書を提示する。しばらく待って番号のランプが付くのを見て立ち上がった。

待合所のベンチシートに腰を下ろし、渡された用紙を広げた。

弁護士は業務に必要な場合に限り、戸籍や住民票などを請求できる専用の用紙を支給される。うと法律事務所では、いちいち弁護士が手続きするのでなく、パラリーガルが必要事項を書き込み、弁護士印をもらって各市役所、区役所へ郵送する。もちろん、書類さえあれば誰でも、弁護士の委任状と身分証を提示できる人間なら、直接、窓口に取りに行っても構わない。

夢良は、京香から光浦家について調査するよういわれていた。そのことを副代表に報告し、弁護士印をもらった申請用紙を預かってきた。郵送で請求するつもりだったが、京香の態度が煮え切らないのに腹が立つし、気持ちを静めるためにも外回りの仕事をしようと思ったのだ。

「え」

思わず声を出していた。慌てて周囲を見渡し、誰も気にしていないのに身を縮めて、囲い込むようにして戸籍書類に再び目を落とした。

光浦紹子は、確かに四十四歳のとき亡くなっている。結婚などで親の戸籍を離脱するが、紹子に婚姻の形跡はない。けれど子どもが生まれたことにより、紹子は自身を筆頭とする戸籍を立てていた。光浦の老夫婦の戸籍を取り、紹子の新たな戸籍のところ番地を確認した。よくあることだが、両親と同じ番地を使っていた。今度は、筆頭者光浦紹子で戸籍を上げる。だが渡されたのは、除籍謄本だった。

その戸籍に入っている人間が全員死亡、若《も》しくは転籍したということだ。一番に頭に浮かんだのは、子どもも亡くなっているということだった。だが、光浦紹子の欄の下にある子どもの名前を見て、再び、声を上げた。

「俊充？　え、まさか、これって。え？　え？」

夢良は脱兎《だつと》のごとく駆け出すと、住民課の窓口に取りつき、急いで新たな申請書を出した。

光浦俊充の父親欄は空白だ。だが、母親が死亡したあとに養子に出ていた。養子先は、安藤倫彦《ともひこ》。本籍もその安藤と同じところに移している。

「これはうちでは出せませんよ」

係の人にいわれて夢良は、はっ？　と驚いた目で見返した。手元にある書類を見ると、安藤の本籍地は長野県だ。S県で戸籍謄本は取れない。こんなの法律事務所の人間なら常識だろう、という目を向けられている気がして、夢良は顔を赤くしたまま申請書を引き上げた。

市役所を出て、時計を見る。今から長野県に行っていては、夕方までには戻れないかもしれない。それより、副代表にこのことをいえば、すぐに帰るよういわれるだろう。そして京香と共に、追跡調査をするようにいわれるに違いない。

だって、この書類を見た限りでは、羽根木有子と安藤俊充は繋がりがあることになる。

土塀に囲まれた広い田舎家。農機具などは長く使われていないせいで、すっかり錆《さ》びついていた。庭の畑も夫婦が食べる程度の野菜だけで、他は全く手入れがされていなかった。蔵があり、壊れたビニールハウスがあった。紹子は花が好きだったのだろうか、立派な温室もあった。なかも見えないほど汚れて放置されているようだったが。

そして、その隣に離れ家があった。

トタン屋根の貧相なものだったが、木の扉に窓が一枚。部屋の広さはたぶん八畳か十畳くらい。自分の部屋を欲しがる年齢になって、男の子のためにこの部屋が建てられた。ここで寝起きし、母屋で食事してまた部屋に戻って勉強したり、ゲームで遊んだりギターを奏でたりして成長した。

安藤は今、三十一歳だ。十二年前、母親が死んだときは十九歳だった。未成年だ。戸籍によれば、その年に安藤家に養子に入っている。

安藤倫彦。この人物は誰なのだろう。紹子が亡くなって、すぐにその息子を籍に入れたのだから、考えられるのは父親だ。紹子と結婚することなく、認知もしていなかった。だが、母を亡くした大学生は、誰かの扶養が必要だ。だから引き取ったのか。

そして、今回わかったことの一番の収穫は、羽根木有子と関《かか》わりがあったという事実だ。有子は光浦家を担当したヘルパーだった。そのとき、既に俊充は安藤家に入っていたが、光浦夫婦にとってはたった一人の孫だ。たまに訪ねてくれると、いっていたではないか。

はっと、夢良は顔を上げた。

あのとき、お孫さんのことを口にして、老夫婦は慌てふためいた。余計なことをいってしまったという風に、互いを突き合っていた。孫息子から口止めされていたのではないか。安藤俊充が光浦の祖父母の家にきていることを、黙っているよう安藤にいわれた？ヘルパーだった有子は当然、安藤を見知っていただろう。なぜ、有子はそのことをいわなかったのか。安藤もまた同じだ。

「変だわ。なにかおかしい」

鹿野が殴った安藤が、鹿野と親しいヘルパーの羽根木有子が訪問介護をしていた家の孫だった。そんな偶然があるだろうか。

　安藤は有子のことを気づいていないのか？　だけど証人申請していることは検事も承知のことだから当然、安藤にも伝わっているだろう。羽根木などという苗字《みょうじ》はそうざらにはない。第一回公判では有子も傍聴にきていた。安藤はどうだったのだろう。きていなかったのか。

　夢良は、通りの真ん中で思わず頭を抱えた。偏頭痛が酷くなった気がする。手持ちの薬は切れているから、どこかで買わないといけない。あと少しなにかがわかれば、すんなり全てが繋がる気がした。

　喉の奥で、なにかが引っかかっているような不快感に身もだえる。やっぱり、長野に行こうか。ついでに、病院に行って羽根木佑馬を訪ねてもいい。母親である有子は、息子の安否を酷く気にしていた。教えてあげれば喜ぶだろうし、わたし達に協力してくれるかもしれない。公判期日も迫っている。

　とにかく、一旦、事務所に連絡を入れようと思った。

21

マナーモードにしているのか、呼び出し音はするのに応答がない。今度はＬＩＮＥを開けて見た。さっき送ったメッセージに既読がつかない。

京香は仕方なく事務所に連絡を入れ、夢良からなにかいってきていないか、確認してみた。電話は副代表へと回された。

「こちらも少し気になっています。市役所に光浦家の戸籍関係を申請しに行くといって出かけ、そこで羽根木有子さんと安藤俊充氏が、顔見知りであったという疑いが出たことまでは聞きました。長野県に出向いて、安藤の養父がどういう人間か確かめたいというので、それは止めて一旦《いったん》、戻るようにいったのですが」

「それはいつのことですか」

貴久也が時計を見る気配がして、「一時間半は経《た》っていますね。とっくに戻っていいころです」という返事を聞く。普段、冷静な態度を崩さない貴久也だが、声には不安が籠《こも》っていた。それはすぐに京香にも伝染した。

「こういうことする人ではないんですよね」

「そうです。芦沢さんはルールを重んじ、協調を乱すことを嫌う仕事熱心なパラリーガルです。常に連絡するようにいっている指示を忘れたり、ましてや蔑《ないがし》ろにしたりするなど考えられないことです」

回りくどいいい方だが、ようは連絡がないのはおかしい、ということだ。

「わかりました。わたしも捜してみます」

「見つかったらすぐに知らせてください」

電話を切って、すぐにハスラーのエンジンをかけた。シートベルトをしながら、ある場所を思い浮かべていた。

芦沢夢良は、戸籍を調べて羽根木有子と安藤俊充の関係を知った。それを有子が隠していることに不穏なものを感じただろう。その有子は事件の翌日、首に妙な傷をつけて出勤した。鹿野が安藤を傷つけ逮捕されたと聞いても、安藤俊充が知り合いだとはいわず、情状証人を拒むように姿を消そうとした。追ってきた京香らを見て、自分を狙《ねら》う追っ手だと勘違いし、長野の病院にいる一人で身動きできない息子の安否を気にした。

なにもいわず、黙って刑に服そうとしている鹿野省吾。安藤俊充の部屋にあった封筒の社章は、うと法律事務所の最大顧問会社のもの。有子がうと法律事務所に依頼したというのは本当なのか。

『――僕もよくわからないんだけど、副代表から担当してくれといわれたんだ』

岳人はそういった。普通、大津寺グループのような顧問会社からの依頼は、代表か副代表が直接担当すると夢良はいった。安藤は大津寺とは関《かか》わりがないのだろうか。

夢良も同じことを考え、同じように不審を抱いたとしたら、次にどうするか。京香が考えるのと同じであれば、あそこにいる筈《はず》だ。

ハンドルを切って、アクセルを踏んだ。

少しして電話が鳴った。ハンズフリーにしようと思ったが、画面の名前を見て路肩に停《と》め、応答する。後藤班の忠犬、野添聖だ。

短い挨拶《あいさつ》のあと、このあいだの件で、という。

「金尾署の刑事は、組織・薬対係なのね」

京香と夢良が光浦家を訪ねたあと追尾し、職質してきた刑事だ。

「はい。それで、後藤班長を通して訊《き》いてみたら、どうも薬物の方みたいです」

「あの田舎で？」

「そうらしいですよ。内偵中らしくて、それで神経質になっていたんでしょう」

「なるほど」

「それと、あの光浦家ですけど、意外な大物と繋《つな》がってましたよ」

「もしかして大津寺グループ？」

「あれ、なんだ知っていたんですか」

「その名前が浮かんだだけで、詳しい経緯は知らない」

「そうですか。大津寺グループの今の社長の妹が、安藤倫彦って男に嫁いでいるんですがね、その男が昔――」

話を聞いて、京香は携帯を耳に当てたまま、目を瞑《つむ》った。礼をいいかけて、もうひとつ頼んでいたことを思い出す。

「残念ながら、現場に犯人に繋がるものはなかったようです」と野添は答えた。

マンションの玄関に設置されている防犯カメラには、それらしい人物は映っていなかった。

「外階段を使ったのかしら」

「たぶん、そうだと思います。外階段の入り口にある防犯カメラが泥で汚され、映像が確認できないようになっていました。乾き具合からいって、犯行当日かと」

「そう。それで部屋の方は？」

「藤原弁護士の部屋に残された痕跡《こんせき》は、血痕、指紋、足跡のどれにおいても、怪しむべきものは見つかっていないですね」

「客用のコップとか、湯呑《ゆのみ》を使った形跡はなかったの？」

「ないですね。洗って片づけた様子もない。お茶を出すような相手ではなかったってことかもしれません」

「そうか。テーブルにも藤原弁護士の衣服にも、指紋はなかったのよね」

「ノートパソコンや携帯電話を持ち出すとき触れたでしょうが、拭《ぬぐ》ったらしく、発見できなかったようです」

入ってくるときは岳人がドアを開けただろうが、出るときは犯人がドアノブを握った筈だ。だが、拭《ふ》き取られていた上に、京香や羽根木有子が触ったので、これもなし。廊下や玄関三和土《たたき》の足跡も、京香らがばたばた踏みつけて回ったので採取できなかったという。リビングは絨毯《じゅうたん》が敷いてあったし。

「そう」と声が沈んだ。刑事をしていたときなら、こんな初歩的なミスはしなかった。だがあの夜は、岳人のマンションであり、なかにはつみきがいた。冷静に動くことができなかった。

「あ、そうだ。あの和室の襖《ふすま》を押さえていた掃除用ワイパーはどう？　なにか出なかった？」

「あれですか。ポール部分に拭き取られたような形跡はあったそうですが」

「血痕も付いていた？」

「いえ、それは全くなし」

ふーん。もう聞くことがなさそうで、礼をいって切りかけると、小さな躊躇《ためら》いののち、野添がいう。

「後藤班長が一度、顔を見せにこいといっていましたよ」

「そう。わかった。この事件が終わったら行くと伝えて」

「了解です。あ、この事件というと、例の弁護士殺人事件のことですよね」

「そうだけど？」

「あれは今、長谷川班が担当しているのは知ってますよね」

「うん」

「金尾署の人間が、なんで本部の捜査一課が入れ替わり立ち替わり、同じこと訊いてくるんだって怒ってたんです。どうやら」

「長谷川班も、同じものを気にしているってことね？」

「ですね」

電話を切って、京香はエンジンをかけ、アクセルを踏んだ。

スピードを上げる。こうなったらオービスなど気にしていられないが、かといって白バイや覆面に捕まるわけにもいかない。周囲を気にしながら、アクセルを踏む力加減を調整する。赤色灯やサイレンがない不自由さを改めて実感する。

22

副代表からは、やはり一旦戻れといわれた。

夢良は長野県まで行って戸籍を辿《たど》りたいと申し出たが、それはこちらでやるので事務所に帰るよう指示された。

郵送で申請すると早くても三日、遅いと一週間以上かかる。鹿野氏の第二回公判まで、あと十日。その公判で結審となり、次には判決が下される。もし、鹿野氏が無実であるなら大変なことになる。とはいえ本人が自供している案件をひっくり返すのは並大抵のことではない。安藤と顔見知りである羽根木有子さんの証言が、これまで以上の重要性を帯びてくる気がした。

そのことが藤原先生の殺害とどう関わるのかは、今の時点では夢良にはわからない。だが、もし藤原先生が鹿野案件に違和感を抱いていたなら、黙って放《ほう》っておくことはしなかった筈だ。

夢良の胸をさらに憂鬱《ゆううつ》なことが覆う。

京香は、安藤とうちの顧問会社である大津寺グループに、なにか繋がりがあるのではと疑っている。確かに、面識のないヘルパーさんが、うと法律事務所に依頼するのは通常では考えにくい。もし、それが顧問会社からの頼みであれば、代表らは受けただろう。

葛親子はどこまで真実を知っているのか。今回の事件が、普通の傷害事件でないことを知って受けていたとすれば。鹿野氏が無実だとわかって受けたのだとすれば。そして、藤原先生がそれに気づいたなら、代表らを問いただしたのではないだろうか。

ううん、と首を振った。うと法律事務所がそんな怪しげな事務所とは思えない。藤原先生もいい事務所だといっていたではないか。とにかくここで、あれこれ推測をしていても始まらない。京香ではないけれど、まずは行動することが必要だ。

もうひとつだけ、この県で調べられることをしてから戻ろうと思った。ただ、副代表にそのことを報告することができなかった。わたしはどうしたのだろうと、夢良は不安になる。

誰を信じ、誰を頼ればいいのか。京香の顔が浮かんだ。大きな体を存分に動かし、思いついたことはとにかく実行に移す。彼女なら、たった一人でも調べ尽くそうとするだろう。誰かを頼ろうとか、信じて裏切られることに怯《おび》えるより、まず、自分の目で確かめようとする筈だ。

夢良はペットボトルの蓋《ふた》を開けた。偏頭痛が酷《ひど》くならないよう薬を飲む。少し多めに飲んでおこう。そして頰《ほお》をはたいて気合を入れた。

電車を乗り継ぎ、駅からは本数の少ないバスを諦《あきら》めてタクシーに乗った。少し手前で降りて、砂利を敷いた道を歩いて近づいた。

以前きたときと同じ土塀が伸び、格子の引き戸からそっとなかを窺《うかが》う。玄関の戸は閉まっていて、しんと静まり返っている。人の気配がしないが、老夫婦はなかで寛《くつろ》いでいるのだろう。

今日は朝から少しも気温が上がらず、真冬のような寒さがずっと続いていた。夢良は、ショルダーバッグをはすかいに掛け直し、格子の戸をカラカラと開ける。

「ごめんください」と小さな声でいった。

もちろん、耳の遠い老人に聞こえないのは承知で、そのまま玄関のインターホンを押さずに、裏へと回る。

見咎《みとが》められたら、声をかけたんですけど、といえばいい。なにしにきたのかと問われれば、先日、尋ね忘れたことがあったので、と頭を下げればいい。その質問事項も考えてある。

大丈夫、おかしなことにはならない。

そう自らにいい聞かせて、庭から母屋の気配を窺う。縁側の半分は雨戸が閉じられ、半分はガラス戸だが、奥の障子《しょうじ》が閉まっているので、なかから庭の様子はわからないだろう。

夢良は、周囲に目を配りながら、離れ家に向かった。

木の戸は簡素なもので、丸ノブがついている。鍵《かぎ》はよくあるシリンダー錠でピッキングの被害に遭いやすいものだ。こうした田舎では防犯意識が薄いと聞くから、ひょっとしてと思って回したが、さすがに鍵は掛かっている。仕方なく、窓へと回った。

こちらも鍵がされていて、おまけにすりガラスだからなかは見えない。周囲をウロウロしてみるが、いい案は浮かばなかった。やはり、弁護士試験に落ち続けているパラリーガルには、こういったことは無理なのだろうか。京香ならどうするだろう。

寒風を浴びながら、つくねんとしていたら、くしゃみが出そうになって慌てて口を覆った。思い切って老夫婦に尋ねてみようか。

お孫さんは安藤俊充さんですね、どうして養子にいったのですか、養父の倫彦氏は俊充さんにとってどういう方なのですか。

余りに直截《ちょくせつ》過ぎるだろうか。人の良さそうな老夫婦を追いつめるような真似《まね》は心苦しいが、それしか思いつかない。

意を決して、夢良は玄関へ歩を向けた。

インターホンを押そうと指を伸ばしたとき、遠くから微《かす》かなエンジン音が聞こえた。ばっと門戸の格子に取りついて見通しのいい道を窺うと、車が一台こちらに向かっているのが見えた。

どうやらこの光浦家を目指しているとわかって、夢良は慌てて裏庭へ戻る。壊れた温室の陰に身を潜《ひそ》めていると、農工具や車の出入り用の大きな観音開きの戸が開けられ、車が庭に進入してきた。夢良はさらに奥へと引っ込む。

あ、と胸のなかで呟《つぶや》いた。

車から降りてきたのは、三十代の男性だった。その身なりの良さから、恐らく安藤俊充だろうと思った。パラリーガルの夢良が被害者と直接会うことはないが、面談した京香から話には聞いていた。

安藤らしき男は周囲を見渡したあと、母屋の玄関へ回ってなかに入っていった。老夫婦に挨拶をしてきたらしく、五分ほどでまた庭に出てきた。そのまま離れ家に近づき、鍵を開けて入って行く。

夢良は、胸の鼓動を必死で抑えながら、どうしようと考える。今のうちに敷地から出た方がいいのではないか。こんなところに潜んでいるのを見咎められたら弁解のしようもない。

安藤がどんなに不審な人間であっても、万が一、鹿野省吾に対する寛恕《かんじょ》の上申を撤回されるような事態になったら大変だ。今になって自分のしていることの危うさ、軽率さが痛いほど感じられた。また偏頭痛がぶり返しそうだ。

一歩踏み出した。だが、ドアの開く音がして、また逃げるように奥へと引っ込んだ。安藤が出てきて、今度は蔵へと向かう。どうやら蔵の鍵かなにかを取ってきたらしい。

びっくりするほど分厚い扉を開け、なかへと入って行った。夢良は、少し待ってからそっと温室の横から庭へ忍び出た。そのまま、足音を消しながら蔵の扉へと身を寄せる。重たい扉を開け閉めするのが面倒だからか、ストッパーを置いて少し開けたままにしてある。隙間《すきま》からなかを覗《のぞ》く。

薄暗くはあるが十分見通せる。天井付近に電気があってオレンジ色の光が滲《にじ》んでいた。小さい窓がいくつかあって、みな網格子が嵌《は》めてある。床は板敷で、右手に階段があるから二階にもスペースがあるのだろう。

そうっと半身を差し入れる。安藤の気配は二階にあった。

一階の少し先にビニールがカーテンのように垂れ下がっているのが見えた。厚手のものらしく、奥が見えない。微かに白っぽく明るんでいるから、カーテンの奥にもスタンドのようなライトがあるのか。

なんだろう。なんのためにあんなカーテンを下げているのだろう。心臓の鼓動が聞こえそうなほどの恐怖と緊張を感じながらも、好奇心が強くせり上がってくる。二階を見上げながら耳を澄ませ、安藤が動き回っているのを確認した。ビニールカーテンまでほんの数歩だ。行って戻ってくるだけなら十秒もかからない。大丈夫だ、と何度も自分の心に活を入れた。

唾《つば》を飲み込んだあと、蔵の重い扉をさらに体ひとつ分引き開け、一歩、なかに踏み入った。二階に目をやったあと、爪先立《つまさきだ》ちして素早く歩く。ビニールカーテンに手を伸ばし、横に引いて隙間から顔を入れた。

青白い蛍光灯がたくさん並んでいる。その下には大きなプランターでもあるのか、葉を茂らせた植物が規則正しく植わっているのが目に入った。それが部屋いっぱいにいくつも並ぶ。細長い葉を密にした植物は、電気の光を浴びて育っていた。すぐに思い浮かんだのは、庭にあるのと同じ温室として蔵が使われているということだ。さらに一歩近づき、首を伸ばして、本物の草に間違いないのを確認する。生きて生長している植物だ。どうしてこんなところで、まるで隠すようにして育てているのだろう。

そう自問自答したと同時に、解答らしきものが頭を過《よぎ》った。

不法行為。これらは日本で育ててはならない植物なのではないか。人目を避け、老夫婦だけが住む田舎の使わない蔵のなかで、禁止されている植物を栽培している。そうとわかった瞬間、夢良の全身が水を浴びたように恐怖に濡《ぬ》れた。

「ひっ」

ひきつけを起こしたような声が出た。

規則正しく並ぶ植物棚の隙間から、二つの目が夢良をじっと見つめていた。ここにも人がいたのだ。大声を上げようとしたが声が出ない。余りの恐怖に喉《のど》が固まり、溺《おぼ》れる人間のように口をパクパク開け閉めしながら両手を振り、背を向けた。

「なんだお前っ」

びくんと体が跳ねた。

「おい、待てっ。安藤、女が入っているぞっ」

「いやあっ」

ようやく声が出て、体も反応した。ビニールのカーテンを払い除《の》け、蔵の扉に向かって走り出したとき、二階から男が飛び降りて夢良の進路を塞《ふさ》いだ。思わずのけぞり、慌てて踵《きびす》を返そうとしたが、強い力で右腕を摑《つか》まれた。闇雲《やみくも》に腕を振り回したが、かえって両方とも握られ、そのまま足払いをかけられる。どうと床に倒れ込むと、背にのしかかられた。床板に押しつけられる。胸が潰《つぶ》れそうだ。

「お前、誰《だれ》だ」

「安藤、誰だこいつ」

植物棚からもう一人の男が出てきて、側《そば》に立つ。四十代くらいの猫背の男だ。安藤には仲間がいて、合い鍵を持っていたのだ。

「知らないよ」

「なんでここにいるんだ」猫背の男が怒鳴りつける。

「だから知らないって。あ、俺を尾《つ》けてきたのか」

ちっ、と舌打ちが聞こえた。

「で、どうするんだ。これ、見られたぞ」

安藤が黙り込んだ。夢良はなんとか首を持ち上げ、口を開きかけるが髪を引っ張られ床に打ちつけられた。火花が散り、頭がくらくらした。口のなかになにかを突っ込まれる。埃《ほこり》っぽい臭《にお》いがして、喉の奥で咳《せ》き込んだ。

「安藤、とにかくこのロープで縛れ」

猫背の男が指示し、安藤が受け取って夢良の両腕を後ろに縛り上げる。口も布のようなものを入れられたままガムテープで蓋をされた。そのまま横に倒されて、今度は両足も縛られる。もう、声を出すことはおろか、微塵《みじん》も動くことができない。

ああ。激しい恐怖と泣きたい気持ちで意識が遠のきそうだ。

助けて助けて助けて。口のなかがモゴモゴするばかりでなにひとつできない。息もままならない。その上、視界までもが滲んできた。涙と鼻水で顔中が濡れそぼる。

「おい、安藤、変だぞ」

「どうした」

安藤は荷物のように夢良を放《ほう》り投げると、猫背の中年男が覗いている小窓へと近づく。

「あっ」

「誰だろう。警察か？」

ひそひそ囁《ささや》き交わす声が聞こえた。床に顔をつけたままの夢良にも、微かだが外を動き回る音が届いた。砂地を踏んで、誰かが歩いている。やがて、玄関戸を叩《たた》く音がして、母屋をおとなう声がした。野太い男の声だ。

「ちくしょう」

「安藤、このままだと見つかる。どこか逃げ道はないのか」

「蔵だから裏口みたいなのはないよ。あ、でも、そうだ、この蔵の下になら」

「下に？」

「狭いが、床下にちょっとしたスペースがあるんだ。どれだけやり過ごせるかわからないが、とにかく今はそうするしかない。なあ、手伝ってくれよ」

「あ、ああ」

夢良は縛られながらも抵抗する。猫背の男が、夢良の足を抱え上げ、じっとしてろ、と睨《にら》みつけてきた。

置かれていた箱をいくつかどけて、床にある小さな鉄の輪を摑んで引き上げた。四角い蓋が持ち上がり、奥に真っ暗なスペースが覗いた。中年男が先に入って、夢良の足を抱えて下りてゆく。

真っ暗でどんな場所かもわからず、まるで死の淵《ふち》に沈む気がして、夢良の慄《おのの》きは頂点に達する。縛られながらも懸命に暴れた。安藤は持て余し、夢良を放り投げるように離した。先に入った男と一緒に崩れて転がる。

「くそ、いてっ。安藤、なにするんだ。俺が怪我《けが》するじゃないか」

「ああ、悪い」

男がぶつぶつ文句をいうのを無視して、安藤は足早に離れた。すぐに蔵のなかが真っ暗になったので、電気を落としたのだと知れた。安藤も素早く床下のスペースに飛び込んできて、蓋を閉じた。その際、なにか大きなシートのようなものを引いて、鉄の輪が隠れるように細工した。

放り入れられた蔵の床下スペースがどれほどの広さかわからない。真っ暗で、黴《かび》の臭《にお》いしかしなかった。横たわった体には冷たい湿気《しけ》た土の感触があった。顔をなにかが這《は》う気配がして、思わず口のなかで悲鳴を上げて上半身を跳ね上げさせた。

――じっとしてろっ。殺すぞ。

猫背の男が声を潜めて脅すが、夢良も暗闇と死の恐怖で半狂乱になりかけている。バタバタと陸《おか》に上がった魚のように体を弾ませると、安藤らが必死で抑え込もうとする。暴れた拍子にショルダーバッグからいろんなものが転がり出たのがわかった。

「そうだ、携帯電話が鳴るとまずいぞ」と安藤らも気づいて手探りで捜し始めた。

夢良は、はっと動きを止めた。闇のなかに京香の顔がぼうっと浮かんだ気がした。その声、その手にあったものがふいに思い出された。

――あ、あったぞ。

――よし、電源を切れ。

夢良は真っ暗な闇を凝視した。そうだ、あれが、もしかしたら。少しでも声が出せたら。

いきなり、頭上に物音がした。複数の人間が床を歩いている。安藤らはすぐに夢良を力ずくで押さえつけ、じっと息を殺す。

「おい、暗いな。灯《あか》りはないのか」

「懐中電灯を持ってきましょうか」

「ああ。どっかにスイッチがあるかもしれない。あのじいさんに訊いてきてくれ」

「はい」

誰かが蔵の扉を開けたままにしたらしく、庭にいる人の声も微かに聞こえた。

「こっちの離れ家も開けてもらえ」

そのうち蔵のなかから人の気配がふっつりと消えて、安藤らが深く鼻で呼吸を繰り返すのが聞こえた。

猫背の中年男が怯えたように呟く。

――安藤、やばくないか、ここ。

――だって他にしようがないだろう。

――くそっ。なんだってサツがきやがるんだ。あ、この女ももしかしてサツなのか。

夢良は地面に腹ばいになりながらも、懸命に首を振った。それがわかったのか、男は舌打ちをし、くそっ、とまたいう。

そうよ、いって。夢良は目を瞑りながら祈る。もっと、もっといって。

――なあ、あれが見つかったら、警察はこの蔵を隅々まで調べ始めるよな。俺ら、マズいよな。

――うるせぇ、黙ってろ。今、考えてんだろ。くそっ。

――考えてって、どうすんだよ。絶対、見つかるぞ。

――うるせえって。元々、お前が余計なことをしたからだろうが。

――だって。あのババア、性懲りもなく欲の皮の突っ張ったこといいやがったから。あんただって、いっそ始末した方がいいかもっていったじゃないか。

――チッ。そんなことより、今どうするかだよ。あ、サツが戻ってくるぞ。

――くそっ。

もう少し。もうひと言、いって、ああ、お願い。

――どうしよう。

――黙れ。今、考えてんだろ。くそっ、サツの連中がどっかに行って、
その言葉を聞いて、夢良は目を瞬かせた。暗闇のなかに目を凝らす。

……………。駄目なの？　あの人がくれるものなんて所詮《しょせん》――激しい絶望が押し寄せようとしたとき、小さな赤いランプが点《とも》ったのが見えた。同時に凄《すさ》まじい音が鳴り出した。少しの躊躇いもなく響き渡るブザー音。

「うげぇ」

男らが思わず、夢良の上から転がり落ちる。

「な、なんだ、この音は」

「わあ、わあ、安藤、早く、早くなんとかしろ」

「あれだ、あの赤いランプが点いてるやつだ」

「くそアマが、なにしやがった」

叫びながら安藤が小さな箱を摑み、両手で握り込んだ。スイッチを見つけたのか、すぐに音が止《や》んだ。

夢良が口のなかで、ああ、と悲嘆の呟きを吐こうとしたときに、突然、頭上の蓋が開いた。眩《まぶ》しい光が突き刺すように落ちてきた。

「安藤っ、大人しく出てこい、もう逃げられんぞ」

いくつもの懐中電灯の光が、まるでスポットライトのように夢良に注がれた。口を塞がれていた上に、鼻水と涙のせいで息ができない。苦しい。苦しくてたまらないけど、涙が止まらなかった。大きな、これまで経験したことのない大きな安堵《あんど》が夢良の胸を覆い尽くした。

二人の刑事に両脇《りょうわき》を支えられて蔵の外に出されたとき、陽《ひ》の眩しさで目を開けることができなかった。思わずよろけたら、なにかが前からすくい上げるように押し寄せてきたのを感じた。

そしてそのまま、抱き締められた。

「良かったぁー」

京香の声を聞いた途端、夢良は子どものようにしがみついた。そして、大声で泣きじゃくった。

23

蔵のなかから夢良の無事な姿が現れたとき、腰が砕けそうなほどの安堵が京香の全身を満たした。

副代表から、夢良から連絡がないと聞き、すぐに光浦家を目指したが、嫌な予感が払えなかった。たまらず、長谷川班長に電話を入れた。不機嫌そうな声だったが、「わかっている」と応《こた》えてくれたことに涙が出そうになった。

「光浦家は、うちのと金尾署が張っている。さっき、若い女がなかに入るのを現認したと連絡が入った。今から俺も向かう」

「お願いします。急いでください」

「いわれなくても急いでいる。ところで、そっちも気づいたのか。なんでわかった」

「はっきり知ったわけではありません。羽根木有子の線から光浦家が浮かび、安藤と繋がった。その光浦家には金尾署の薬対係がついていた」

「羽根木？　誰だ？」

「今、安藤を被害者とする傷害事件の公判が行われているのはご存じですよね」

「ああ」

「被告人の情状証人として羽根木有子が申請されています」

「なんだ、そりゃ。被害者と被告人の情状証人が繋がっているってのか。事件はヤラセか」

「いえ。安藤が怪我を負ったのは事実です。通報は第三者。ですが、安藤、被告人、羽根木のあいだでなにかが謀《はか》られた」

「ふーむ。それが藤原弁護士殺しの動機に繋がるか」

「それはまだわかりません」

「だが、その事件を扱っていたのが藤原岳人なのだろう」

「はい」

「弁護人なら、被告人と接見できる。調べているうちにカラクリに気づいたか」

「…………」

「まあいい、安藤を締めあげれば全《すべ》てが明らかになる」

通話を切ったあと、葛親子のことをいわなかったのはどうしてだろうと、京香は自問した。大津寺グループとの繋がりから鹿野の事件を引き受けた葛弁護士が、なにも知らないということがあるだろうか。あのビルの上階にはグループの関係者も住んでいると聞いた。岳人の知らないところで、裏の打ち合わせや密約が交わされていたとは考えられないだろうか。

刑事としての目で見れば、どこまでも疑わしい。けれど、京香はもう刑事ではない。

あの度を超すほどに、恵まれた感を醸す葛貴久也の容姿、態度、考え方、そのなにもかもが京香を呆《あき》れさせ、自分とは違う世界の人間だと痛感させる。けれど、少しも嫌みでなく不快な気もしなかったのも事実だ。

父親である葛道比古は、岳人の事件のことを許しがたい暴挙だと吐いた。犯人を探し出し、収監されるのを見届けるまでは、最優先事項だと決めた。

京香にとって弁護士は、依頼人の味方とはいっても所詮、着手金や報酬がなければ働かない人種であると、冷めた目で見ていた。警察官であったから余計にだ。京香らとて、いつもいつも被害者の気持ちを慮《おもんぱか》って仕事をしていたわけではないが、昼夜を忘れて駆けずり回り、この身を張って、凶悪犯を捕らえることに猛進する原動力は、金などではない。金よりも、名誉よりも、もっと強く、心と体を動かす使命感というものがあった。

でも、京香は藤原岳人という人間を知っている。そして、芦沢夢良という女性と知り合った。葛親子に、吉村弁護士、小井川、みな金のためだけに動いているようには見えない。夢良は今、なんのために、その危険に飛び込もうとしているのだろうか。

制限速度を時どき超えて、車を走らせた。

金尾署での聴取が終わったのは、午後もずい分遅くなってからだった。

帰るための車を出した途端、夢良は助手席で深い眠りについた。激しい疲労のせいというのもあるが、頭痛薬を飲み過ぎたことで今になって眠気が襲ってきたのだろう。

戻されたバッグと中身の品は京香が受け取った。頭痛薬と音声センサーによって作動する防犯ブザーがあり、金尾署の刑事からこの音のお陰で床下とわかったと教えられた。性能など半ば信じていなかったが、渡しておいて良かったと思った。

これなら、あの警棒風の武器も持たせた方がいいかもと考えて、いやいやと首を振った。

夢良を自宅に送り届けたあと、そのまま、うと法律事務所に向かった。葛貴久也がまだ残っていると聞いたからだ。

事務所に入ると、数人の弁護士とパラリーガル、アルバイトまでもいて、京香の姿を見るとみなさっと顔を上げた。なかには立ち上がって、近寄ってくるのもいる。

口々に、大丈夫なのか、芦沢さんは本当に無事なのかといい、京香が力強く頷《うなず》いてみせて、ようやく安堵の表情を浮かべた。そして互いに笑顔を交わし合うと、仕事の片づいた人から順次事務所をあとにした。みな残って京香を待っていたのだ。

仕事をしている様子を見る限り、他の人のすることには関心がなく、与えられた仕事を淡々とこなしているだけに思えた。だが、どうも違うようだ。元警察官だから疎《うと》まれていると思い込み、妙なプライドで素直に見ようとしていなかったのは自分の方。うと法律事務所の一員として迎えられるかどうかは、京香が心からこの仕事と向き合い、歩み寄っていけるか、その心構え次第なのだと気づいた。

「わかりました」

京香の説明を聞き終わった葛貴久也は、執務机から鷹揚《おうよう》な頷きを見せた。

手前にある応接セットには、吉村弁護士と小井川がいる。テーブルには書類が乱雑に広げられており、空になったコーヒーカップが並んでいた。ずい分、長く打ち合わせていたようだ。

「それで、このあとはどうされるのですか」

吉村が眼鏡のフレームを指で押し上げながらいう。

「明日、朝一番に担当検事に連絡し、裁判所と公判前整理の日を設けてもらうことになります。その後は、鹿野被告人と接見。羽根木有子さんとも話し合いますが、もし検事の許可を得られたなら、鹿野さんの前で真相の究明を行いたいと考えています」

小井川が付け足す。「接見禁止は出ていませんし、検事も安藤の件を聞けば許可すると思います」

「三星さんも面会に同行しますか。構いませんよ」と貴久也が声をかけてきた。

京香は少し考えてから首を振る。

「鹿野さんと羽根木さんは、共犯であることを認めるでしょうか」

貴久也と吉村が目を交わす。

「あなたの仮説によれば、羽根木有子さんは自身が罪に問われるのではと恐れ、そのせいで沈黙を通しているのだということですね」

京香は頷き、小井川が淹《い》れてくれたコーヒーを受け取る。その熱さと苦さが、凍った体を温め、血流を促してくれるのを感じた。熱いコーヒーもいいものだと思う。

夢良は、床下に閉じ込められたとき、安藤俊充が『あのババアが欲の皮の突っ張ったことをいいやがったから――。始末した方が――』と呟いたことを覚えていた。恐らく、ババアというのは羽根木有子だ。光浦家の介護ヘルパーだった有子は、安藤が密《ひそ》かに大麻を栽培していることに気がついた。安藤は、黙っていることの引き換えに有子に金を渡していたのだ。大きな金額ではなかったのだろう。恐らく、長野の病院への支払いの足しになる程度の金額。それがここにきて変わった。

「羽根木さんが値上げを要求したということですね」

吉村がいい、京香は、「恐らく」と頷いた。

鹿野省吾と出会ったからだ。鹿野は職を持たず、糖尿を患っていた。有子が支えたいと思っても自分にも息子がいる。もう少しお金があれば、と考えたのは無理のないことだ。

「だが、安藤はさらにエスカレートするのではと恐れ、思い切って羽根木有子さんを始末することにした」

吉村の言葉に、小井川が身震いする。

「想像ですが、話し合おうと呼び出された河川敷に、有子さんは鹿野さんと共に向かったのではないでしょうか。彼女が鹿野さんに全てを話していたということが前提になりますが」

三人が同じように頷くのを見て、京香は話を続ける。

「もしかすると危ないことになるかもしれないと考えた。ひょっとしたら鹿野さんの方から自分も行くといったのかもしれません。そして、その心配は現実となった」

安藤は有子の首を締めようとした。だが、鹿野が飛び出して、二人で公園まで逃げた。だが安藤に捕まりかけて、鹿野は思わず看板で殴りつけたのだ。普通に考えれば、殺人未遂と正当防衛だ。けれど、三人は三人の思惑で、警察に知らせるわけにはいかなかった。ところが案に相違して、通報されてしまった。

サイレンが聞こえるのを耳にして、三人は慌てただろう。鹿野が安藤を殴ったのは事実だ。その場で適当な理由を考えたから、おかしな話ができあがった。有子はいない方がいいということで、後ろ髪をひかれながらも現場を離れた。

「恐らく、そういうことなのでしょうね」

吉村が疲れた肩を落とすようにして呟いた。

「それじゃ、明日の用意をしておきます」と小井川が席を立つ。吉村も書類をかき集める。

京香はカップを片づける振りをして、二人が出てゆくのを待った。カップを握ったまま、貴久也に目を向けた。貴久也も京香を見ていた。

「まだ、確認できていないことがあります」

「なんでしょう。なんでも訊いてください」

「安藤はどうしてこれほどまでに、大麻の密造を隠そうとしたのでしょう。有子に定期的に金を払ってまで。そして今回は夢良さんを襲うような真似までした。常識で考えれば、大麻で捕まる方が余程罪が軽くてすむ」

「それは」

「安藤俊充が、大津寺グループの一族に連なる人間だからですよね」

貴久也は頷き、話を始めた。

大津寺グループの社長の妹が、安藤倫彦と結婚した。その安藤は過去に光浦紹子とのあいだに子どもをもうけたが結婚はおろか、認知もしていなかった。やがて紹子が亡くなって、未成年の俊充が一人残されたことを知った。安藤夫婦に子どもはなかった。妻は倫彦の願いを聞き入れてもいいと度量を見せたのだ。

めでたく俊充は安藤家に入った。だが夫婦養子ではなく、あくまで倫彦の養子だ。もし、俊充が世間的に体裁の悪くなるような真似をすればたちまち、倫彦と共に追い出されるという戒め付きだ。そうなったら親子ともども路頭に迷う。

「倫彦氏の奥さんは、俊充さんを側に寄せつけなかったようです。倫彦さんの養子にするのは構わないが、あくまで大津寺とは関係のない存在だといっておられます」と貴久也は机の上で両手を組み合わせた。

だから、安藤俊充は人より良い暮らしをしていても、安閑とはしていられなかった。裕福な一族に繋がりがありながらも、いつ捨てられてもおかしくない立場。その歪《ゆが》みが、安藤に人の道を踏み外させた。

大学時代に親しんだ喫茶店の猫背のマスターには、薬物の前科があった。あの店で大麻の売買を続けていたのだろう。自然、安藤も大麻に手を出すようになり、マスターに入れ知恵されたのか、大麻そのものを作って金を稼ごうという話になった。将来に憂いのある安藤は、光浦の実家の敷地を使うことを思いつく。

孫として可愛《かわい》がるだけの光浦の祖父母は、なにか良くないことと思いつつも、そんな俊充を不憫《ふびん》に思い、黙って好きにさせていたのだ。

「副代表、あなたは安藤俊充がそういう人間だと知っていたのですか。そうと知っていて、顧問先からこの件を受けるようにいわれ、唯々諾々《いいだくだく》と受理したのですか」

京香があからさまないい方をしたことに、さすがの副代表も表情を硬くした。

「もっといえば、この裁判を単なる傷害事件ですませるよう謀った。大麻密造という安藤の犯罪が露呈しないように。だから、自分ではせずに藤原岳人に押しつけた。だけど、そのことを岳ちゃんに知られた。違いますか」

そこまでいって京香は口を閉じた。睨みつけた先で、貴久也がどんな風な表情を浮かべるか見極めようと思った。

貴久也はしばしの沈黙のあと、真っすぐな目を向けてくる。頬に微かな硬さは見られるが、いつもと変わらない感じだ。

「そのことをあなたは証明できますか。そうでないとわたしがいくら口頭でいっても、信じられないでしょう。法廷では、なされたことを証明しなくてはならない。していないことをわたしが証明する必要はないのです」

　貴久也の執務室を出ると廊下にはまだ灯りがあった。

　小井川が自席でパソコンを打っている。吉村弁護士の執務室をノックして声をかけた。

「吉村先生、岳ちゃ、いえ藤原先生の周辺を調べておられるんですよね。なにか不審なものは見つかりませんでしたか」

　吉村はフレームを持ち上げ、子どものように唇をすぼめる。

「不審なものねえ」

　藤原岳人が扱った事件はまだ精査中で、関係者のアリバイはまだ半分もわかっていない。恐らく、警察の方が効率良く進めているだろう。

「そうですか。じゃあ、あの日、岳ちゃんが最後にしていた仕事がなにかわかりませんか」

「それなら」と、吉村は、執務机の上にあるラップトップのパソコンを開けた。藤原岳人が事務所で使っていたものだ。

「履歴を見ると、これが最後に開いたファイルと思われます」

　京香も机を回って、画面を覗かせてもらう。

「告訴状と委任状ですか」

「そうです」

「どんな告訴案件なんですか」

「それがわからないんですよ。資料とか、色々探してみたんですけど、藤原先生が告訴事件を受けていた形跡はないいんです」

「ふうん。妙ですね」

「まだ、相談の段階だったのかもしれない。委任状ももらってないですからね」

京香は礼をいって部屋をあとにした。

告訴は警察に提出するものだ。それなら、警察官だった京香に相談しても良さそうなものだが、そんなことはひと言も聞いていない。京香を煩わせたくなかったのか、それとも。

24

夢良は、襲撃のショックが冷めず、朝から何度も熱いシャワーを浴びた。

髪を乾かして階段を下りると、ダイニングキッチンから母が顔を出した。

「大丈夫?」

うんと答えながら、なかに入る。テーブルに朝食が用意してあった。椅子《いす》を引いて座るが、すぐに食べる気になれず、熱いコーヒーを淹れてもらってカップを両手でくるんだ。

「どうするの？　事務所、お休みする？」

朝一番に副代表から見舞いの電話があったという。

「しばらく休んでもらって構わないと、いってくださったわよ」

「そう」

飲み過ぎた頭痛薬のせいか、まだ少し朦朧《もうろう》としている。ふと母親がこちらを向いてなにかいいたそうにしているのに気づいた。顔を上げて、なに？　と訊く。

「昨夜、夢良を送ってくださった女性だけど。あの方？　元刑事さんっていうのは」

「ああ、うん。うちの事務所の調査員をしてもらってる。まだ試験運用中だけど」

「やっぱりね。すぐわかったわ。芽理《めり》なんか見た途端、仇《かたき》でも見つけたかのような目で睨みつけるんですもの」

「お姉さんが？　三星さんになにかいったの？」

「あなたがぐったりして、しかも頭に怪我までしていたから物凄《ものすご》く驚いて、つい」

「なにをいったの」

「芽理が、妹を危険な目に遭わせないでくださいって」

それから？　と黙って見つめると、母は困ったように口元を弛《ゆる》めた。

「あなた方みたいに、人を人とも思わない世界で生きている人間ではないんですから。ちゃんと真面目に暮らしている人間をおかしなことに巻き込まないで、みたいな」

夢良は息を吐き、コーヒーをひと口飲んだ。姉の芽理は、夢良以上に警察嫌いだ。たとえ、夢良が副代表の指示を無視して、勝手な行動をとったせいだといっても耳を貸さないだろう。

「三星さんはなんて？」

母は首を振る。

「なにも。弁解じみたことは、なにひとつおっしゃらなかったわ。そのまま黙って頭を下げて帰られたの」といった。

二階の自室に上がって、携帯電話を取った。すぐに応答があり、京香を呼んでもらったが外出しているといわれる。どこへと尋ねると、小井川に回された。

「田舎に帰るって。ほら、明日、藤原先生の初七日が行われることになったでしょう？　向こうでちょっと調べたいこともあるから前乗りさせて欲しいっていって、今日と明日、休みを取られたのよ」

一度は見合わされた初七日法要だったが、藤原家としてはそのままにできないらしく、甚人が落ち着くのを待って、急遽《きゅうきょ》決まった。

京香は娘のつみきも連れて行くということで、車で向かったらしい。

「そうですか。それで、その後、どうですか」

小井川から、昨夜の話し合いで出た結論を聞く。

安藤が逮捕されたことによって、鹿野の裁判は大きく変わるということだった。単なる傷害事件で審判に付されることはなくなった。既に、裁判所、検事、弁護士ら三者の都合を聞いて公判前整理の日を決めたという。今は、副代表が吉村弁護士と共に、羽根木有子を連れて鹿野の面会に向かっているらしい。

「うまくいけば、鹿野さんは執行猶予になるわ」

「良かった」

「芦沢さんは今日、どうする？　休むの？」

少し考えて、夢良はいう。

「すみませんが、わたしも今日と明日、お休みさせてください」

小井川が黙り込む。そしてなにも訊かず、わかったと短い言葉だけを返してきた。

25

実家につみきを連れてゆくと、両親は小躍りして喜んだ。

母は目も皺《しわ》もいっしょくたにして、両手を広げる孫を抱き上げた。しばらく相手をしたあと、ちらっと京香に視線を向ける。

「岳ちゃんのお葬式のとき、潔さんは挨拶にきてくれたけど、つみきは向こうのご両親の元に置いてきたっていわれてがっかりした。ああ、こういうことなんだなって、しばらく気落ちしていたのよ」

「こういうことって？」

父が横からつみきを取り上げる。

「ばっばのお小言は耳が痛い痛いになるから、向こうに行って遊ぼうな」

母は父の背を睨みつけるが、玄関先に立つ京香の前から動こうとしない。仕方なく相手をする。

「離婚よ。潔さんと他人になったってこと。これからつみきと会うにも、潔さんに了解を取るのはもちろんでしょうけど、あちらのご両親にも気兼ねしながらでないといけないのかしらって」

京香はつみきの荷物を渡しながら、「別に、気兼ねしなくても」と言葉尻《ことばじり》を消す。

「だってあちらにとっても初孫なんだから。取り合いみたいになるのは嫌よ」とさらに愚痴が続きそうになって、その場で背を向けた。

「あら、どっか行くの？」

「ちょっと。夕方までには戻る」

「そう。早く帰ってきなさい。明日の初七日には行くのでしょう？」

「うん」

京香は奥ではしゃいだ声を上げるつみきに声をかけず、後ろ手に戸を閉めた。

ハスラーを出して、ナビに住所を入れる。Y市なら、ここから一時間足らずで行ける。

ハンドルを切って市道に入った。

藤原岳人が最後に扱おうとした事件は、告訴事件。それがどうしても気になった。警察に提出する書類だから、岳人なら京香に相談した筈だ。その方が受理される確率は高い。警察受けた被害に対し、事件としてちゃんと調べてもらうため、弁護士が委任を受けて警察の捜査部門へ提出するのが告訴状。警察は一旦受理してしまったら、必ず調べなければならない。だから、余程明確に犯罪性があるものでない限り、受理したがらない。保留で、と受け取るだけ受け取って、緊急性がなければ時間を見つけたときにやろうと先延ばしにすることもある。弁護士は弁護士で、そうはさせまいと保留でなく、ちゃんと受理印と受理番号をもらいたいという。番号を付けてしまえば、いつでも催促できる。あの件はどうなっているのだと問い合わせるのになんの遠慮もいらない。

岳人には京香という元刑事がいる。辞めたとはいえ、告訴状ひとつくらいなら、顔見知りに頼むのは難しくない。今さら遠慮する仲でもないし、むしろ親権の調停や就職先など、よほど京香の方が世話になっているから、力になれるのなら喜んでしただろう。だけど、岳人からそんな話は聞かされていなかった。

考えられるのは、その告訴案件が京香に知られたくないものということだ。若《も》しくは、京香のいるS県で起きた事案ではないものか。さすがに他府県の警察にまで顔は利かない。

実家に戻ったのは午後七時を回っていた。

食事もお風呂《ふろ》もすませて、奥の座敷で父親と遊んでいたつみきは、戻った京香を相手にしばらくはしゃいでいたが、移動の疲れもあってかすぐに動きを止めて、目を瞑った。母が和室に運んで寝かせようとするのを手伝う。エアコンや加湿器の調整をするあいだ、母がつみきを布団に入れ、小さな額をなでる。

その屈《かが》んだ背を見ているうち、京香の前で土下座した丸い背を思い出した。

Y市での用向きは困難を極めた。頑《かたく》なな態度に業を煮やし、このままだと警察がきて、家族になにもかも知られることになるがいいのかと、脅すようにしてようやく聞き出した。気が咎めたが、他に術《すべ》がなかった。そうして得た事実は、京香の想像を超えていた。どうか黙っていて欲しいと床に額をすりつけて懇願する老いた女の背から目を背け、京香は足早に帰途についたのだった。

「お母さん、藤原のおじさんの具合はどう？　なんか聞いてる？」

母は京香に背を向けたまま話す。通夜の日に脳梗塞《のうこうそく》で倒れた藤原甚人は、すぐに手術を受けたにもかかわらず、重い後遺症が残りそうだという。一人で起き上がることも、満足に喋《しゃべ》ることもできなくなるかもしれない。

「お見舞いに行ったけど、なんかぼうっとした目をしていたわ。認知症？　そんな風な感じもしたわね。久実子さんが甲斐甲斐《かいがい》しく世話をしているけど、それもわかっているのか」

岳ちゃんが死んだのが余程ショックだったんでしょうね、と母は京香に向きかけた視線を途中で止めた。そして小さく息を吐く。

「バチが当たったんだという人もいるけど、甚人さんも昔はあんなじゃなかったよ。やっぱり、岳ちゃんのお母さんが早くに亡くなったせいだと思うのよ」

藤原甚人は岳人の実母に一目惚《ひとめぼ》れして、人目もはばからず日参し、頭を下げてやっと嫁にきてもらった。そんな恋女房に先立たれ、捨て鉢になりそうな気持ちをなんとか岳人を育てることで抑えていたのだ。

「おじさんには寛人くんもいるじゃない」

「うん、そうはいってもね。岳ちゃんは死んだお母さんにそっくりだし、寛人くんは久実子さん似だから。そんな些細《ささい》なことが、色んなことと合わさって、かける愛情にも差が出てくるみたいね」

「そんな」

「もちろん、寛人くんも大事にしてたわよ。だけどなんていうか、岳ちゃんがよくできた子だったから余計、甚人さんはつい比べて、その差が母親の差だと勝手に決めつけているようなところがあった」

だから、久実子さんは苦労したし、気の毒だったと複雑な表情を浮かべた。

「あんなにお金持ちなのに、自由にできるものがないとかで、いつも着古した服を着ていたし、旅行なんかも行ったことないんじゃないかな。それでも久実子さんは、寛人くんさえ不自由しなきゃ、ぜんぜん気にならないって笑ってたわよ」

「そう。寛人くんは、そんなお母さんを見ているのが嫌で家を出たのかしら」

「そうかもね。だって、あの子は優しい子だもの。大学は中退したけど、ちゃんと甚人さんの会社に入ったし、色々いわれているらしいけど頑張っているって聞くわ。家は出たけど近くにいて、久実子さんともしょっちゅう顔を合わせているのよ」

「そう。優しいところ、岳ちゃんと似ているわね」

「兄弟だからね」

うん、と頷きながらも、犯罪の加害者には、被害者の知人や身内が多いのだという刑事としての考えが頭を過り、自己嫌悪に陥る。

ナイトスタンドを点《つ》けて立ち上がる母に、京香はいう。

「明日、つみきも一緒に連れて行くわ」

26

「あれ」

京香の戸惑う顔を見て、夢良がふん、と鼻の穴を膨らませた。そして喪服姿で膝《ひざ》を折ると、つみきに顔を寄せてにっこり笑う。

「初めまして、つみきちゃん。わたしのことは夢良って呼んでいいからね」

つみきが首を傾《かし》げながら、人差し指をくわえようとした。それを握って押さえると、恥ずかしそうに身をくねらせ、「むら?」と京香を見上げて訊《き》く。頷《うなず》き返すと、満面の笑みを浮かべ、「むら、むら」といいながらぴょんぴょん跳びはね出した。びっくりした顔の夢良もすぐに笑い声を上げ、つみきの頬《ほお》を指で突《つつ》く。

「どうしてここに?」と訊いた。夢良は体を起こすと、怪訝《けげん》な表情をする。

「どうしてって。初七日のお参りに来させていただいたのですけど?」

「そうなの。事務所の人は初七日までは行けないと聞いていたから」

「そうですか。わたしはお参りしたいと思ったんです」といっただけで話を終える。

まだ早い時間だからか、藤原家に集まる人の姿は少ない。それでも門扉は大きく開けられ、前庭から玄関までのあいだに受付や休憩所用の椅子《いす》が並べられている。

葬儀社の人だけでなく、手伝いの近所の主婦らが歩き回っている。

読経《どきょう》は午前十時に始まる。

玄関を入って広い上がり框《がまち》で靴を脱ぐと、すぐに係の人が片づけて札を渡してくれた。三和土《たたき》に靴番までがいて旅館のようだ。通夜葬儀ほどではないにしても、相当な参列者が予定されているのだろう。

いっぱいに開け広げた座敷に踏み入る。白い座布団の上で足を崩しているのはまだ数人だ。親類縁者らしく、京香は誰《だれ》だか知らないまま会釈して奥に進む。

突き当たりの壁一面が白い菊に覆われ、岳人の写真が笑んでいる。焼香台の前に膝をつき、両手を合わせた。隣に座るつみきにも同じようにさせて、「岳ちゃんにバイバイっていうのよ」といった。

「岳ちゃん、どっかいくの？」

「うん。ちょっと遠いところにね」

「とおい？　がいこく？」

「……ううん、もっと遠い」

星になったとか、お空にいるとかはいわないでおこう。空を見上げるたび、つみきに寂しい気持ちにはなって欲しくない。星々を眺めるときにはつみきと楽しいお喋《しゃべ》りをして、そして笑いながら岳人を思い出したいと京香は思った。

わからないままに京香を真似《まね》て、両手を合わせて目を瞑《つぶ》る。後ろで夢良も手を合わせていた。

つみきの手を引いて立ち上がると、そのまま座敷を出て奥への廊下を辿《たど》った。昔、何度も訪ねたことがあるから、どこにどんな部屋があるかは熟知しているが、使われ方はあのころとは変わっただろう。座敷と廊下を挟んだ反対側も広い和室だった筈《はず》だが、今は久実子が使っているのか、寛人だろうか。いや、寛人は家を出ているからこの家には今、久実子が一人で暮らしているのだ。

突き当たりの炊事場へ向かおうと歩きかけたとき、その和室の襖《ふすま》が開いた。

「あ、京ちゃん」

「寛人くん」

「早いね。もうきてくれたの」

「うん。家にいても仕方ないから。なにか手伝えることがあったらと思って」

「ありがとう。でも、今は葬儀社の人が大概、やってくれるから」

「そうみたいね」

寛人の目が京香の後ろへ流れた。

「あ、この人、芦沢夢良さん。岳ちゃんの事務所の同僚」

夢良が丁寧に頭を下げるのを見て、寛人も半身を折った。

「そうですか。わざわざ遠いところをありがとうございます」

その拍子に京香の後ろに隠れていたつみきを見つけたようで、あれっ、と声を上げ、目をぱちぱちさせる。

「この子……」

「うん。わたしの娘、つみきっていうの。つみき、寛人お兄ちゃんにご挨拶《あいさつ》は？」

「みつぼし、つみき、です」と小さな手を紺のワンピースの前で重ねた。

寛人がまじまじと見つめ、ああ、という。

「京ちゃんの子どもだったんだ。そうか、へえ。いやあ、可愛《かわい》いなぁ。うん、確かに京ちゃんに似ている」

「え……そう？」喉《のど》が張りついた気がして唾《つば》を飲み込む。「わたしみたいに大きくならなきゃいいと思うけど」

声が擦《かす》れてしまい、慌てて笑顔になるよう口角を上げた。

「そんなことないよ。今は女性だって背の高い人の方ができる人みたいで、いい感じだよ」

はっと、寛人は気づいて口をモゴモゴさせる。京香の肩くらいしかない夢良は、いいんですよという風に、にっこり笑った。

奥から誰かを呼ぶ声がした。寛人が気にして、「ちょっと行ってくるね」と手を挙げる。それに応《こた》えるように手を振り返した。

「ママ、て、いたい」

いつのまにか握る手に力が入っていたようだ。

「ごめん、つみき。さあ、行こう、早くね」

そして慌ただしく靴を出してもらい、玄関から表に出る。夢良もなんだという顔つきで、それでも黙ってついてきた。

受付に人の列ができている。休憩所の椅子にも、さっきはいなかった人の姿が見えた。京香はつみきを抱き上げると、そのまま駆け出して裏庭の大きな柿《かき》の木の下に身を寄せた。

「どうしたんですか、三星さん」

夢良の驚いたような声で、京香はようやく振り返る。乾いた唇を何度も舐《な》めて、絞り出すようにいった。

「お願い」

いきなりのことに夢良は、は？　と目を開く。京香はつみきの体を夢良の方へと差し出した。

「お願い。外にいて、なかには入らないで。そしてこの子の側《そば》を離れないで」

「どうしたんですか」

「わたし、今からすることができたから。危ないことになるかもしれないから」

「えっ。どういうことです？　なにをするんですか？」

「今、頼れるのはあなただけなの。お願い、約束して」

困惑顔をした夢良だったが、二、三度目を瞬かせると、決心したような表情に変えた。真っすぐ京香の目を見返していう。

「大丈夫です。つみきちゃんのことは任せてください。もし一秒でも目を離したら、わたしを殺しても構いません」

そういって手にある小さなバッグから、見たことのある棒を取り出した。伸縮自在の鉄の棒、そして防犯ブザーだった。

京香は、夢良に抱えられたつみきの顔を、家の角を曲がるまでずっと目で追い続け、そしてゆっくり玄関へ歩き出した。

27

炊事場は喧騒《けんそう》に塗《まみ》れていた。

今どき、精進落としの料理は店に頼むものだが、藤原家ではいまだに隣近所の主婦の手を借りて煮炊きものをこしらえている。隅の暗がりに並ぶ竈《かまど》はとっくに使われていないが、三つしかないガスコンロでは足りないらしく、カセットコンロまで取り出して次々に鍋《なべ》をかけていた。

誰かが京香に気づいて声をかけてきた。

「うん、元気。おばさん、久実子おばさん見なかった?」

別の誰かが、応える。

「塗椀《ぬりわん》が足らないかもしれないからって、納戸に行ったよ」

炊事場の開け放した勝手口にジャンパー姿の男性が現れ、大きな仕出し箱を下げながら挨拶を寄越《よこ》してきた。エプロン姿の女性が指図して、奥のダイニングへと運ばせる。お店にも頼んでいたらしい。どれほど豪勢な料理が出るのか。

京香は廊下を辿り、家の奥へと入る。

庭に蔵があるが、母屋にも渡り廊下で繋《つな》がった納戸がある。勝手知ったる家のなかだから、どんどん足を進める。さすがにここまでくると、参列者の姿は見えない。冷たい木の廊下を渡って、戸を引いた。

奥に灯《あか》りが見えて、「おばさん」と声をかける。

人の気配がした。もう一度、呼ぶと、「京香ちゃん？」と返事があった。黒い影が灯りを背にしてこちらに歩いてくる。

「どうしたの。なにか用？」

久実子の手には埃《ほこり》を被《かぶ》った木箱がいくつもあった。

「うん、おばさんにちょっと訊きたいことがあって」

「そう。これしながらでいい？」

そういって久実子は、その場で床に膝をつき、木箱の紐《ひも》をほどき始めた。なかには白い布に包まれた塗椀があるらしい。それを取り出し、ひとつひとつ確かめている。

「こういうの、めったに使うことないんだけど、数が足りないんじゃ、恥ずかしいからね。念のため用意しておこうと思って」

「思った以上に集まりそうね。おじさんがこられないのは残念だけど」

「ほんとにそう。誰にも負けないくらい立派な法要を執り行うことが、あの人なりの愛情の表し方だったでしょうからね」

「おじさんの愛情」

「うん。岳人はあの人にとって大事な息子だったから。たった一人の息子」

「寛人くんがいるじゃない」

ううん、と久実子は黒い塗椀に指を這《は》わせながら首を振った。

「あの人にとって寛人は、岳人の弟というだけ。この藤原家を継ぐ人間じゃないの」

「それが不満だったの？　おばさんは、寛人くんにこの家を継がせたかったの？」

ひざまずいたまま、久実子は顔を上げる。日に焼けた顔に染みや皺《しわ》がくっきり浮かぶ。化粧っけがない上に喪服の着物だから、さらに老けて見える。

「わたしは別に寛人を継がせたいとか考えてないのよ。ただ、この藤原の人間として一生を終えることができれば、それでいいの」

「それが、駄目になると思った？　だから岳ちゃんを殺したの？」

京香を見つめる久実子の黒目が揺れた。そして眉根《まゆね》を僅《わず》かに寄せて、なにをいうのという風に首を振る。

「Y市に行って、お手伝いとして働いていた玉出明美さんに会って話を聞いてきたわ」

久実子の表情が歪《ゆが》んだ。

岳人が最後にアクセスした書類は告訴状と委任状だった。もしそれがS県とは違う地域での案件だとすれば、すぐに思い浮かぶのは藤原家を追い出された、お手伝いの玉出明美がなしたマルチ商法だ。玉出明美が告訴されたから、岳人は弁護を引き受けようと考えたのか。幼いころから面倒をみてくれた明美のためなら、岳人は一も二もなく引き受けるだろう。

けれどパソコンには告訴状にも手を触れた痕跡《こんせき》があった。明美の依頼なら委任状はともかく、告訴状はおかしい。第一、明美が岳人を襲う理由がわからない。それに加えて、マンションを訪れた犯人は、外階段なら見つかることはないことを知っていた。階段の上がり口にある防犯カメラさえ防げば、出入りは自由。明美がそのことを知る筈がない。

岳人のマンションを訪れたことがあって、玉出明美と繋がっている人物は一人しか浮かばなかった。

「おばさんだったのね、マルチ商法を思いついて玉出さんと共にお金を騙《だま》し取ろうとしたのは。表立って動いていたのは玉出さんだった。だけどそのことが警察沙汰《ざた》になりかけ、慌てて借金して弁済した。おばさんの意を汲《く》んだ玉出さんは一人で罪を被り、この藤原家を出て行った」

「まさか、あの人が喋ったの？」

久実子にはそっちの方がショックのようだ。京香は頷く。

「申し訳ないけど、脅すようにして無理やり話してもらった。玉出さんも今は娘さん夫婦の世話になっている身。刑務所に入らなくとも警察が取り調べにくるだけでも迷惑をかけることになりますよって。でも、喋ってしまったあとで、あなたに申し訳ないと、頭が床につくほど謝っておられた」

久実子は藤原甚人に嫁いだことで、若くして岳人の母になった。子どもを産んだことのない女が子育てをさせられたのだ。どれほどの不安と恐れがあっただろう。それを手助けしたのが、お手伝いをしていた玉出明美だ。広い家で、藤原の血を持たない女が二人。互いを憐《あわ》れみ、助け合い、信頼し合う間柄になるのに、それほどの時間はかからなかっただろう。

「でも、どうしてなの。おばさんはそんなにお金に困っていたの？　おじさんは、少なくとも子どものためのお金を渋る人じゃなかった筈よ」

久実子が塗椀をそっと床に置いた。着物の膝をなでるように両手をゆっくり動かす。京香の目から見ても、着古された喪服だというのがわかる。藤原家の当主の妻なのに。

「わたしのことは、どうでもよかった。寛人にさえ不自由させなければ」

でもね、という。「あの人はね、子どもにお金を使うといっても、岳人との出来の違いに見合う差だけは、しっかりつけていたの」

計算高いあの人らしい、と久実子は笑う。

「成長すると共に、それは余計に強くなったわ。寛人は常に岳人と比べられ、褒《ほ》めるにしても叱《しか》るにしても、常に岳人が基準となった。そして岳人に劣る分だけ、寛人のために使うお金も減らされたわ」

甚人の子どもに対する愛情の秤《はかり》は、かけられる金の多寡であったのか。少なくとも久実子はそう思った。岳人を我が子のように思い育てていた気持ちに陰が差した。素直で優しく、尽くす女だったのが、徐々に心を歪ませていった。

「お金は目の前にたくさんあるのに自由にできないのよ。自分のためでなく、寛人の将来のため、蓄えてやりたかった。でも近所の目があるからアルバイトとかできないし、主人だって許しはしないわ。藤原の家の人間という矜持《きょうじ》だけは、病的なほどに持っていた人だから」

「それで違法な仕事を？」

「そう。最初はネットなんかで探して、色々な商売に手をつけた。なかには明らかな詐欺商法もあったわね。でも、どれもうまくゆかなくて、気づけばどんどん借金だけが嵩《かさ》んでいった」

「そしてマルチ商法」

あははは、と耳障りな笑い声を上げた。京香はびくりと肩を揺らす。

「わたしってバカよね。知り合いを誘えば、いずれバレるに決まっているのに。そんなことも気づかない、田舎者で愚かな人間なの。だから主人はわたしをずっとバカにしていたし、わたしの子どもというだけで寛人まで蔑《ないがし》ろにした」

「そんな」

やがて甚人に知れて、あわや大騒ぎになりかけた。かろうじて玉出明美が身代わりとなって誤魔化せたが、借金のことはいつ知られてもおかしくない。もし、久実子が夫に隠れて犯罪まがいの行為をなし、多くの借金をこしらえていたと甚人が知ったなら、間違いなく家を追い出される。

「わたしだけならいい。でもきっとあの人は、寛人まで追い出すと思った。寛人は体が大きくて、頭が悪くて、わたしに似ているから。あの人にとって息子は岳人だけなのよ」

路頭に迷うことになる。自分はいい。だが、藤原の血を引く寛人をそんな目に遭わせるわけにはいかない。それだけは駄目だ。

「それで岳ちゃんに相談したの？　岳ちゃんになにを頼んだの。明美さんは知らないといっていた」

「決まっているでしょ。お金よ。とにかく、主人にバレないうちに少しでも借金を返そうと思ったの」

久実子が卑屈な笑みを浮かべる。

「合格したお祝いにね、主人が岳人にお金を振り込んでやったの。もう、びっくりするような金額。あの子は手をつける気はないようだったけど、なにかのときにこのお金があれば安心だろうと、主人は悦にいっていたわ。寛人にはその十分の一もくれたことなかったのに」

岳人にお金を貸して欲しいといえば、どうしたのかと訊かれる。本当のことをいえば、岳人は弁護士としての立場から目を瞑ることはしないだろうと思った。少なくとも詐欺などについては償いをしなくてはならないと考えるだろう。

「真面目《まじめ》な子だから。だから、岳人には詐欺に引っかかってお金を奪われたといったわ。そうしたら」と久実子はケラケラと乾いた笑い声を上げた。

「全く、あの子ったら。岳人はね、わたしの話を聞くと、大変だ、泣き寝入りすることはない、告訴して警察に捕まえてもらおうといい出したのよ。慌てたわよ。そこまでする必要はないと何度もいった。捕まったところでお金が戻る保証はないのだし。なのに、岳人は大丈夫、任せてと笑うばかりで、ホントに融通の利かない子」

目にぎらついた光を宿し、吐き捨てるようにいった。

「頭にきた」

「え」

「腹が立つやら、憎らしいやら。散々、面倒みてきてやったのに、どうしていうことを聞かないのか。もういい、お金は貸してくれなくていいといっても、ちっとも聞きゃしない。なんてイラつく子なんだろうって、頭にきた」

「おばさん――」

「放《ほう》っておこうと思った。それがあの日、いきなり電話があって委任状を送ったから署名しておいてくれとか、告訴の打ち合わせをしたいから近いうちに実家に戻るとかいい出して。どれほどびっくりしたか。ああ、もう駄目だ。あの子の口は塞《ふさ》げない。殺すしかないって思った。もうそれしか思い浮かばなかった。だってしようがないじゃない」

そこまでいって、ふいに笑い出す。京香はぎょっと目を剝《む》いた。

「ふふ、ふっ、ふっ……。ひ、寛人を呼び出して、手伝わせた。だって、相手は男だからさ、小さくても男だから」

「おばさん」京香は怒りで唇を震わせた。

Y市から戻る車のなかで、久実子一人の犯行ではないだろうと思った。

久実子が我が子のように慈しみ育てた岳人を手にかけるとは、どうしても思えなかった。それに、外階段にある防犯カメラが泥で汚され、出入りする姿を捉《とら》えられないようにしていた。カメラはそう簡単に届く位置にはない。久実子の近くには、久実子より上背のある人間がいる。

母親思いの寛人なら、久実子のために兄を殺害したかもしれない。いわれるまま、階段を上がり、マンションを訪れ、岳人の真向かいに座ってナイフを取り出す……。死体安置所で、泣き崩れる久実子の姿を見て、怪訝そうな表情をしていたのも頷ける。共犯は寛人。

そして岳人を刺したのも。でも、迷いがあった。

京香の頭の隅にはずっと、細長いポールの残像があった。

掃除用ワイパーの柄。それが和室の襖の桟に挟まれ、そのせいでつみきが眠っている部屋は開かなかった。なぜ、そんなことをしたのか考えた。襖が開かないようにすることで、なかで眠るつみきが起きて、岳人の悲惨な姿を目にしなくていいように図ったものではないか。幼い子どもが恐ろしい経験をしないように。

犯行を犯したばかりの人物が、そんな気遣いを持つことに違和感があった。岳人を刺した傷口は少しの躊躇《ためら》いもなく、心臓をひと突きにしていた。ポールを桟に置いたのは、犯行のあとだろう。犯行前にそんなことをすれば、岳人に怪しまれる。ポールに指紋を拭《ぬぐ》ったあとはあったが、血痕《けっこん》は発見できなかった。岳人を刺した人間とは別の人間が犯行の痕跡を消そうと歩き回り、偶然つみきを見つけた。そしてポールを挟んだのだと思った。

久実子か寛人か。

少し前に会った寛人の言葉を聞いて確信した。寛人はいった。

『あれっ。……京ちゃんの子どもだったんだ』

犯行後、指紋を消して回ったが、ポールに触れた手に血は付いていなかった。寛人の手は血で汚れていなかったのだ。岳人を刺していない。

「寛人くんは、あなたの頼みをどんな風に聞いたの？」

怒りや恐れと共に、京香の胸の奥が冷たい悲しみで濡《ぬ》れそぼつ。

「あの子は優しい子なのよ。わたしがこの藤原の家でずっと蔑《さげす》まれ、不自由な暮らしを強いられていたのを見ていた。あの子は泣いたわ。泣きながらも最後には、仕方がないねといってくれたのよ」

そんな筈はない。久実子と共に兄を殺害することになんの躊躇いもなかった筈はない。

京香は歯を食いしばって告げた。

「おばさん、立って。行こう」

「は？ どこへ」

「警察」

久実子の日に焼けた顔が歪む。

「そう。やっぱりそうなるのね。京ちゃんも同じ。岳人と同じ。ちっともわたしを庇《かば》ってくれない。気の毒だ、よくやっているといいながら、なんにもしてくれない。そんなの、もう――」

うんざりなんだよっ。

憤怒の叫びと同時になにかが飛んできた。まともに京香の頭に当たって、思わずのけぞる。塗椀を入れた木箱だ。次々に飛んでくるのを屈んで避《よ》けようとした。そうしたら、今度は体ごとぶつかってきた。壁に体を押しつけられたようになり、首になにかが巻きついた。木箱を結んでいた組紐だ。久実子が覆い被さって、紐をぎりぎり締めつける。膝をつき、紐を外そうと指を食い込ませる。息ができない。痛みと苦しさと恐怖で頭が混乱した。指を紐のあいだに挟み込むが、少しも弛《ゆる》まない。このままでは死んでしまうと思った。

つみきの顔が浮かんだ。嫌よ、あの子と、これからももっと一緒に生きていたい。

右手の一本の指をねじ入れたまま、京香は左手を腰に回した。パンツのウエストに挟み込んだものを取り出す。そして大きく振り下ろして伸長させた。伸びた黒い鉄棒を頭越しに振り回す。

衝撃と共に、悲鳴が上がった。紐が弛んで、空気が通った。屈んで咳《せ》き込みながらも、片膝を立てて攻撃態勢を取る。警棒を握って構えるよりも先に、久実子が走り出すのが見えた。

「待ちなさいっ」

廊下を走り抜け、縁側のガラス戸を開けると足袋《たび》のまま、久実子は下り立った。その姿を見た参列者がぎょっと息を呑《の》んだ。髪を振り乱し、裾《すそ》をはだけさせた久実子は多くの人々の視線に囲まれる。

「ママぁ」

その声を聞いて、京香はぎょっと目を開いた。久実子が声のした方を振り返り、獣のような吼《ほ》え声を上げて走り出す。行く手にはつみきを抱いた夢良の姿があった。

「つみきっ」

京香も縁側から飛び下りて、裸足《はだし》で駆け出す。

「止《や》めてっ、逃げて、つみき」

必死で叫ぶのに、夢良は動こうとしない。どういうこと。まさか、警察を憎んでいるから？　だから、わたしからつみきを？　そんな。

その瞬間、ざざっと地面を蹴《け》る音がし、砂埃が舞った。

夢良の前に、黒い服を着た男達が立ち塞がった。あっという間に夢良とつみきの姿が隠された。久実子がたたらを踏むように足を止める。

「藤原久実子っ、もう逃げられんぞ。藤原岳人殺害容疑できてもらおう」

長谷川班長の怒声が放たれ、散らばった捜査員が臨戦態勢を取る。数人が母屋へ走り、逃げようとした寛人の腕を摑《つか》んで、その場に引き倒した。久実子はそれを見て悲鳴を上げた。

「いやぁあああー」

28

夢良が、つみきと手を繋ぎながら保育園の門を潜《くぐ》る。

保育士さんに書類を渡し、身分証を見せる。隣で、副代表の葛貴久也も同じことをしていた。

三星つみきのお迎え人として、追加で登録することになり、保育士さんは戸惑いながらも、つみきに、「良かったねぇ」と笑みを作る。つみきが、「うん」と明るい目で笑う。

京香は少し離れたところで、複雑な顔をして待っていた。

なぜ副代表まで？　と思いながらも、京香は車に乗り込んだ。貴久也の外車は、送りにきた他の園児の親から注目を浴びながら、ゆっくり走り出す。

「あなた方二人が行けなくなった場合のため、事務所の責任者が登録しておくのは、今の時代ありでしょう」

そして、他にも小さなお子さんがいる人に声をかけてみよう、と呟《つぶや》く。

ヴィヴァルディの「四季」を流しながら、貴久也は楽しそうにハンドルを回した。広い後部シートに夢良と並んで座り、視線を向けると、夢良もよくわからないという目を返した。小さな息を吐いて、京香が運転席へと顔を寄せる。

「あの、まだ調停は終わっていないので、結果によっては無駄になるかもしれませんけど」

貴久也は、ははっ、と軽い声を上げる。

「藤原先生に頼んでいた調停のことですか。あれは、吉村先生でなく僕が担当することにしました」

は？　とまた京香は夢良と顔を見合わせた。

「まあ、吉村先生でも大丈夫でしょうが、僕が引き受けた方が確実でしょう。問題ありません、親権は監護権も含めて必ず獲《と》ります。ああ、弁護士報酬は今回のあなたの活躍の対価とさせていただきますから、了承しておいてください」

「は。ああ、もちろんです。ありがとうございます。よろしくお願いします」

シートの上で頭をぺこりと下げる。

揺れらしい揺れもなく、革のシートのほどよい匂《にお》いと音楽だけが流れる静かな空間で、京香はここ最近の鬼のように慌ただしかった日々を思い出す。

安藤は逮捕され、藤原久実子・寛人親子も逮捕・送検された。現在は検察の調べの最中で、三人とも素直に自供しているらしい。

鹿野省吾の傷害事件の公判は延期、年明け一月半ばと決まった。吉村弁護士は、その日のために小井川と共に準備に忙しくしている。京香も夢良も手伝っている。

　羽根木有子は結局、情状というより、事件そのものの証人として出廷することになった。打ち合わせのために事務所を訪れた際、有子は悄然《しょうぜん》としながらも自身のこれまでの心情を語ってくれた。

『あの事件のすぐあと、安藤から電話をもらったのよ。お互いのため余計なことはいうなといわれた。その代わり、省吾さんの刑期が短くすむよう、腕利きの弁護士を紹介してやるっていわれた。信用していたわけじゃないけど、藤原先生は悪くない感じだったし。先生から情状証人として出廷してくれといわれたときは、一も二もなく受けたわよ。だって、わたしのために捕まったんだから、当然でしょ。だけど、第一回のとき、法廷に立ったあの人の姿を見ているうち、なんか物凄《ものすご》く辛《つら》くなってね』

　有子は苦笑するように口元を歪めたが、二つの目は哀《かな》しみに満ちていた。

『これでいいのか自信がなくなった。わたしは、わたしを助けるために罪を犯した省吾さんを、安藤にいいくるめられたとはいえ、見捨てようとしている。そう思ったら、なんだかもう、辛くて苦しくて』

　息を潜《ひそ》めるようにして過ごした新潟時代に省吾から受けた優しさを思った。その省吾を刑務所に送る手伝いをしようとしていることに、愕然《がくぜん》としたといった。

『でも、本当のことをいえば安藤は黙っていないだろうと思った。また自分を襲うかもしれないし、ひょっとしたら息子にまで手を出すかもしれない。怖くて、誰にも相談できなくて。もうどうしたらいいのかわからなくなって、逃げたのよ』

真っ赤になった目をハンドタオルでぎゅっと押さえたあと、ようやく和らいだ顔を向けた。

『不思議と新潟のことが思い浮かんだ。二年も暮らしていない場所だったけど、でも、省吾さんや省吾さんの友達と知り合えたところだし。色んなことが次々浮かんできて、気づいたら電車に乗っていた』

それを京香らが捜して見つけ出したわけだが、自分の罪が露見するのを恐れて、沈黙を続けた。羽根木有子が安藤の犯罪を秘匿し、脅迫していた罪だが、有子の事情と安藤による殺人未遂を考えれば、なんとかなるだろうと吉村らはいった。

忙しいなりにも、仕事の方向性が定まり、落ち着きを取り戻しかけたとき、いきなり葛道比古代表から事務所移転の報告がなされた。大津寺グループとの顧問契約が解除されたという。

鹿野が傷害で逮捕され、裁判を受けることになった。それは安藤俊充にとっては不本意なことで、大麻のことがバレないうちに単純な事件としてさっさと片づいて欲しかった。父親のコネで大津寺グループの顧問弁護士が受任するよう図ったのは、万が一、事実が露見してもなんとかなると考えたからだった。だが、案に相違して、その弁護士事務所によって真実が暴かれ、逮捕されることになった。

安藤俊充が犯したのは歴《れっき》とした罪ではあったが、一族に名を連ねる人間を司直の手に渡す手伝いをしたのだ、大津寺グループの顧問ではいられない。だから、大津寺系列の不動産であるビルから退去することになった。

京香は、葛親子が大津寺グループの意を汲んで、安藤の事件を操作しようとしていたと疑っていたが、どうやらそれは考え過ぎだったらしい。ここは藤原岳人が京香のためにと勧めてくれた職場なのだ。

「そういえば、三星さん」

窓の外を眺めていた夢良が顔をこちらに向けた。

「わたしがつみきちゃんを抱いて柿の木の下に立っていたとき、藤原久実子さんが襲いかかってくるのに、なぜ逃げないのかと疑いましたでしょう。わざと危ない目に遭わせようとしているのではないかと」

そんなことはない、と口のなかで言葉を泳がせる。夢良がにやつく。

「あの人相の良くない偉そうな刑事さんが、自分達の側から離れるなといわれたので、そうしたまでなんですけどね」

「長谷川班がきているとは知らなかったのよ」

「一瞬も、疑いませんでしたか?」

うーん、と唇を子どものように反らせて渋々、ごめんといった。運転席からまた軽やかな笑い声が上がる。京香は困った顔を消して、そうそう、といった。

「お礼もいわないとね。貸してもらった警棒のお陰で、危ないところを助かった。防犯ブザーといい、どう? 案外、役に立ったでしょ」

「まあ、それはそうですけど」と今度は夢良が渋々、認める番だ。

「で、あのブザーにどんな言葉を登録したの? うまいタイミングで安藤がいったそうじゃない」

「え。ああ、それは」

「うん」

「いうわけないじゃないですか」

でしょうね、という風に肩をすくめた。おおよその想像はつく。

「しかし、さすがは捜査一課ですね。藤原久実子にちゃんと目星をつけていた」

貴久也の言葉に京香も頷く。どうして長谷川らがあの場所にいたのか、あとで聞かされて納得した。

捜査一課の刑事は、うと法律事務所の郵便物発送記録を確認していた。弁護士やパラリーガルが作成した郵便物をアルバイトが集め、宛名《あてな》と差出人をエクセルに入力した上で郵便局に持っていくことになっている。事件が起きた日、岳人が久実子宛《あ》てになにかを送っていたのがわかった。そして、岳人の携帯から藤原の実家に電話したことは、電話会社の調べで判明していた。甚人に確認できなかったので、久実子に電話のことを問い合わせたら、単なるご機嫌伺いだといった。

郵便を送った日に電話を入れているのに、単なる機嫌伺いとはどういうことか、疑念が生じた。

京香は、そんな記録を残していることを知らなかった、知っていれば、もっと早く辿り着けたと文句をいったが、そんなの常識でしょうと夢良はいい返す。

京香はさらに、長谷川班長が久実子を疑った理由がもうひとつあるといった。

「殺人の動機は概《おおむ》ね、三つに大別される」

夢良はなんですか、と訊いた。

「愛か金か、恨み。刑事らのあいだでは今もこれが三大動機といわれている。知らなかった？」

京香が残念そうな表情を見せるのには、夢良はむっとする。

長谷川班長は、その三つの動機全てを持っている人間が、関係者のなかに一人いることに気づいたのだ。郵便物の疑念も加わって、本格的に久実子の身辺を調べ始めた。

三つとも全部――。

藤原久実子はそれを懐《ふところ》に抱きながら、生きてきたのだ。

「起こるべくして起きた犯罪だったのかもしれないですね」と、夢良は寂しそうに呟いた。

だが、京香はそうは思わない。たとえ、その三つを抱えていても、事を起こすのと起こさないのでは大きな、とてつもなく大きな隔たりがある筈だ。その隔たりを構成するのは人としての分別なのかもしれないし、人間としての強さなのかもしれない。また両方なのかもしれない。

「さあ、ここですよ」

貴久也がスピードを落とし、駐車場へと車を入れた。外に出て振り仰ぐなり、京香と夢良は口をあんぐり開け、言葉もなく立ち尽くした。

思っていた以上に酷《ひど》い。

「ここの五階のフロア全《すべ》てが事務所になります。改装は概ねすんでいるので、来来週くらいには引っ越しできるでしょう」

内装について少し打ち合わせしなくてはいけないので、なかを見ながら待っていてくれと歩き出した。賑《にぎ》やかな音を立ててエレベータが動き出し、最上階で止まる。

廊下の先にガラスの扉があり、養生シートやビニールカーテンが見え、奥からドリルのような音が聞こえた。入ってみると、部屋の区割りや大きな家具の搬入は終わっていた。

「この部屋はなんでしょう」

代表の執務室の隣にガラス張りの小部屋がある。なかを覗くと、明るい色の壁にキャラクターの絵が描かれていた。

「ああ、そこはキッズルームですよ。保育園や学童から戻った子どもをしばらく預けられるように」

貴久也が、工事の担当者と話をするのを止めて振り返った。

「まあ」

夢良は声を上げて、京香を振り返る。

「事務所には、お子さんを抱えて共働きされている方が多くいます。これからはそういうことにも、きちんと対応しなくてはいけないと、父と話し合って決めました。三星さんからもなにか意見があればいってください。なにせ、こういうのは初めての取り組みなので、僕では細かなところまで行き届かないですから」

目を瞬かせる京香を見て、夢良がわざとらしく鼻を膨らませた。腕を組んで、「いかがです？　うちの事務所、満更でもありませんでしょう」というのに、京香は口元を弛めることで応えた。

視線をひと回りさせて見る。

「いい感じの事務所になる気がします」

夢良の言葉に京香も頷く。

「ただ、古いのは仕方ないにしても、五階建てというのだけが少し残念です」

「前の事務所は見晴らしが良かったものね」

「それもありますけど、屋上から夜空を見るのにとてもいいんです。あれくらいの高さだと地上の灯りがあまり気になりませんから」

「夜空?」

「そうです。代表は天文少年ですし、貴久也さんも星とかお好きなんです。気晴らしによく屋上まで行って、空を見上げておられます」

「星を?」

「そうです。スーパームーンとか流星群とか。そういえば、うとの意味はご存じですか?」

「知ってる。岳ちゃんから聞いた。だからわたしが」

京香はいい差したまま口を閉じた。夢良は聞き返すことをせず、キッズルームのガラス戸に近づいた。開けてなかに入り、しげしげ眺め回す。

「いいですね」と夢良がいい、京香も、うん、と頷く。

壁に貼《は》った可愛いシールのなかにピンクの車があった。手を伸ばしてなぞっていると、ふいに耳の奥で声がした。

『いいと思う』

子どものころから、体が大きく活発だった京香は、スカートを穿《は》くことがなかった。服も黒や寒色系が多く、可愛いのは似合わないと思い込んでいた。けれど小学生のときのお誕生日会で、母はせめてと思ったのか、ピンク色の花のバレッタを京香の髪に留めた。照れ臭かったが、嬉《うれ》しかった。案の定、集まった同級生、友人らからは珍しがられ、からかわれた。気まずさから、自分も本当は嫌だったんだといって、髪留めをポケットに入れた。

『つけないの？』

声を聞いて振り返った。岳人が席の真横に立っていて、京香と同じ目の高さで見つめていた。

『京ちゃんに、似合っている。いいと思う』

これまで一度も思い出すことはなかった。なのに今、笑いかける岳人の眼差《まなざ》しまでもがはっきりと浮かぶ。

京香はシールに掌《てのひら》を当てたまま、岳人の笑顔が消えないように瞼《まぶた》を閉じてみた。

本書はハルキ文庫の書き下ろし作品です。

ハルキ文庫

ま 17-1

三星《みつぼし》京香《きょうか》、警察《けいさつ》辞《や》めました

著者　松嶋《まつしま》智《ち》左《さ》

2022年6月18日第一刷発行

発行者　角川春樹

発行所　株式会社角川春樹事務所
〒102-0074 東京都千代田区九段南2-1-30 イタリア文化会館

電話　03(3263)5247(編集)
03(3263)5881(営業)

印刷・製本　中央精版印刷株式会社

フォーマット・デザイン　芦澤泰偉
表紙イラストレーション　門坂 流

ISBN978-4-7584-4496-5 C0193 ©2022 Matsushima Chisa Printed in Japan
http://www.kadokawaharuki.co.jp/[営業]
fanmail@kadokawaharuki.co.jp[編集]　ご意見・ご感想をお寄せください。